Die Eifel ist der Liebe Tod

Petra Gabriel wuchs in Stuttgart und am Bodensee auf. Über fünfzehn Jahre lang war sie Redakteurin in der Lokalredaktion des Südkuriers in Bad Säckingen, die meiste Zeit als stellvertretende Leiterin. Seit 1982 lebt sie als Journalistin und Schriftstellerin mit ihrer Familie in Laufenburg, seit 2006 einen Teil des Jahres in Berlin.
www.petra-gabriel.de

Dieses Buch ist ein Roman. Handlungen und Personen sind frei erfunden. Ähnlichkeiten mit lebenden oder toten Personen sind nicht gewollt und rein zufällig.
Am Ende jedes Kapitels befinden sich (Liebes-)Rezepte. Das für Vickis Glückskekse beinhaltet unter anderem Cannabis. Für den Fall, dass es jemand nicht weiß: Der Konsum kann gesundheitliche Schäden verursachen. Verlag und Autorin übernehmen keine Haftung für etwaigen Missbrauch.

PETRA GABRIEL

Die Eifel ist der Liebe Tod

EIFEL KRIMI

emons:

Bibliografische Information der Deutschen Nationalbibliothek
Die Deutsche Nationalbibliothek verzeichnet diese Publikation in der Deutschen Nationalbibliografie; detaillierte bibliografische Daten sind im Internet über http://dnb.d-nb.de abrufbar.

MIX
Papier aus verantwortungsvollen Quellen
FSC® C083411
FSC
www.fsc.org

Umschlagmotiv: photocase.com/Francesca Schellhaas
Umschlaggestaltung: Tobias Doetsch
Gestaltung Innenteil: César Satz & Grafik GmbH, Köln
Lektorat: Marit Obsen
Druck und Bindung: CPI – Clausen & Bosse, Leck
Printed in Germany 2015
ISBN 978-3-95451-550-9
Eifel Krimi
Originalausgabe

Für Oli und Andrea
Danke für eure Freundschaft und dafür, dass ihr da wart

Voraussetzung

Ich kann nicht wortlos sein:
nicht unter Freunden,
nicht, wenn ich allein mit mir bin,
denn meine Worte
sind Brücken, geschlagen ins Ferne.
Doch wärest du bei mir
und wolltest mich halten
und wolltest mich küssen,
ich lernte endlich, zu schweigen.

KAPITEL EINS,

in dem eine junge Frau Mordgelüste bekommt, ein Ziegenbock Amok läuft, ein abgemusterter Kapitän sich Sorgen macht und eine Liebesrolle im Dreck landet.

»Du bist schuld«, sagte Vicki Peters zu ihrem Schwiegervater, ehe sie mit einer ihrer verführerisch duftenden Backkreationen in Richtung der Kuchengasse von Schankweiler enteilte. Hinnerk Peters sah ihr hinterher und nickte automatisch. Solche Äußerungen kannte er schon, nahm sie gelassen – und dachte wieder einmal, welches Glück sein Sohn gehabt hatte, eine Frau wie Victorine zu finden. Victorine, die so unbeschwert lachen konnte. Victorine, die Frau aus »gemischten Verhältnissen«, nicht nur was ihren luxemburgisch-marokkanischen Migrationshintergrund betraf. Sie hatte auch sonst allerlei Mischungen anzubieten – insbesondere Liebesrezepte für frustrierte Mitmenschen. Von denen es nicht wenige gab. Sie hatte Kunden bis in höchste gesellschaftliche Kreise, ob in Luxemburg, Trier oder der näheren und der weiteren Umgebung der Eifel.

Offiziell firmierte ihr kleines, aber florierendes Unternehmen unter »Lebensberatung Peters, Schankweiler«. Das klang trocken, war es aber keineswegs. Vicki verfügte über viel Phantasie, wenn es darum ging, Liebende zusammenzubringen. Doch das beste Liebesrezept war diese Frau selbst. Vermutlich kamen deshalb neben den Frauen so viele Männer zu ihr und suchten Rat in Liebesdingen.

»Wenn du so schaust, Opa, dann hat Mama dir mal wieder die Leviten gelesen«, sagte seine Enkelin Elena neben ihm in lupenreinem Deutsch, aber unterlegt von diesem wunderbaren sanften Singsang, den das Letzebuergesch in jeder Sprache hinterlässt. »Lass dich nit ärgern«, fügte sie an und schmiegte sich an seine Seite.

Hinnerk, der Zweimetermann, blickte von seiner hohen Warte hinunter auf die zierliche Elfjährige. Ihr Teint war nicht ganz so schokoladenbraun wie der ihrer Mutter, ihre Augen aber mindestens so dunkel und riesengroß. Und in ihnen funkelte derselbe Schalk, dieselbe Lebensfreude, die ihre Mutter Vicki für gewöhnlich ausstrahlte. Nur dieser Tage nicht.

Seine Schwiegertochter neigte momentan dazu, mit Blicken zu töten. Vielleicht sann sie aber auch über Methoden nach, mit denen sie den Gerichtsvollzieher zu vertreiben gedachte, der sich samt Polizeischutz und Schlüsseldienst für übermorgen angekündigt hatte. Vicki hatte Schulden. Hohe Schulden. Die Bank würde ihr Pfandrecht geltend machen und hatte eine sogenannte Berliner Räumung in die Wege geleitet. Bei dieser Art der Pfändung ging man davon aus, dass alles, was sich im Haus befand, Vicki gehörte, weshalb der Gerichtsvollzieher das gesamte Inventar pfänden konnte. In der Praxis hieß das, er ließ einfach die Schlösser austauschen. Die neuen Schlüssel gingen dann an die Bank. Und die Familie stand im Wortsinn im Regen. Eine ziemlich praktische Methode, Schulden einzutreiben. Zumindest für den Gläubiger.

Hinnerk bedauerte es inzwischen zutiefst, dass er unter Vickis Adresse keinen Wohnsitz angemeldet hatte. Dann wäre das mit der Berliner Räumung wohl nicht so problemlos durchgegangen, dann hätte er einfach behaupten können, die meisten Sachen im Haus gehörten ihm. Aber sich in dieser Form festzulegen, hatte ihm nach seinem unsteten Leben auf Schiffen und an wechselnden Orten nun mal widerstrebt. Außerdem legte er keinen Wert darauf, dass sich irgendein neugieriger Behördenmitarbeiter mit seinem Leben beschäftigte. Für die segelte er unter der Legende des abgemusterten Seemanns, der sein Schiff in ruhigeres Fahrwasser bringen wollte. Das war es auch, was er Vicki über sich erzählt hatte. Von seinen anderen Aktivitäten für den deutschen Bundesnachrichtendienst wusste sie nichts.

Wozu auch? Für sie war er eben der Schwiegervater, der als Frachtschiffkapitän die sieben Weltmeere erkundet hatte und der sich deshalb, wie es sich für einen richtigen Seemann gehörte, mehr oder weniger geschmeidig in Friesisch-Platt artikulierte. Obwohl Hinnerk, der Seebär, eigentlich Heinrich hieß. Und aus dem Schwäbischen stammte. Als er von der bevorstehenden Aktion der Bank erfahren hatte, war es jedenfalls zu spät gewesen, um die Pfändung mittels seiner ordentlichen Anmeldung noch zu stoppen.

Ach, Vicki. Sie wussten noch so vieles nicht voneinander. Die Geheimniskrämerei war ihm mit den Jahren in Fleisch und Blut übergegangen. Jetzt bedauerte er das. Vicki musste gespürt haben, dass er einiges zurückhielt. Sie gehörte zu jener Spezies Mensch, die Vertrauen nur gegen Vertrauen schenkte. Auch das hatte er zu spät begriffen. So war er erst kürzlich dahintergekommen, dass Vicki finanzielle Probleme hatte. Als die Situation schon zu verfahren gewesen war, um noch etwas daran zu ändern.

Hinnerk hatte so seine Probleme, aus seiner Schwiegertochter schlau zu werden. Er hielt sie für lebensklug, manchmal agierte sie jedoch ausgesprochen unlogisch. Sie hatte in vielen Dingen ihre eigene Denkweise, eine, die nicht immer mit der ihrer Mitmenschen übereinstimmte. Bezüglich ihrer Schulden war er sich nicht sicher, ob sie einfach den Kopf in den Sand steckte oder tatsächlich über eine grenzenlose Zuversicht verfügte. Sie schien zu glauben, dass ein Wunder geschehen würde. Vicki hatte nämlich keineswegs Sachen aus dem Haus geschafft, um sie der Pfändung zu entziehen, oder Koffer für sich und Elena gepackt. Erst recht hatte sie nichts über die bevorstehende Räumung verlauten lassen. Sie tat ihm gegenüber einfach so, als sei alles wie immer.

Doch es war nun mal nicht wie immer.

Seine Schwiegertochter ahnte nicht, dass er es wusste. Aber er hatte so seine Methoden, um sich auf dem Laufenden zu halten. Zum Beispiel lauschen. Er hatte hinter der Küchentüre gestanden, als Vicki mit ihrer Freundin Leah von jenseits der Kuchengasse über Gegenmaßnahmen diskutiert hatte. Er hatte die Verzweiflung in ihrer Stimme hören können. Aber warum bat sie ihn nicht um Hilfe? Nicht dass er das benötigte Geld gehabt hätte. Aber er hatte Verbindungen. Zu Seeleuten mit kräftigen Muskeln und anderen dunklen Elementen, denen es ein Vergnügen gewesen wäre, einen Gerichtsvollzieher in die Flucht zu schlagen.

Hinnerk legte den Arm um die Schulter seiner Enkeltochter, grinste schief, sodass sich der Kranz von Fältchen um seine blauen Augen vertiefte. Augen, so blau wie das Meer bei Sonnenschein, über das er lange Jahre geschippert war, während er undercover Informationen für den BND sammelte. Bis zum plötzlichen Tod seines Sohnes vor fast einem Jahr. Da hatte er den Weltmeeren Adieu gesagt und war hierher in das Eifeldorf Schankweiler gezogen, um Victorine zu helfen, den Bauernhof zu bewirtschaften, den sie noch zusammen mit ihrem Mann gekauft hatte. Für die alten Tage, wenn Bro, der

Investmentbanker gewesen war, mal nicht mehr täglich zur Arbeit nach Luxemburg musste. Oder für die romantischen Wochenenden auf dem Land. Doch sein Sohn war jetzt tot. Und inzwischen war klar, dass Victorine ihm wahrscheinlich mehr half als er ihr. Aber nun würde er sich erkenntlich zeigen und ihr in Sachen Pfändung wenigstens einen kurzen Aufschub verschaffen. Er hatte eine Idee, wie er das vielleicht bewerkstelligen konnte.

»Max, Max, lass das! Maaaaaax, neeeein!«

Der Ruf seiner Enkelin holte Hinnerk Peters von seinem Gedankenausflug in die Gegenwart zurück. Im Augenwinkel sah er etwas Weißes an sich vorbeirasen. Max, der Ziegenbock! Er bekam auf dem Hof sein Gnadenbrot. Seine besten Mannesjahre waren vorbei. Nichts mehr mit jungen Ziegen. Doch er nahm es nicht krumm. Denn seine ganze Liebe galt jetzt Victorine. Er hasste es, sie aus den Augen zu verlieren, hasste es überhaupt, wenn sie irgendwohin ging, ohne ihn mitzunehmen. Wie ein Blitz war er auch jetzt wieder hinter ihr her und stupste sie von hinten an.

Die Schokoladenrolle wankte, weil Victorine wankte. Sie versuchte verzweifelt, das Gleichgewicht zu halten. Die Rolle fiel als Erstes. Weißer Sahneüberzug über fluffigem dunkelzartem Biskuit, die helle Umhüllung eines zartbitteren, chili-zärtlichen Schwarz, unterbrochen durch cremige, helle Sanftheit und rote Kirschen, knallte auf den Boden, spritzte auseinander und öffnete sich dem Betrachter fast wie eine liebende Frau, die die Schenkel spreizt.

Max trat schnaufend mitten hinein. Der Ziegenbock wirkte sehr zufrieden, er senkte sein mächtiges Haupt und prustete seiner Angebeteten voller Zuneigung ins Gesicht.

»Nondikass, verdammt! Wer hat wieder vergessen, dieses Vieh anzubinden? Kräizdonnerwieder, du Zinsel.«

Hinnerk schaute seitlich an sich herunter. Der Platz, an dem eben noch Elena gestanden hatte, war leer. Die Schuldige versuchte, sich möglichst unauffällig vom Acker zu machen.

»Det wor ick«, beeilte er sich zu sagen, in trotz jahrelanger Übung nicht ganz astreinem Platt. Er bekam einfach die richtige Sprachmelodie nicht hin. Aber das fiel hier in der Eifel niemandem auf.

Ja, bei den Bewohnern dieses Bauernhofes in Schankweiler war vieles nicht so, wie es auf den ersten Blick erschien.

Vickis Blick sagte mehr als tausend Worte, nämlich dass sie ihm nicht glaubte. »Ech mache Gehacktes aus där«, erklärte sie und ließ offen, ob sie den Ziegenbock Max oder ihren Schwiegervater meinte. Wenn sie wütend war, sprach sie immer Luxemburgerisch. Er würde nie vergessen, was einer der ersten Sätze von Victorine gewesen war, als er ihr erklärt hatte, dass er zu bleiben gedachte: »Wenn ihr nit wärt«, und damit meinte sie die Norddeutschen, »hätten wir das Meer.« Eigentlich war dieser Spruch auf die Belgier gemünzt, mit denen die Luxemburger eine liebevoll gepflegte Feindschaft verband, doch Vicki nahm eben auch aus der Eifel Bezug darauf. Sie mochte es, schräge Vergleiche anzustellen.

Hinnerk ging zu ihr und streckte ihr die Hand entgegen. Sie nahm sie, rappelte sich hoch und fuhr sich mit der Hand über den Hintern. »Das gibt jede Menge blaue Flecken.«

Max schnaubte erneut liebevoll, dieses Mal in Richtung ihres Hinterteils, gefolgt von einem triumphierenden Meckern. Zumindest dachte Hinnerk anfangs, es sei triumphierend.

Vicki war schlauer. Auf die Hofeinfahrt schauen und Max an seinem Halsband packen, war eins. Der Bock schnaubte erneut, dieses Mal überhaupt nicht liebevoll, sondern ungehalten. Er mochte keine Fremden. Schon gar keine Männer und erst recht nicht solche, die teuren Autos wie einem Porsche Cayenne entstiegen – und zwar auf eine Weise, als gehörte ihnen die Welt.

»Halten Sie bloß das Vieh fest, sonst mache *ich* Hackfleisch aus ihm«, tönte es ihnen entgegen, als der Fremde auf sie zukam. Seine Augen waren zusammengekniffen, deren Farbe nicht zu erkennen. Die von Vicki sprühten Funken.

»Aus meinem Ziegenbock macht nur eine Hackfleisch, und das bin ich. Scheren Sie sich von meinem Hof.«

Der Fremde schien sich an Vickis Schroffheit nicht zu stören. »Sind Sie Victorine Peters?«

»Wer will das wissen?«

»Nicht gehört, was mein' Schwiegerdochter secht hat?«, meldete sich Hinnerk in dröhnendem Bariton zu Wort.

Der Fremde lächelte leicht, keineswegs eingeschüchtert. »Ich komme in besonderem Auftrag«, erklärte er, ohne Hinnerk eines Blickes zu würdigen.

Vicki schaute einen Moment skeptisch, blies sich eine schwarz gelockte Haarsträhne aus dem Gesicht und klopfte mit der linken Hand ihre Jeans ab. Mit der rechten hielt sie noch immer Max fest. »Ist schon gut, Hinnerk. Bring dieses Untier hier weg. Und bind ihn an.« Das Wort Untier sagte sie zwar mit einem leichten Lächeln, doch sie wirkte angespannt.

Bei Hinnerk bildete sich ein Klumpen im Magen. »Besonderer Auftrag«, diese Formulierung kannte er. Viel zu gut. Aber was hatte Vicki mit so jemandem zu tun? Bisher war sie mit dieser Grauzone nicht in Berührung gekommen. Soweit er wusste, jedenfalls. Außer natürlich durch Bro, den Dunkelmann in ihrem Leben. Und ja, auch irgendwie durch ihn, dessen wirkliche Identität im Dunkeln bleiben musste. Manchmal, wenn er Elena Geschichten vom Meer erzählte, verbunden mit einer gehörigen Portion Seemannsgarn, schaute sie ihn nachdenklich an. Ob sie doch etwas von seiner Vergangenheit ahnte? Sie hatte nie eine Bemerkung dazu gemacht. Auch nicht über das Verhalten von Bro, der sich um nichts geschert hatte, weder um die Grundregeln des menschlichen Zusammenlebens noch um die Grenzen der Legalität.

Hinnerk schnappte sich den Bock am Halsband und führte ihn in den Stall. Als er sich einmal kurz umdrehte, sah er, wie Vicki und der Mann zum Beratungshäuschen gingen. Dorthin führte sie alle, die bei ihr Hilfe suchten. Er hatte allerdings nicht den Eindruck, dass das bei dem überraschenden Besucher der Fall war.

»Solltest dich zurückhalten«, erklärte er Max. Der schaute ihn an und meckerte leise. Hinnerk zögerte. Dann entschied er, Max nicht anzubinden und die Stalltüre ein kleines Stückchen offen stehen zu lassen. Gerade so viel, dass der Bock rauskonnte. Wenn er wollte. Denn irgendwann musste dieser komische Typ ja mal wieder weg. Ein ausgesprochener Unsympath, da waren er und der Bock sich einig. Max mochte derart großspurige Leute ebenso wenig wie er selbst. Er kraulte Max zwischen den Hörnern. Der schaute zu ihm hoch. Und Hinnerk hatte nicht zum ersten Mal das Gefühl, dass er sich mit dem Tier wortlos verstand. Na ja, es gab Ähnlichkeiten. Zwei alte Böcke, denen Vicki auf ihrem Hof das Gnadenbrot gewährte.

Hinnerk ging ins Haus und postierte sich hinter der Gardine

am Küchenfenster. So konnte er den Besucher beobachten, wenn er wieder aus dem Beratungshäuschen kam.

Es dauerte eine halbe Stunde, bis es so weit war. Der Kerl hielt sich dicht hinter Vicki, die noch finsterer schaute als ohnehin schon in den letzten Tagen. Also hatte er doch den richtigen Riecher gehabt. Hier stimmte was nicht. Hinnerks zufriedenes Schnaufen über seine Intuition ging unter in dem fast donnergleichen Geräusch, das Max' Hufe erzeugten, als er wie von der Tarantel gestochen auf den Fremden zugaloppierte, den Kopf gesenkt, die Hörner in Stoßrichtung.

»Maaax, neeein!«, schrie dieses Mal Vicki. Doch der Bock war derart in Rage, dass er nichts mehr wahrnahm außer dem Feind.

Bei Vickis Schrei wandte sich der Besucher um, taxierte die Lage und begriff, dass er keine andere Chance hatte, als die Beine in die Hand zu nehmen und zu seinem Auto zu spurten. Er erreichte es gerade rechtzeitig und schaffte es sogar noch, die Türe zuzuknallen, ehe Max seine Pläne verwirklichen konnte. Wild schnaubend und außer Atem stand der Ziegenbock vor der Fahrertüre, der er mittels seiner Hörner sicherheitshalber noch einige Dellen verpasste, ehe der Motor aufheulte.

Hinnerk war derweil aus dem Haus gekommen und hatte sich zu Vicki gesellt. »Dei Buck hat Brass.«

»Welchen Bock meinst du? Erzähl mir nit, dass Max sich losgerissen hat. Du hast ihn nicht angebunden.«

Hinnerk wunderte sich etwas über ihre relativ gelassene Reaktion. Kein Fluch. Sie wirkte eher verhalten. Nein, noch bedrückter als bisher, wenn er es recht bedachte. Bevor er fragen konnte, musste er jedoch zunächst für bessere Laune sorgen. »Doch, der muss sich losgerissen ham«, erklärte er treuherzig.

»Sabbel kein Schäissdreck.«

»Vicki, was is los? Du taperst durch die Gegend, als wärst du Zeus, der gleich ausholt und seinen Donnerkeil schwingt. Min Gefühl secht mir, da stimmt was nicht. Nu schnack doch mit mir!«

Die Falten in ihrer Stirn wurden tiefer, während sie dem davonbrausenden Wagen nachsah.

»Bro«, antwortete sie nach einem kurzen Moment.

Bro? Der Besuch hatte mit seinem Sohn Bodo zu tun, der sich

aber lieber Bro nennen ließ, weil er Bodo zu bieder fand? Mit Bro, der Elenas Vater und Vickis unter äußerst merkwürdigen und bis heute ungeklärten Umständen dahingeschiedener Ehemann war?

Das riecht nach Ärger, dachte Hinnerk. Wenn er es recht bedachte, könnte der Besucher seinem Benehmen und Aussehen nach einer von Bros früheren Kollegen gewesen sein. Es ging also um Geld.

Die finanziellen Probleme hatte Vicki durch Bro. Sie waren das Einzige, was er ihr hinterlassen hatte. Große finanzielle Probleme. Wenn sie doch nur das Erbe ausgeschlagen hätte, aber nein. Sie hatte etwas von Liebe geredet und dass man so etwas nicht tat. Nun war der Hof wahrscheinlich bald weg. Ihrer aller Heimat. Wegen Bro. Der hatte sich vor seinem Tod übel verspekuliert, und nun musste seine Witwe alles ausbaden.

Hinnerk seufzte vor sich hin. Vicki konnte ebenso stur sein wie ihr Ziegenbock. Sie war eine, die einfach alles allein machen wollte, die selbst nie Hilfe annahm, obwohl sie immer bereit war, anderen zu helfen.

Hinnerk schämte sich nicht zum ersten Mal für seinen Sohn. Für Bro war sein Arbeitsplatz im Luxemburger Bankenviertel am Boulevard Royal hoch oben auf dem Berg über der Stadt so etwas wie die Lizenz zum Zocken gewesen. Auf dem Kirchberg-Plateau waren neben Banken auch Hotels, das Messegelände, ein Konferenzzentrum und mehrere EU-Gebäude gebaut worden.

Bro hatte prima verdient, das Geld war ihm nur so in die Taschen geflossen. Er schien die Investitionsfreudigen anzuziehen wie das Licht die Motten. Immer schon hatte er so etwas Zuversichtliches, Zuverlässiges ausgestrahlt. Und Geld, das Beschäftigung suchte, gab es in Luxemburg genug. Mit neunundfünfzigtausendfünfhundert Euro war das Bruttoeinkommen je Einwohner in dem kleinen Großherzogtum Spitze in Europa und rund achtzehnmal so hoch wie beim EU-Schlusslicht Bulgarien.

In der ersten Zeit als Investmentbanker war Bro bezüglich der Geldanlagen noch vorsichtig gewesen. Doch dann hatten die Gier und seine Veranlagung zum Zocken die Überhand gewonnen. Bro, der charmante Bro, der so strahlend lächeln konnte, hatte es zudem fertiggebracht, jeder Frau das Gefühl zu geben, er würde ihr die Sterne vom Himmel holen und zu Füßen legen. Im Grunde scherte er sich aber den Teufel um andere. Er liebte nur einen Menschen, und das war er selbst. Wem es gelang, hinter die Fassade aus Glanz und Glamour zu blicken, der wurde für ihn sofort uninteressant.

Bis auf Vicki, die schöne Vicki, die alle Männer unwiderstehlich anzog. Für eine solche Frau war Bro sogar bereit gewesen, sich ein wenig zu öffnen. Und überraschenderweise hatte er an seiner Tochter Elena vom ersten Moment ihres Lebens an einen Narren gefressen. Die Kleine hatte ihn angebetet, war ihrem Vater auf ihren strammen Beinchen hinterhergewackelt, wo immer er auch hinging, sobald sie laufen konnte. Zumindest hatte Vicki ihm das so erzählt.

Nein, er war nicht stolz auf seinen Sohn. Versuchte gutzumachen, was der in den Herzen dieser beiden Menschen, die ihm am nächsten standen, angerichtet hatte. Die wunderschöne, widerspenstige und in ihren Gefühlen tief verletzte Schwiegertochter, die sich noch immer nach dem Mann sehnte, der Bro nie gewesen war. Doch Vicki kannte kein Arg, wenn sie liebte, es war nicht ihre Art, nachtragend zu sein. Sie liebte ganz und gar, mit Haut und Haaren. Dabei war sie intelligent, natürlich musste sie erkannt haben, was für ein Mann sein Sohn gewesen war. Rücksichtslos, wenn es um die eigenen Wünsche ging, verletzend, wenn er seinen Willen nicht bekam, unfähig, tiefere Empfindungen zu haben. Doch sie hatte es nicht wahrhaben wollen, es verdrängt, was auch immer.

Ich werde die Frauen nie verstehen, dachte Hinnerk. Ob er sie noch einmal – zum tausendsten Mal – fragen sollte, wie schlimm es stand? Hatte der Besuch damit zu tun? Nutzte Vicki vielleicht Bros Kontakte zur Bankenwelt, um sich in letzter Sekunde Geld zu beschaffen? Oder hatte der Besuch am Ende …

Hinnerk stockte der Atem. Wie oft hatte er seinen Sohn gewarnt, sich da rauszuhalten. Er erinnerte sich noch gut an dessen Reaktion, Bro hatte nur gelacht und mit einer beliebten Luxemburger Redewendung geantwortet: »Un déi Déck jo souwisou näischt kënnt!«

Wahrscheinlich hatte Bro sogar recht gehabt. Der Dreck würde unter der Decke bleiben. Aber der Staub, den die Sache aufwirbelte, könnte seinen Sohn das Leben gekostet haben. Auch wenn Hinnerk es nicht beweisen konnte.

»Der Bommeleeër-Prozess?«, erkundigte er sich.

Vicki nickte langsam.

»Und?«

Vicki schüttelte den Kopf. »Un déi Déck jo souwisou näischt kënnt!«, wiederholte sie warnend Bros Worte. »Lass es zugedeckt.«

Hinnerk begriff, dass sie entschieden hatte, ihn nicht mit einzubeziehen. Er fluchte leise.

»Halt dich da raus, Hinnerk. Bitte. Ich weiß schon, was ich tue«, ergänzte sie.

Er hatte seine Zweifel, dass in dieser Angelegenheit überhaupt irgendjemand irgendetwas genau wusste. Die Serie von Bombenanschlägen auf Infrastruktureinrichtungen und öffentliche Gebäude im Großherzogtum Luxemburg zwischen Mai 1984 und April 1986 hatte damals nicht nur die Luxemburger Welt erschüttert. Und auch dreißig Jahre später war sie noch nicht aufgeklärt, die Verschwörungstheorien blühten. Inzwischen glaubte allerdings kaum noch jemand daran, dass es noch eine Aufklärung geben würde. Der Prozess war seit dem Sommer unterbrochen. Der Deckel war trotz hundertsechsundsiebzig Prozesstagen auf dem Topf geblieben, die beiden Angeklagten hatten nicht ausgepackt. Und das würden sie auch nicht. Die Verantwortlichen saßen in höchsten Sicherheitskreisen. Die würden sich zu schützen wissen.

Also hatte er richtig vermutet. Was, um Himmels willen, hatte Vicki vor? Sie schaute ihn so ausdruckslos an, als wäre sie die berühmte Sphinx. Hinnerk entschied, er musste etwas unternehmen. Er *würde* etwas unternehmen. Schon seiner Enkelin Elena wegen. Wenn Vicki in dieser Suppe herumrührte, dann konnte es schnell zu heiß für sie werden. Er musste sie beschützen. Ob sie es wollte oder nicht. Wenn sie ihn nicht einbezog, dann würde er sich eben anderweitig Klarheit verschaffen. »So 'n Schiet aber auch.«

»Sag ich doch«, antwortete Vicki.

»Hm«, machte Hinnerk.

»Hm«, machte auch Vicki. Sie wollte noch etwas sagen, kam aber nicht dazu, denn sie wurde abgelenkt. Max rieb seinen Schädel mit schwärmerischem Blick an ihren Beinen, allerdings achtete er sorgsam darauf, dass er sie mit seinen Hörnern nicht verletzte. »Kannst du deine Hörner nicht mal anders einsetzen?«, fragte Vicki, nahm den Bock am Halsband und zog ihn in den Stall zurück.

Hinnerk schaute ihr nach. Dann ging er ins Haus und zückte sein Handy. Wozu hatte er die alten Kontakte zum BND? Das Kennzeichen der Limousine hatte er sich jedenfalls gut gemerkt.

Bald darauf wusste er, wer der Porschemann gewesen war. Kein Banker. Einer aus Gammas Truppe, in der niemand etwas ohne dessen Befehl unternahm. Also musste Gamma ihn geschickt haben. Hinnerk musste sich setzen. Wenn Gamma in der Sache Maßnahmen ergriff, wurde es wirklich gefährlich. Und die Angelegenheit hatte tatsächlich was mit Bro zu tun. Und mit der Bombenleger-Affäre.

Bro, der als Banker Zugang zu Informationen über wichtige Leute gehabt hatte und zudem über hervorragende Kontakte ins Büro des Luxemburger Premiers verfügte, hatte zu Lebzeiten öfter mit dem Italiener Kontakt gehabt. Hinnerk vermutete, dass er von diesem für Insider-Informationen bezahlt worden war. Wie der Vater, so der Sohn. Nur hatte der Vater das Geschäft mit den Nachrichten gelernt, Bro dagegen war Spion im Nebenberuf gewesen. Ein Dilettant.

Und Gamma? Der war in die Bombenleger-Affäre verstrickt. Da war Hinnerk sich ziemlich sicher.

Nahm man alles zusammen – Bros Wissen, das er gegen Bezahlung weitergegeben hatte, Gamma, der die Regeln vorgab, Vicki und ihr Berg an Schulden –, entstand eine sehr ungute Gemengelage, fand Hinnerk.

Er musste unbedingt mit Schmalen darüber reden, ihn um Hilfe bitten. Vielleicht konnte der ehemalige Elitepolizist, Mitglied der Mobilen Brigade, einer Art GSG 9 der Luxemburger Polizei, herausfinden, was da lief.

Hinnerk schielte aus dem Küchenfenster. Vicki war noch nicht wieder aus dem Stall gekommen. Trotzdem ging er für diesen Anruf lieber in sein Zimmer im ersten Stock.

Leon Schmalen meldete sich sofort, nachdem Hinnerk seine Geheimnummer gewählt hatte. »Was ist los?«, fragte er ohne Umschweife.

»Ich brauche deine Hilfe.«

»Warum?«

»Gamma«, antwortete Hinnerk. »Er ist vermutlich an Vicki dran, an meiner Schwiegertochter. Einer seiner Leute war vorhin auf dem Hof.«

»Das klingt gar nicht gut. Was wollte er?«

Hinnerk zögerte. »Ich weiß nur, dass Vicki ziemlich im Schlamassel steckt. Sie hat Schulden, muss aus dem Haus raus, wird den Hof verlieren. Der Gerichtsvollzieher ist schon angekündigt. Aber sie sagt keinen Pieps darüber. Gamma hingegen schickt seine Leute nicht ohne Grund. Ich fürchte, Vicki hat etwas Unbedachtes getan, um an Geld zu kommen. Etwas, das sehr gefährlich für sie werden könnte. Es hängt irgendwie mit Bro und der Bombenleger-Affäre zusammen. Du kennst Gamma. Kannst du mal mit ihm reden, ihn irgendwie aushorchen? Ich muss wissen, was da los ist, was Vicki getan haben könnte. Womöglich erpresst sie Gamma. Mit mir redet sie nicht darüber.«

Am anderen Ende der Leitung herrschte Schweigen. Hinnerk räusperte sich irritiert. Warum sagte Leon nichts?

Dessen Antwort kam erst nach einer gefühlten Ewigkeit.

»In Ordnung«, sagte er langsam. »Ich werde sehen, was ich rauskriegen kann. Und dann sollten wir uns treffen. Morgen? Nein, besser übermorgen. Ich weiß nicht, wie schnell ich Gamma erwische. So gegen vierzehn Uhr?«

»Lieber erst um vier, ich hab vorher noch was zu erledigen. Im üblichen Café in Trier oder bei unserer gemeinsamen Freundin?«

»Im Café.« Ohne ein weiteres Wort legte Schmalen auf.

Hinnerks mulmiges Gefühl war durch dieses Gespräch keineswegs gewichen, eher im Gegenteil. Er stapfte die Treppe hinunter. Seine Stirn war gerunzelt. Er brauchte eine gute Ausrede für seine Abwesenheit übermorgen Nachmittag. Eine Idee hatte er schon.

Vicki saß wie versteinert auf der Eckbank und starrte auf den Tisch, als er in die Küche kam. Vor ihr lag ihr Handy. Sie sah nicht hoch, als er eintrat. In Hinnerk zog sich etwas zusammen. Er erkannte Angst, wenn er ihr begegnete. Der Porschemann musste seiner Schwiegertochter gehörige Furcht eingejagt haben. Er räusperte sich. Sie schaute auf. In ihrem Blick lag aber noch etwas anderes als Furcht. Starrsinn. Den Ausdruck kannte er. Vicki hatte einen Entschluss gefasst. Mit wem hatte sie da gerade telefoniert? Was immer sie auch vorhatte, sie würde es durchziehen.

»Ah, da bist du ja«, sagte sie.

Hinnerk nickte. »Ähäm, also, ich wollte was mit dir beschnacken. Die Deern, Elena, brucht neue Turnschlappen. Ick hev mi överleggt, dat ick mal mit ihr nach Trier fahren un ihr die spendieren könnt. Weil – ich brauch nämlich dringend 'ne neue Pip, also eine neue Pfeife.«

Vickis Gesichtsausdruck wurde womöglich noch angespannter. Hinnerk hätte sich am liebsten auf die Zunge gebissen. Das Wort spendieren war ihm herausgerutscht, das hätte er nicht in den Mund nehmen dürfen. Sie legte nun mal Wert darauf, alles allein zu schaffen, war zu stolz, um Unterstützung anzunehmen. Doch zu seiner großen Verwunderung kam bezüglich der Schuhe kein Protest der Schwiegertochter.

»Du hast doch in Trier nichts anderes vor, nur einkaufen, oder? Und bestimmt nicht mehr? Bitte, Hinnerk, kann ich mich darauf verlassen?«

Hinnerk nickte, versteckte die linke Hand mit gekreuzten Fingern hinter seinem Rücken und hob die rechte. »Klar doch, ich schwör's. Bei meiner Seemannsehre.«

Liebesrolle

5 Eier trennen, das Eigelb mit 150 g Zucker, dem Inhalt 1 Vanilleschote, ½ TL Rosenwasser und etwa 1½ EL heißem Wasser ca. 15 Minuten sehr cremig schlagen. 100 g Mehl, 1 TL Backpulver, jeweils 1 gute Prise Zimt und Chili samt 20 g (echtem) Kakaopulver und etwas Ingwerpulver (Sie können auch frischen Ingwer nehmen, ganz nach Geschmack) in einer separaten Schüssel mischen und esslöffelweise in die Eigelbcreme sieben, locker unterheben.

Das Eiweiß steif schlagen und unterheben, die Masse schnell auf ein flaches, großzügig mit Backpapier ausgelegtes Blech gießen, glatt streichen und bei 190 °C ca. 10 Minuten backen. Achtung: Das Backpapier muss größer sein als das Blech, sodass ein Rand bleibt. Nach dem Backen den

Teig sofort auf ein mit Zucker bestreutes Tuch stürzen, locker aufrollen und abkühlen lassen. Vor dem Belegen wieder auseinanderrollen.
Sauerkirschen (2 Gläser) abtropfen lassen (ein paar schöne beiseitelegen) und auf dem Teig verteilen. 400 ml Sahne mit 50 g Puderzucker und 1 Packung Sahnesteif steifschlagen und etwa die Hälfte davon gleichmäßig über die Kirschen streichen. Alles aufrollen, die Rolle ebenfalls mit Sahne bestreichen und den letzten Rest der Sahne in einen Spritzbeutel füllen. Mit Sahne und Kirschen verzieren, nach Wunsch mit Schokostreuseln bestreuen.
Ebenfalls lecker und anregend für die Phantasie ist eine Füllung aus Schokolade und Banane: 1 Packung Schokopuddingpulver nach Packungsangabe mit etwas kalter Milch und Zucker glatt rühren. Restliche Milch aufkochen, das angerührte Pulver einrühren und unter Rühren noch mal kurz aufkochen lassen.
1 Banane schälen und längs halbieren. Bananenhälften an die Längsseite der Teigplatte legen. Puddingmasse darauf verteilen und alles fix zusammenrollen. Fertig auskühlen lassen. Verzieren können Sie wie oben mit Sahne und Schokostreuseln – oder auch mit Liebesperlen.

KAPITEL ZWEI,

in dem ein Mann namens Schmalen in einer Luxemburger Buchhandlung ein neues Liebesrezept mit Trüffeln kennenlernt und ein konspiratives Treffen mit einem Herrn namens Gamma gefährliche Folgen nach sich zieht.

Von der Rue du Fossé Nummer 27 in der Luxemburger Innenstadt war es nicht weit zu gleich zwei Museen, dem für die Stadtgeschichte, unmittelbar im Südosten gelegen, und dem Museum für Geschichte und Kunst am Marché-aux-Poissons, dem Fischmarkt im Nordosten – zu Fuß in etwa drei Minuten zu erreichen. Außerdem waren es nur rund hundertzehn Meter zum Place Clairefontaine, um den sich einige Ministerien gruppieren wie das Finanzamt, das Außenministerium und das Staatsministerium. Die Buchhandlung »Librairie Ernster« in der Rue du Fossé Nummer 27 – auf Deutsch, in der Grabenstraße – war deshalb ein idealer und sehr unverdächtiger Treffpunkt für geheime Zusammenkünfte.

Heute erwartete er Gamma. Leon Schmalen hatte ihn in Zusammenhang mit der Bombenleger-Affäre kennengelernt. Er mochte ihn nicht. Aber er musste herausfinden, warum Gamma einen seiner Männer zu Vicki Peters geschickt hatte. Der notorische Faschist war ein gefährlicher Mann, Mitglied der Loge P2 und langjähriger Leiter der italienischen Gladio-Gruppe, auch Stay-Behinds genannt. Dahinter verbarg sich eine über lange Zeit geheime paramilitärische Einheit der NATO, nicht nur in Italien. Gut ausgebildete Leute, die im Fall einer Invasion von Truppen des Warschauer Paktes Guerilla-Operationen und Sabotage gegen die Eindringlinge organisieren und durchführen sollten.

Leon Schmalen erinnerte sich noch gut, was es in Geheimdienstkreisen für einen Aufruhr gegeben hatte, als die italienische Gruppe dieser Geheimarmee 1990 aufgedeckt und der verblüfften Öffentlichkeit, soweit sie sich dafür überhaupt interessierte, kurz darauf klargemacht worden war, dass es ähnliche Stay-Behind-Organisationen in weiteren westeuropäischen Staaten gab. Die Schläfer-Gruppen hatten dann den gemeinsamen Namen Gladio bekommen. Gladio von »Gladiatoren«, das passte gut, besser als Schläfer jedenfalls. Diese Leute verhielten sich zwar unauffällig, aber sie schliefen keineswegs, sie brannten sogar auf Aktionen, da die Invasionen nun mal einfach nicht kommen wollten. Gamma war einer der Rührigsten. Und der Skrupellosesten.

Leon Schmalen nutzte die Buchhandlung Ernster schon seit Jahren für diskrete Besprechungen. Für konspirative Treffen, wie das im »normalen« Sprachgebrauch hieß. Er schmunzelte in sich hinein. In seinen Ohren klang das nur albern. Sie trafen sich eben, geschäftlich, in einer ganz eigenen Form der Normalität, die in dieser Parallelwelt durchaus existierte. Das war in anderen Berufen nicht anders. Wissenschaftler, Ärzte, Ingenieure, sie alle hatten verbindende Riten und Regeln, ein gemeinsames Vokabular, an dem sie einander erkannten und die Außenstehenden, die Nicht-Profis, draußen halten konnten. Natürlich kaufte er bei Ernster auch Bücher. Schmalen war ein »alter Kunde«, im Sinn des Wortes. Ein alter Wolf, im Dienst ergraut.

Die Buchhandlung war 1889 von Pierre Ernster gegründet worden, Anfang der Zwanziger hatte dessen Sohn Ferdinand die Geschäfte übernommen, 1953 der Enkelsohn Pit. Das Angebot war erweitert worden, das Hauptgeschäft lag inzwischen beim Verkauf von Schulbüchern und -heften.

Mit Ernsters Urenkel Fernand, der den Laden 1984 übernommen hatte, verband Schmalen sogar so etwas wie eine Freundschaft. Fernand Ernster war ein kluger Geschäftsführer, er betrieb inzwischen mehrere Buchhandlungen, ein Geschäft für Papier- und Schreibwaren und zwei »Erny Ernster«-Kinderbuchhandlungen. Ein erster wichtiger Schritt zur Expansion war die Eröffnung einer Filiale in der Belle Étoile gewesen. Ernster heiratete Annik, eine Studentin, die dort für ihn gearbeitet hatte, und eröffnete in den Folgejahren weitere Filialen sowie die beiden Kinderbuchhandlungen und ein »Erny Ernster«-Geschäft. Daneben hatten die Ernsters es geschafft, drei Söhne großzuziehen.

Schmalen bevorzugte jedoch den zentral gelegenen Laden in der Rue du Fossé. Er war nicht nur das älteste der Geschäfte, sondern auch das eindrucksvollste: fünf Etagen voller Bücher. In der zweiten hatte er sich mit Gamma verabredet.

Schmalen schaute auf die Uhr, er hatte noch einige Minuten Zeit und begann, in den Regalen zu stöbern – als begeisterter Hobbykoch wie immer zuerst bei den Kochbüchern. Er griff nach einem Band mit dem Titel »Liebesrezepte für Genießer« und musste wieder schmunzeln. *Sex sells* also auch in diesem Bereich, dachte er und blätterte darin. Beim Rezept mit dem Titel »Raviolo mit frischem Eigelb und frittiertem Salbei auf Strauchtomatensoße und gehobeltem Trüffel« blieb er hängen. Er schaute es sich genauer an. Eigentlich nicht schwierig – und sehr passend, falls er mal wieder eine Dame zu sich einladen sollte. Warum auch nicht? Für die Liebe fühlte er sich noch lange nicht zu alt. Er stellte das Buch ins Regal zurück, vorläufig. Er würde es sich später holen. Bei solchen Treffen, wie ihm jetzt eines bevorstand, hatte er lieber die Hände frei. Aus alter Gewohnheit.

Langsam schlenderte er weiter. Nach außen hin bot Schmalen das Bild eines Großvaters auf der Suche nach guter Lektüre für seine Enkel. Es gab hier vieles, das er bereits in seiner Jugend gelesen hatte, neu aufgemacht, aber innen wahrscheinlich nicht viel anders: Lederstrumpf, Karl May, die drei Fragezeichen. Und davor natürlich Astrid Lindgrens Bücher um Pippi Langstrumpf und Michel aus Lönneberga. Als er gerade nach Kästners »Emil und die Detektive« greifen wollte, vernahm er in seinem Rücken die Stimme, von der er bis gestern, bis zu Hinnerks Anruf, gehofft hatte, sie niemals wieder hören zu müssen: rau, ein wenig kratzig wie Adriano Celentano, wenn er sang, und ebenfalls mit einem italienischen Akzent behaftet. Sogar vom Namen her ähnelte sein Gesprächspartner dem bekannten Sänger, doch da hörten die Gemeinsamkeiten dann auch schon wieder auf.

Adriano Del Mattino, Deckname Gamma, war klein, von gedrungener Statur und blass, ehemals Mitglied in der Führung der »Avanguardia Nazionale« in Italien und eine große Nummer im internationalen Rechtsterrorismus. Und, soweit Schmalen das beurteilen konnte, verantwortlich für mehr als einen Mord, dazu Strippenzieher hinter zahlreichen Attentaten. Damals, als 1985 beim EU-Gipfeltreffen am Kirchberg am 2.12. die Bombe hochgegangen war, hatte er ebenfalls seine Finger im Spiel gehabt. Wie genau, das wussten nur Gamma selbst und der liebe Gott. Vermutlich war er auch beim Anschlag auf den Luxemburger Flughafen einer der Drahtzieher gewesen. Und er war gekommen, hatte sofort auf seinen Anruf hin reagiert. Also hatte er etwas zu befürchten. Oder er wollte seinerseits etwas von ihm erfahren. Ahnte Gamma am Ende bereits, was er mit diesem Treffen bezweckte? Im Gegensatz zur landläufigen Meinung, bei Geheimdiensten liefe alles streng geheim ab, blühte intern der Klatsch. Wenn etwas Ungewöhnliches oder Beunruhigendes geschah, sprach sich das unter den befreundeten Diensten relativ schnell herum. Die Geheimniswahrung galt nur für Außenstehende. Gammas einleitender Satz klang allerdings nicht nach einem offenen Schlagabtausch.

»Was wollen Sie? Wir hatten besprochen, uns niemals mehr zu treffen.«

Ob der Mann mauerte? Schmalen war klar, er hatte keine andere Wahl, als es drauf ankommen zu lassen, wenn er etwas erfahren wollte. »Ich weiß. Aber es hat sich eine Veränderung ergeben. Ein Freund hat mich um Hilfe gebeten.«

»Was geht mich das an?«

»Es hat mit der Bombenleger-Affäre zu tun.«

»Der Prozess in der Bombenleger-Affäre ist seit dem 2. Juli vorbei. Es wird keinen neuen geben. Dafür ist bis auf Weiteres gesorgt. Vielleicht wird er irgendwann noch einmal aufgerollt. Aber bis dahin sind alle, die was wissen könnten, tot. Eines natürlichen Todes gestorben, möchte ich hinzufügen. Alles andere würde nur für unliebsames Aufsehen sorgen.« Gamma lachte. Es klang nicht fröhlich.

»Irgendwann könnte früher kommen, als Sie denken. Die Staatsanwaltschaft wartet nur auf eine Möglichkeit, die Sache wieder aufzurollen. Da ist von sechs weiteren möglichen Angeklagten die Rede. Außerdem ist da noch dieser CIA-Killer.«

»Und jetzt geht Ihren Kollegen von der Mobilen Brigade die Muffe? So viel zum Thema Eliteeinheit. Sagen Sie ihnen, sie können beruhigt sein. Es wird nichts passieren. Dieser CIA-Killer, von dem alle reden, wird nie zum Prozess erscheinen. Er lebt in den USA in einem Zeugenschutzprogramm. Es kann nur brenzlig werden, wenn Ihre Leute reden, Leon.«

»Die reden nicht.«

»Das dachte ich mir. Sie wissen, dass es sonst sehr unangenehm werden könnte. Was also soll das Treffen? Ich sagte es schon, der Prozess ist vorbei.«

»Ist er nicht. Nicht, wenn Vicki Peters ins Spiel kommt.«

»Die schöne Victorine, die Frau von Bro Peters? Mein Mann hat gesagt, diese Laus in unserem Pelz seien wir los.«

Die Stimme von Gamma klang gepresst, offenbar hatte er mitten im Satz erkannt, dass er zu viel ausgeplaudert hatte.

Leon nickte. Gammas Bemerkung ließ den Schluss zu, dass Vicki Peters versucht hatte, die Gladio-Leute mit irgendwas zu erpressen. Wie Hinnerk vermutet hatte. Was sein Gesprächspartner jedoch vermutlich nicht wusste, war, was er selbst aufgrund seiner Kontakte zum luxemburgischen Geheimdienst inzwischen herausgefunden hatte. Die schöne Victorine war gestern noch anderweitig aktiv geworden. Wie es schien, hatte sie sich zuerst bei Gamma gemeldet. Worauf der Italiener einen seiner Männer in Marsch gesetzt hatte. Doch statt sich einschüchtern und die Finger von diesem gefährlichen Spiel zu lassen, wie Gamma bis eben offenbar glaubte, hatte Hinnerks Schwiegertochter – vermutlich unter dem Eindruck dieses Besuches – einfach auch noch den luxemburgischen Geheimdienst SREL kontaktiert und gedroht, öffentlich zu machen, was ihr Mann über die Hintermänner der Bombenleger-Affäre gewusst hatte, wenn sie kein Geld bekam. Diese Wahnsinnige.

»Ich weiß, dass Sie Ihren Mann zum Petershof geschickt haben. Worum genau ging es? Arbeiten Sie in dieser Sache auf eigene Rechnung, oder gibt es Auftraggeber?«

»Sie glauben doch nicht wirklich, dass ich den Namen meiner Auftraggeber nenne? Falls es welche geben sollte.«

»Also keine Auftraggeber. Hätte ich mir denken können. Es wird ohnehin allgemein vermutet, dass die Organisation Gladio mit drinsteckt.«

»Was soll diese süffisante Bemerkung, noch dazu von einem Ehemaligen der Mobilen Brigade? Vergessen Sie nicht, dass es Mitglieder Ihres Ladens waren, die angeklagt wurden.«

»Trotzdem haben Sie und Ihre Leute ein ebenso großes Interesse daran, dass in dieser Angelegenheit kein Staub mehr aufgewirbelt wird, wie wir. Wenn es anders wäre, hätten Sie Ihren Mann kaum auf den Petershof geschickt, damit er Vicki Peters einschüchtert.«

Gamma zuckte mit den Schultern. »Der Freund, von dem Sie sprachen, ist vermutlich der Schwiegervater, Hinnerk Peters. Hat er Sie angerufen? Wird er mit seiner Schwiegertochter nicht allein fertig und hat sich bei Ihnen ausgeheult?«

Jetzt half nur noch die Flucht nach vorne. »Lassen wir Hinnerk mal beiseite. Ihr Mann konnte nichts bewirken, im Gegenteil. Victorine Peters hat sich, soweit ich weiß, nach dem Besuch Ihres ... Boten ... mit ihrer Forderung an den SREL gewandt. Die wissen also auch, dass ihr Mann ihr einen Brief hinterlassen hat, in dem er die Hintermänner hinter den Bombenattentaten nennt.«

»Einen *Brief*? Soso.« Gamma tat unbeteiligt, versuchte sich an einem Pokerface. Doch er war beunruhigt, das konnte Schmalen sehen. »Bro Peters wusste eigentlich nicht viel«, wiegelte der Italiener ab. »Mein ... Bote ... sollte sie deshalb auch nur ein bisschen einschüchtern.«

Schmalen hätte sich ohrfeigen können. Verdammt, von einem Brief hatte Gamma also noch gar nichts gewusst, da hatte *er* sich verplappert. Das hätte ihm nicht passieren dürfen. Er war wohl schon zu lange aus dem Geschäft.

»Also, reden wir doch mal Klartext. Sie wissen jetzt, was ich weiß, beantworten Sie mir im Gegenzug meine Fragen. Wie ist Vicki Peters an Sie geraten?«

Gamma zögerte. »So viel kann ich vielleicht sagen«, erklärte er dann. »Die Frau hat eine meiner eigentlich gut gehüteten Geheimnummern in den Unterlagen ihres Mannes gefunden, wie es scheint, und sie gewählt. Das war letzte Woche. Vermutlich wusste sie noch nicht einmal genau, mit wem sie sprach. Sie hat gedroht, sie werde Dinge verraten, die ihr Mann über die Bombenleger-Affäre gewusst hat, es sei denn, ich bezahle sie für die Gefälligkeit, sich darüber auszuschweigen. Von einem Brief war da nicht die Rede. Aber gut zu wissen, dass es ihn gibt.«

Schmalen biss sich auf die Lippen. Er hatte so gut wie nichts Neues erfahren, außer dass die erste versuchte Erpressung schon einige Tage her war. Nüchtern betrachtet – ganz schön schlau, diese Victorine. So sicherte sie sich über eine zweite Seite ab. Wider Willen empfand Schmalen einen gewissen Respekt für die junge Frau. Sie handelte wie ein Hasardeur, aber sie hatte Mumm, ließ sich nicht so schnell einschüchtern. Nun hatte er allerdings ein weiteres Problem. Jetzt, da Gamma von dem Brief wusste, würde er alles tun, um ihn zu bekommen. Alles.

In Schmalen arbeitete es fieberhaft. Er musste den Italiener irgendwie dazu bringen, vorerst stillzuhalten. »Doch, es gibt ihn wohl, diesen Brief. Der SREL glaubt jedenfalls daran. Bro Peters wusste vielleicht mehr, als Sie ahnen. Vicki Peters hat dem SREL gegenüber einige Andeutungen gemacht. Zum Beispiel wisse sie, wer in dem weißen Audi 100, aus dem die Bombe auf den Kirchberg geworfen wurde, hinter dem Steuer saß. Und wer die wichtigsten Drahtzieher des Attentats waren. Das habe ihr Mann ihr anvertraut. Über den eigentlichen Inhalt des Briefes wollte sie aber nicht reden. Ich weiß also nicht, ob das oder etwas anderes darin steht.«

Gammas Kiefer mahlten. »Bro Peters war ein Dummkopf und ein Schwätzer. Das Attentat beim EU-Gipfel 1985? Nun, damit kommt die Peters bei mir nicht weiter. Vermutlich hat sie das bei ihrem Anruf bei mir schon allein deshalb gar nicht erwähnt. War der weiße Audi nicht ein Fahrzeug der Luxemburger Gendarmerie? Wie war das Kennzeichen noch mal?« Gamma gab sich die Antwort gleich selbst: »CS430.«

»Lenken Sie nicht ab. Wir stecken alle mit drin«, erwiderte Schmalen knapp.

Gamma lachte erneut. Es klang noch immer nicht fröhlich. »Sicher, wir alle. Aber fragen Sie sich gar nicht, woher dieser Brief auf einmal kommt, so viele Monate nach dem Tod ihres Mannes? Ist sie lebensmüde, es jetzt auch noch beim SREL zu versuchen?«

»*Wir* sind keine Killer. Nein, lebensmüde ist sie wohl nicht. Aber ziemlich verzweifelt. Sie braucht Geld. Dringend und schnell. Ihr Mann hat ihr hohe Schulden hinterlassen. Und angeblich diesen Brief.«

Gamma schnaubte. »Bro Peters hatte es selbst auch schon mit einer Erpressung versucht, nachdem er sich total verzockt hatte. Kurz darauf war er tot.«

So, Bro Peters hatte es also schon selbst versucht? Das sprach tatsächlich für ein gewisses Insiderwissen, sonst wäre er das Risiko sicher nicht eingegangen. Und die Existenz des Briefes untermauerte es auch. Gamma wusste das natürlich ebenfalls. Diesmal hatte er mehr als gewollt verraten. Schmalen ging jedoch nicht weiter darauf ein. »Wir müssen eine Lösung finden, die alle zufriedenstellt. Ich glaube, die Witwe würde nicht reden beziehungsweise den Brief ihres Mannes ohne große Schwierigkeiten aushändigen, wenn sie nicht so in der Klemme stecken würde. Wenn sie das geforderte Geld bekäme, um Ihre Schulden zu bezahlen, wäre die Angelegenheit ohne viel Aufsehen vom Tisch.«

»Ich kümmere mich darum«, erklärte Gamma. »Sie wird auch so nicht reden.«

Schmalen versteifte innerlich. Das wäre nun gar nicht in seinem oder Hinnerks Sinn. »Wir müssen Ruhe bewahren, ich kann es nur wiederholen«, mahnte er, »jede Form von Aufsehen in dieser Angelegenheit ist schlecht für uns alle. Mein Vorschlag: Lassen Sie mich versuchen, auf einvernehmlicher Basis an den Brief zu kommen. Es sind in dieser Affäre schließlich schon genügend Menschen zu Schaden gekommen.«

»Sie meinen, Sie schaffen das? Und Sie wären sogar bereit, mir den Brief auszuhändigen?«

Nein, dazu war er natürlich nicht bereit. Aber er würde so tun als ob. Jetzt konnte er nur noch hoffen, dass Gamma ihm glaubte. »Hinnerk Peters ist mein Freund. Ja, ich schaffe das. Schließlich wollen wir doch irgendwie alle dasselbe: dass die Leute nicht immer wieder aufs Neue über die Frage spekulieren, ob die BMG Attentate verübt hat, um den Kauf besserer Ausrüstung … nun, sagen wir mal, zu fördern. Oder dass es weitere Spekulationen über eventuelle Motive möglicher anderer Hinterleute gibt. Wie das Fürstenhaus. Oder Ihre Leute von Gladio.«

»Es wird keinerlei Spekulationen mehr geben, wenn *ich* mich der Sache annehme.« Das klang entschlossen.

Schmalen gab nicht auf, er redete mit Engelszungen. »Wir sitzen im selben Boot, Gamma, wenn einer von uns untergeht, dann zieht es alle anderen mit in den Abgrund. Vicki Peters ist nicht dumm. Sie hat es nicht nur bei Ihnen und Ihren Auftraggebern versucht, sondern jetzt auch beim SREL. Die Aktion, die ihr Angst machen sollte, *Ihre Aktion*, ist nach hinten losgegangen. Was, wenn sie sich am Ende noch an die Presse wendet, weil Sie ihr zu viel Angst einjagen?«

»Dazu wird sie keine Gelegenheit bekommen.«

»Und wenn sie sich schon abgesichert hat? Weiß der Teufel, vielleicht liegt der Brief ja längst bei irgendeinem Anwalt, der ihn an die Presse schickt, sollte ihr etwas passieren. Können Sie das ausschließen?«

Gamma runzelte die Stirn. »Stimmt. Das macht sich nicht gut.« Wieder dieses raue, freudlose Lachen. »Weiß Ihr Freund Hinnerk von dem Brief?«

»Ich habe keine Ahnung, ich glaube es aber nicht. Er wusste bisher noch nicht einmal etwas von den Erpressungsversuchen seiner Schwiegertochter. Er kam zu mir, weil er den unbestimmten Verdacht hatte, dass sie etwas Unbedachtes getan haben könnte.«

»Soso. Und was machen wir nun mit dem Brief?«

»Wir werden eine Einigung erzielen, von der alle Beteiligten etwas haben. Doch jetzt lassen Sie mich den Bären erst einmal erlegen. Erst dann können wir sein Fell verteilen.«

Gamma musterte ihn für einige Sekunden ausdruckslos. »Also gut, Schmalen. Ich gebe Ihnen zwei Wochen. Wenn Sie den Brief bis dahin nicht haben oder Vicki Peters anderweitig zum Schweigen gebracht wurde, werde ich selbst aktiv.«

Leon Schmalen fragte nicht nach, was das bedeutete, er konnte es sich denken.

Raviolo mit frischem Eigelb und frittiertem Salbei auf Strauchtomatensoße und gehobeltem Trüffel

Für den Teig 160 g Weizenmehl, 40 g Hartweizengrieß, 4 Eigelb, ½ EL Olivenöl und 1 Prise Salz zu einem elastischen Teig verkneten und ca. 40 Minuten ruhen lassen.
Für die Füllung 1 Schalotte und 1 kleine Knoblauchzehe in 2 EL heißem Olivenöl glasig anschwitzen. 50 g blanchierten Spinat und 1 Handvoll Pinienkerne dazugeben. Salzen und pfeffern und bei sehr geringer Hitze ca. 2 Minuten ziehen lassen. Die Masse, sobald sie abgekühlt ist, mit 100 g Ricotta, 1 ganzen verquirlten Ei und 1 Scheibe fein gehacktem Toastbrot vermischt (es geht auch Paniermehl) in einen Spritzbeutel füllen.
Für die Soße 1 Schalotte, 1 Knoblauchzehe, ¼ Knolle Fenchel, ½ Stange

Staudensellerie und ¼ Peperoncino (sehr fein gehackt) in 2 EL Olivenöl glasig anschwitzen. Dann 200 g geschälte und geviertelte Tomaten dazugeben, salzen und pfeffern. So lange einkochen lassen, bis eine dickflüssige Konsistenz erreicht ist. 12 klein gehackte Blätter Basilikum zugeben und alles beiseitestellen.
Jetzt den Nudelteig mit einer Nudelmaschine in zwei dünne, ca. 10 cm breite Bahnen ausrollen. In die Mitte der ersten Bahn im Abstand von jeweils ca. 10 cm die Füllung kreisrund aufspritzen, sodass je ein Eigelb hineinpasst. Die Masse ergibt vier Kreise. In jeden Kreis ein Eigelb setzen. Dieser Vorgang sollte sehr behutsam ausgeführt werden, da das Eigelb nicht auslaufen darf – in diesem Fall noch einmal beginnen. Alle Eigelbe müssen unbeschädigt in der Mitte der vorher kreisrund aufgespritzten Füllung liegen.
Den Teig um die Füllungen herum dünn mit Eiweiß bepinseln und das Ganze mit der zweiten Nudelbahn bedecken, die Teige an den Eiweißbahnen andrücken. Dabei aufpassen, dass die Eigelbe nicht beschädigt werden. Mit einem Raviolirädchen dort in Quadrate schneiden, wo der Teig angedrückt wurde, oder mit einem entsprechenden Ausstecher (mit 10 cm Durchmesser) in vier große Ravioli schneiden.
Die Ravioli nun in Salzwasser in einem großen Topf al dente kochen. Nach ca. 2–3 Minuten, sodass das Eigelb noch flüssig ist, vorsichtig herausheben und auf der wieder erwärmten Soße anrichten.
Inzwischen 2 EL Butter erhitzen und zum Schäumen bringen. 12 Salbeiblätter dazugeben, kross backen und löffelweise auf den Ravioli verteilen. Zum Schluss einige hauchdünne Scheiben schwarzen Trüffel hobeln und zufügen.

KAPITEL DREI,

von Treckertruckern, einem frustrierten Gerichtsvollzieher, einem seltsamen Gast und Vickis flüssigem Schätzchen.

Leah Hoffmann, Ehefrau, Mutter von zwei Jungs in Elenas Alter, Zwillinge, und außerdem die Kuchenkönigin von Schankweiler, stand an diesem Morgen besonders früh auf, nämlich um vier Uhr. Sie hatte einiges vorzubereiten: Abgesehen vom Backen von mindestens drei Kuchen gab es auch noch Organisatorisches zu bewältigen, zum Beispiel dafür zu sorgen, dass es mit der Treckerblockade klappte. Alle Besitzer eines Traktors im Dorf, ob vom Oberdorf oder vom Unterdorf, also die Gemeinschaft der Schankweiler Treckertrucker, hatten das unter ihnen herrschende, über Jahrzehnte kultivierte und bewährte Misstrauen beiseitegeschoben und einmütig beschlossen, der schönen Vicki Peters mittels ihrer Traktoren dabei zu helfen, ihren Hof zu behalten. Jeder wusste, wie tapfer sie ums Überleben kämpfte. Allen war klar, dass sie nichts für die Schulden konnte, die auf ihr lasteten. Und bis sich diesbezüglich eine Lösung gefunden hatte – und das würde es, wie Hinnerk Peters bei der gestern Nachmittag eilends anberaumten Versammlung vehement und mehrmals versichert hatte –, würden alle im Dorf alles in ihren Kräften Stehende tun, um ihr zu helfen.

Vicki ahnte von all dem nichts. Doch das wiederum wussten die Traktorbesitzer nicht. Sie hatten sich zwar ein wenig gewundert, dass Vicki selbst gar nicht zur Versammlung erschienen war, aber zufrieden genickt, nachdem Hinnerk mittels schwäbisch gefärbtem Friesisch-Platt geschworen hatte, es gehe alles in Ordnung. Die Frauen waren eher erleichtert gewesen. So manche beäugte die schöne Vicki misstrauisch. Bisher hatte die junge Witwe allerdings nicht einen einzigen erkennbaren Versuch unternommen, einer der Frauen im Dorf den Ehemann abspenstig zu machen. Doch, das musste man zugeben. Sie benahm sich sehr tugendhaft, soweit sich das feststellen ließ.

Quelle dieses gegensteuernden Gedankens war Leah, die Vicki schon bei ihrer allerersten Begegnung unverzüglich ins Herz geschlossen hatte. Die Fünfzigjährige mit der griffigen Figur – um nicht zu sagen, mit den barocken Rundungen – galt etwas im Dorf. Nicht allein deshalb, weil sie ein hervorragendes Zahlen- und Faktengedächtnis hatte, sondern weil sie in der Lage zu sein schien, immer wieder eindringliche Argumente zu finden, um ihren Mann von ihren Plänen und Ansichten zu überzeugen. »Wenn sich Leah und ihr Mann mal nicht mehr streiten, dann läuft in der Ehe was schief«, war eine der stehenden Redewendungen, die die anderen Frauen bemühten, wenn von der beliebten Bauersfrau mit dem großen Herzen die Rede war.

An Leahs Busen fand jeder Platz, der Sorgen loswerden musste. Und das hatte für jeden im Dorf irgendwann schon mal gegolten. Nach ihrer seelischen Ersthilfe riet Leah allen, sich außerdem an Vicki zu wenden, die neben dem Trost auch die richtige Rezeptur kannte, um Kummer jedweder Art zu vertreiben. Liebestränke, Liebeszauber, Nerventees, stimmungsaufhellende Rezepte für lauschige und nach weniger lauschigen Abenden, Glückskuchen und -kekse … Vicki verfügte über einen schier unerschöpflichen Vorrat an Mitteln und Mittelchen.

Auch Leah war hin und wieder Kundin bei Vicki. Immer dann, wenn alle ihre Argumente an ihrem Ehemann abprallten, griff sie auf die Hilfe ihrer Freundin zurück. Besonders bevorzugte sie in solchen Situationen die Verabreichung von Vickis »Schätzchen«, das entspannte ihn ungemein. Aber nicht zu sehr. Sie hatte immer mindestens eine Flasche davon im Haus.

Vicki kannte immer die richtigen Dosierungen. Denn wenn jemand in seinem Liebeskummer zu viel von einem Gegenmittel nahm, konnte genau die gegenteilige Wirkung eintreten. Medizin blieb eben auch in diesem Bereich Medizin, das wusste jeder.

Leah stand also an diesem Morgen früh auf. Sie buk Kuchen zur Verpflegung der Blockierer, telefonierte die Treckerfahrer aus dem Bett, beschwor sie noch einmal, möglichst ihre größten Maschinen anzuhängen – Mähdrescher, Ernter und was es noch alles gab, um eine gute und nicht so schnell zu durchbrechende Blockade zu bauen. Dazu Hänger, beladen mit schweren Holzstämmen aus dem nahen Wald, Steine und was man nach Leahs Meinung für den Erfolg einer solchen Aktion eben benötigte.

Um sechs Uhr wurde Vicki dann von einem einfach nicht enden wollenden Treckertuckern aus dem Schlaf gerissen. Den Klang des Treckermotors von Leahs Mann Helmut kannte sie schon so gut, dass sie davon nicht mehr aufwachte, egal, wie oft er die Straße im Schaaren auch auf und ab fuhr, um etwas auf-, etwas ab-, etwas umzuladen. Doch an diesem Morgen war das Geräusch anders, beunruhigend irgendwie. Sie tappte völlig verschlafen und heftig fluchend ans Fenster.

Vicki hatte in dieser Nacht ohnehin nicht gut schlafen können, hin und her überlegt, wie sie den Gerichtsvollzieher und seine Begleiter überzeugen konnte, ihr noch eine Gnadenfrist zu geben. Sie wusste selbst, dass sie wider alle Aussicht hoffte, dass sie den Kopf in den Sand gesteckt hatte, eigentlich längst alles für den Umzug hätte bereitgemacht haben müssen. Aber Vicki konnte nun mal nicht anders, sie hoffte bis zuletzt, dass sie das Geld zusammenbekommen würde. Irgendwie. Im Zweifel durch diese Erpressungen mit einem Brief, von dem sie allerdings nur wusste, *dass* es ihn gab. Das hatte Bro ihr vor seinem Tod erzählt. Dummerweise hatte er jedoch nicht mehr sagen können, *wo* er den Brief versteckt hatte – inklusive einer größeren Summe, die er angeblich beiseitegeschafft hatte und die seiner Familie zumindest zehn Jahre das Überleben sichern sollte.

Nach Bros Tod hatte ihre große Suche begonnen. Bisher ergebnislos. Und so hatte Vicki am Ende zu diesem letzten verzweifelten Mittel greifen und Leuten drohen müssen. Leuten, die sehr, sehr gefährlich werden konnten. Und das mit Hilfe eines Briefes, von dem sie noch immer nicht wusste, wo er war. Geschweige denn, was genau darin stand. Bro hatte nur vage Andeutungen gemacht. »Ich will dich nicht belasten, Schätzchen. Aber wenn dir jemand Ärger macht, dann nutze, was ich geschrieben habe. Damit kannst du gewissen Leuten so viele Unannehmlichkeiten bereiten, dass sie dir helfen werden. Doch gib ihn nicht her. Niemals. Er ist deine Lebensversicherung.«

»Aber Bro, du bist doch da, du wirst mich beschützen!«, hatte Vicki abgewehrt.

Sie würde nie den merkwürdigen Blick vergessen, den ihr Mann ihr zugeworfen hatte, ehe er in sein so unwiderstehliches jungenhaftes Lachen ausgebrochen war. »Aber ja, meine Kleine. Ich meine ja nur, falls.«

Vergangenes Jahr war dieses »falls« dann eingetreten. Jemand hatte Bro ins Jenseits befördert. Wie genau, wusste Vicki bis heute nicht. Offiziell war es ein Unfall mit Fahrerflucht gewesen, doch es gab einige Ungereimtheiten. Sie hatten ihr noch nicht einmal erlaubt, ihren Mann ein letztes Mal zu sehen. Und der oder die Mörder liefen immer noch frei herum.

Als Vicki also an diesem Morgen um sieben Uhr aus dem Fenster schaute, traute sie ihren Augen nicht. Zunächst dachte sie, das diffuse Licht des heraufdämmernden Morgens in Verbindung mit ihrem vom Nachdenken übernächtigten Verstand würde ihr Trugbilder vorgaukeln. Ein Treckertreck steuerte ihren Hof an, Helmut Hoffmann an der Spitze. Traktoren, so weit das Auge reichte. Einer nach dem anderen tuckerte heran, rangierte herum, platzierte irgendwelche Gerätschaften auf der Hofeinfahrt sowie vor der Einfriedung zur Straße. Wenn das geschafft war, entstieg dem Gefährt ein ebenfalls noch ziemlich müde aussehender Landwirt, der sofort von einer umherwuselnden Leah Hoffmann mit Kaffee und Kuchen versorgt wurde und dann zurück auf seinen Trecker kletterte, um ein kleines Schläfchen zu machen und das Herannahen des Feindes abzuwarten.

»Was ist hier los, Mama?«, fragte Elena, die von dem Treckern und Tuckern ebenfalls aufgewacht und zu ihrer Mutter gerannt war.

»Frag Opa«, antwortete Vicki schon fast gewohnheitsmäßig, in diesem Fall jedoch zu Recht, wie sie kurz darauf feststellen konnte.

»Opa ist draußen bei den Leuten«, klärte Elena sie nämlich auf.

»Dieser Mann ist – es ist nicht zu glauben!« Mit diesen Worten schlüpfte Vicki in den alten, viel zu großen Morgenmantel ihres Zweimeterehemanns Bro und stürmte auf den Hof. »Hinnerk Peters! Wat maacht der ëmmer? Die stecken uns alle ins Gefängnis. Musst du wieder alles verwiesselen?« Damit brach sie in Tränen aus.

»Ach, min Deern. Nu sei nich traurig. Die tun uns schon nichts. Wirst sehn, wenn die den Auflauf hier entdecken, gehen die Typen ganz still ihrer Wege.«

Das Wort Auflauf rief Leah Hoffmann auf den Plan. »Schätzchen, mach dir keine Sorgen. Die können ja nicht ganz Schankweiler ins Gefängnis stecken. Sieh nur, es sind alle da. Wir lassen dich nicht allein. Wir erlauben es einfach nicht, dass dich jemand vom Hof vertreibt. Ja, schau nicht so. Dein Schwiegervater macht sich auch bloß Sorgen. Und nur damit das klar ist: Du bleibst bei uns. Hier, nimm das Taschentuch, schneuz heftig rein, und dann stell dich dem Feind!«

Vicki nahm das Taschentuch. Als sie die dicksten Tränen abgewischt hatte und ihr Schluchzen etwas verebbt war, wurde ihr warm ums Herz. Da standen und saßen sie, teilweise sogar mit Forken und Dreschflegeln bewaffnet. Freunde. Menschen, denen sie nicht egal war. Und zum ersten Mal seit Bros Tod, seit sie hatte lernen müssen, sich nicht mehr in der Wirform zu definieren, sondern als Ich, als Singlefrau und alleinerziehende Mutter – wenn man von dem so plötzlich aufgetauchten Kapitän mal absah –, also zum ersten Mal seit damals fühlte sie wieder Geborgenheit. Zugehörigkeit. Die schwere, dunkle, einsame Stelle, die sich in ihrem Herzen mit hartnäckiger Trauer breitgemacht hatte und dort klebte wie Pech, die weder wegzudenken noch wegzuhoffen zu sein schien, wurde bei diesem Anblick ein wenig heller. Schankweiler, das kleine Dorf in der Eifel ganz in der Nähe der Grenze zu Luxemburg, das begriff sie in diesem Moment, war ihr Zuhause geworden. Hier gehörte sie hin. An diesen Ort und zu diesen Menschen, die sie offenbar als eine der Ihren akzeptiert hatten. Die sogar bereit waren, für sie zu kämpfen, ohne Rücksicht auf die Folgen, die ihnen dadurch drohten. Sie lächelte unter Tränen.

»Na, siehst du, Schätzchen, wird schon«, sagte Leah und tätschelte ihren Arm. Mehr Worte waren nicht nötig. Doch, eines.

»Danke«, sagte Vicki.

Genau in diesem Moment kam der Gerichtsvollzieher mit drei Männern im Schlepptau und verlangte brüllend Zugang. Es blieb ihm nichts anderes übrig, als zu brüllen. Denn kaum hatten die Treckertrucker ihn erblickt, waren die Traktormotoren wieder in Gang gesetzt worden. Das gab einen höllischen Lärm. Die beiden mitgebrachten Polizisten hielten sich mit Bedacht zurück, als sie die drohenden Blicke der Männer auf den Traktoren – und vor allem die wütende Miene von Leah – erblickten. Dem Schlossermeister aus dem nahen Holsthum war die ganze Angelegenheit ebenfalls sichtlich unangenehm. Unter den Bauern befanden sich einige seiner Kunden. So standen die drei Herren nur da, ziemlich unentschlossen, und übten sich darin, unbeteiligt dreinzuschauen, jedenfalls nicht im Mindesten angriffslustig oder so, als wollten sie den Gerichtsvollzieher unterstützen.

Der wiederum brüllte noch eine Weile, drohte mit den übelsten Folgen. Er wurde einfach ignoriert, während die Traktoren weitertuckerten, Leah weiter Kuchen verteilte. Das Essen von Leahs Kuchen erforderte offenbar die volle Aufmerksamkeit eines jeden Blockierers. Keiner warf dem armen Mann auch nur einen einzigen Blick zu, niemand erwiderte etwas. Sie saßen und standen auf und neben den Traktoren und kauten an ihrem Kuchen, als wäre er überhaupt nicht da. Irgendwann sah der Gerichtsvollzieher, inzwischen völlig erschöpft von der Schreierei seiner fruchtlosen Drohungen und Verwarnungen und kurz vor dem Ruin seiner Stimmbänder, doch noch ein, dass er offenbar gar nicht vorhanden war, und trat unschlüssig von einem Bein aufs andere.

Ab diesem Zeitpunkt unterschieden sich die Erzählungen der Bewohner von Schankweiler, die übrigens noch Jahre später von diesem Ereignis berichteten. Es ging gewissermaßen in die Geschichte des Dorfes ein, fand sogar einen – wenn auch bescheidenen – Platz als »Aufstand der braven Bauern von Schankweiler gegen die Behördenwillkür« in der Dorfchronik. Anfangs wollte der Lehrer, der die Geschichte aufschrieb, sie nicht darin aufnehmen. Doch er wurde so lange dazu genötigt und geschnitten, bis er sich schließlich bereit erklärte.

Trotzdem unterschieden sich die Berichte. Die einen sagen, Leah habe der Blockade-Aktion einen friedlichen Abschluss beschert. Irgendwann sei sie nämlich mit vier Stücken Kuchen – eines für den Gerichtsvollzieher und die anderen drei für den polizeilichen Geleitschutz und den Schlosser – hinter die Barrikade marschiert. Die Herren nahmen das Friedensangebot an, ebenso den dargebotenen Kaffee, und das sogar mit einer gewissen Dankbarkeit im Blick. Denn Blockadebrechen machte hungrig und durstig, der Heimweg schien nach einem fruchtlosen Pfändungsversuch besonders lang, zumal der Tag versprach, sehr sonnig und heiß zu werden.

Andere hingegen sagen, der Abzug der vier Herren sei einzig Ziegenbock Max zu verdanken gewesen. Der brach nämlich mit einem Mal wütend schnaubend aus seinem Stall hervor, schlängelte sich durch eine Lücke in der Absperrung und stürmte mit gesenktem Kopf auf die Feinde seiner Angebeteten zu. Alles ging so schnell, dass sich niemand, aber auch wirklich niemand, imstande sah, dem Bock Einhalt zu gebieten. Außer einem, wie Leah hinterher behauptete, sehr gut aussehenden Wanderer mit Rucksack. Der hatte offenbar keine Angst vor wild gewordenen Ziegenböcken, sondern packte Max einfach so lange bei den Hörnern, bis dieser endlich stillhielt. Aber zu diesem Zeitpunkt hatten sich der Gerichtsvollzieher und seine Begleiter längst ins Unvermeidliche gefügt und das Weite gesucht. Worauf sich die Treckertrucker einer nach dem anderen verkrümelten und Vicki ihrem Schwiegervater die Einmischung großzügig verzieh.

Hinnerk machte sich noch am selben Nachmittag samt Enkeltochter auf den Weg nach Trier. »Also, Vicki, wir geh'n denn mal, die Schlappen, meine Pip, du weißt schon, heb ick ja secht«, erklärte er.

Vicki versuchte, sie aufzuhalten. »Ich hab kein Geld«, protestierte sie.

»Bitte, Mama«, flehte Elena.

Vickis Widerstand schmolz beim Anblick der Augen ihres Kindes. Und weg waren sie.

Die beiden kamen erst nach dem Abendessen zurück.

Bald darauf lag Elena im Bett, ihre wunderbaren neuen Schuhe fest an sich gedrückt, und schlief tief und fest. Vicki strich ihrer kleinen Tochter liebevoll über die Haare. Sie war ebenfalls hundemüde. Die Einkaufsquittung war neben Elenas Bett zu Boden geflattert. Vicki hob sie auf. Reebok, Royal complete, zu vierunddreißig Euro fünfundneunzig. Hellblau. Elenas Lieblingsfarbe. Das war zwar nicht die Art von Turnschuhen, an die Vicki gedacht hatte, aber wenigstens waren sie nicht pink. Im Gegensatz zu vielen ihrer Klassenkameradinnen mochte Elena kein Pink.

Sie ging hinunter in die Küche. »Eigentlich hatte ich ja an anständige, feste, dunkle Turnschuhe gedacht«, sagte sie beim Hereinkommen.

Hinnerk Peters schaute so unschuldig, wie es ihm möglich war. »Oh, wir haben keine gefunden.«

»Dafür wart ihr aber lange weg.«

»Ja, haben ok noch bannig viel Eis schnabuliert«, erklärte Hinnerk treuherzig. Er konnte Vicki ja schlecht beichten, dass er im Café eigentlich auf seinen alten Freund Leon Schmalen gewartet hatte. Elena hatte er erzählt, dass der Mann, den er zu treffen hoffte, so etwas wie ein Blutsbruder war. Dass das aber niemand wissen dürfe. Schon gar nicht Vicki. Doch Schmalen war nicht erschienen und hatte sich auch nicht gemeldet. Nach zwei Stunden hatte er das Warten aufgegeben. Und Elena hatte endlich ihre Schuhe bekommen.

»Warum kommt dein Freund nicht? Und warum darf ich Mama nichts sagen?«, hatte sie nach etwa einer Stunde und dem zweiten Eis ziemlich ungeduldig gefragt.

Da half nur eine gute Notlüge. Er konnte Elena ja nicht die Wahrheit sagen. »Deine Mama kann ihn nich leiden«, hatte er behauptet. »Wär wohl nich inverstahn, wenn ihr euch trefft.«

»Warum?«

Hinnerk seufzte in sich hinein. Elena und ihre ständigen Warums. Bei anderen Kindern kam das Wort mit vier, fünf Jahren aus der Mode, dann fanden sie die Welt zufriedenstellend erklärt, vermutete er. Bei Elena war das anders. Sie war nie zufrieden, bis sie einer Sache vollkommen auf den Grund gegangen war. Darin ähnelte sie ihrer Mutter. Hinnerk wusste, er hatte keine Wahl, sie wollte Antworten und würde keine Ruhe geben, bis sie welche bekam, also musste er ihren Wissensdurst irgendwie stillen, wenn ihm die Ideen für Notlügen auch langsam ausgingen. »Dein Vater und mein Fründ hatten Krach.«

»Warum?«

»Ich glöv, es ging um Geld.«

»Und warum hast du keinen Streit mit ihm?«

»Weil wir nie über Geld geredet ham. Du kennst doch den Schnack: Geld verdirbt jede Freundschaft. Mehr kann ick dazu nich seggen«, hatte Hinnerk hinzugefügt.

»Ein Geheimnis?«

»Jo, ein Geheemnis.«

»Aber du sagst es mir, sobald du kannst, Hinnerk.«

»Na klar doch«, hatte er sich beeilt zu versichern und fragte sich nun wieder einmal, warum Elena ihn zu manchen Gelegenheiten Hinnerk nannte und nicht Großvater. Oder wenigstens Opa. Dann verstand er. Elena versuchte, erwachsen zu sein, zu begreifen, warum sich neuerdings alles ums Geld drehte. Er hätte nicht zu dieser Notlüge greifen dürfen. Das war ungeschickt gewesen. Denn sie hatten in den letzten Tagen immer mal wieder über dieses Thema gesprochen. Geld war für seine Enkelin etwas ganz Schreckliches. Es machte die Menschen traurig, die sie liebte. Oder besser, es nicht zu haben. Warum das so war, hatte sie noch immer nicht so recht verstanden. Sie hatten doch alles auf dem Hof, was sie brauchten, glaubte sie. Den Gemüsegarten, einige Hühner, deren Eier. Die Milch brachte Leah, die Hoffmanns hatten zwei Kühe im Stall. Einmal im Jahr wurden Marmelade eingekocht, Gurken eingelegt. Leah und Vicki machten Most, brannten Schnaps aus den Früchten der Obstbäume im Garten – Pflaumen, Äpfel, Birnen.

Was hätte er aber auch sagen sollen? Dass ihr Vater ein schlechter Mensch gewesen war? Dass er schuld an der schwierigen Lage war, mit der ihre Mutter zu kämpfen hatte? Das ging nicht. Das ging auf keinen Fall. Jedes Kind hatte das Recht, seinen Vater zu lieben.

»Ich habe die Rechnung gesehen. Ich gebe dir das Geld zurück«, sagte Vicki, und im ersten Moment wusste Hinnerk gar nicht mehr, was sie meinte.

»Lass man gut sein. Wir sind Familie. Ick mag dir gern ünner de Arms griepen. Wie wär's mit 'nem Schluck?«, fragte Hinnerk.

Vicki ging zur Anrichte. Darin bewahrte sie ihren besonderen Wohlfühl-Likör auf. Die Flaschen trugen ein von Blumen umrandetes Etikett, auf dem stand: »Vickis Schätzchen«. Der Likör war – bis auf wenige Gelegenheiten, zu denen Victorine Peters fand, dass Hinnerk und sie dringend der Aufheiterung bedurften – einzig den Kunden vorbehalten, den ganz verkrampften Fällen.

Vicki stellte zwei Likörgläser auf den Tisch. »Na denn Prost, du alter Sturkopp«, sagte sie mit einem kleinen Lächeln.

»Prost. Wat sacht denn de Deern?«, fragte er vorsichtig, nachdem sie ihre Gläser gehoben hatten.

»Sie schläft.«

Er nickte und trank den letzten Schluck. »Also, ich werd denn auch mal. Bin müde, war viel heute für so 'n alten Seebärn wie mich.«

»Wir haben einen Übernachtungsgast. Im Stall bei Max. Der Landstreicher von heute Mittag.«

»Ach? Du hes ihm secht, er kann bleiben?« Hinnerk war überrascht. Da kam dieser Mann zufällig vorbei, hielt mal eben einen Ziegenbock fest, um diesen an der Körperverletzung eines Menschen zu hindern, und hatte es in Windeseile geschafft, sich auf dem Hof einzunisten? Vicki war doch sonst nicht so vertrauensselig. Der Fremde musste über gute Argumente verfügen. Oder war er eben doch nicht zufällig vorbeigekommen? Steckte mehr dahinter? Egal, er hatte jetzt keine Zeit für langwierige Erklärungen, er musste dringend nachschauen, ob vielleicht eine SMS von Schmalen gekommen war, darüber, was er beim Gespräch mit Gamma herausgefunden hatte. Oder wenigstens, warum es mit dem Treffen nicht geklappt hatte. »Also denn, ick mut pennen. Bin bannig möi.«

»Kann ich verstehen. Die Trecker … ach, Hinnerk, wéi konnt dir nëmmen?«

Wie konntest du nur?, hatte sie gesagt. So viel verstand er. Aber ein klitzekleines Dankeschön wäre trotzdem nett gewesen.

»Ick wollt nur helpen. Hett doch klappt, oder?«

Hinnerk stand auf. Er fand, es war besser, wenn er sich verdünnisierte, ehe es zu weiteren Diskussionen kam. Er gähnte herzhaft, ging aus der Küche und stieg die knarrenden Holztreppen zu seinem Zimmer hoch. Sein Smartphone vibrierte in seiner Hosentasche. Ah, da war sie, die SMS. »Nächste Woche bei Pearl«, stand da. Hinnerk wusste, wo das war. Und nächste Woche hieß morgen. Morgen um elf Uhr. Gut. Ob Schmalen ihnen am Ende diesen komischen Typen auf den Hof geschickt hatte? Aber warum? Na, das würde er schon noch herausbekommen.

***

Unten setzte sich Vicki noch für eine Viertelstunde auf die Bank des Kachelofens. Die Keramik war kalt. Es war Sommer, da wurde das Brot draußen im Holzofen gebacken. Sie wollte sich nur ein wenig ausruhen, nachdenken.

Sie saß noch nicht lange dort, als sie die Flurdielen knarren hörte. Ein Knarren, das sie nicht kannte. Sie wusste, wie die Dielen knarrten, wenn Hinnerk drüberlief. Oder Elena. Oder Leah. Oder sie selbst. Alle hatten sie einen ganz eigenen Knarrton. Als würde das alte Holz sich für jeden ein Lied ausdenken. Sie zögerte kurz, dann ging sie entschlossen nach draußen. Und wäre beinahe in den Landstreicher hineingerannt, dem sie in einer Art geistiger Umnachtung, die sie selbst nicht verstand, spontan erlaubt hatte, im Stall zu übernachten. Sie hatte ihn schon fast vergessen gehabt.

»Was wollen Sie?«, fuhr sie den Mann an. Mittelgroß und irgendwie dunkel stand er im Dämmerlicht der kleinen Flurfunzel vor ihr. Bedrohlich. Für einen Moment bekam sie Panik. Sie drängte sie zurück. Wahrscheinlich schaute sie zu viele Fernsehkrimis.

»Entschuldigen Sie bitte. Suche eine Toilette.« Die Stimme des Mannes war dunkel wie er selbst, rau und trotzdem sanft.

»Gehen Sie draußen. Hinter dem Stall ist eine Wiese. Ich will Sie nachts nicht im Haus haben. Und morgen reden wir«, erklärte Vicki barscher, als sie es eigentlich beabsichtigt hatte. Doch dieser ganze Tag, die Aufregung, es war einfach zu viel gewesen.

»Oh, Verzeihung«, sagte der Mann.

»Wie heißen Sie eigentlich?«

»Kasslin, Tovio Kasslin«, antwortete er. Lächelte sie an und ging zum Haus hinaus. Er schloss die Türe ganz behutsam hinter sich. Vicki sah ihm durchs Küchenfenster nach, ein dunkler Schemen, der über den Hof wanderte, über einen Stein stolperte, hinter dem Schuppen verschwand, nicht lange danach wieder auftauchte und in den Stall ging.

Vicki lauschte, hoffte auf ein Rumpeln, auf das wütende Trommeln der Hufe von Max. Nichts. »Seltsam«, sagte sie leise zu sich selbst.

Dann meldete sich ihr schlechtes Gewissen. Sie hätte nicht so barsch sein dürfen. Nun hatte sie den Mann schon mal eingeladen, auf dem Hof zu übernachten, da musste sie auch B sagen und wenigstens ansatzweise ihre Pflichten als Gastgeberin erfüllen. Er brauchte Bettzeug, eine Decke und ein Kissen. Am besten den alten Schlafsack. Sonst war es allzu ungemütlich auf der hölzernen Pritsche im Verschlag.

Ja, der Schlafsack. Wo war der noch mal? Genau, im Stauraum unter der Küchenbank. Sie hob den Sitz hoch und nahm den Schlafsack heraus. Er müffelte etwas nach Küche. Nun gut, damit musste dieser Kasslin leben. Ob der Mann Hunger hatte? Sie griff sich den Weidenkorb, der neben dem Kachelofen stand, holte aus dem Kühlschrank das letzte Stück Salami sowie eine Tomate, aus dem Brotkasten einige Scheiben Vollkornbrot und aus der Ecke eine Flasche Rotwein. Dazu ein Glas und Servietten.

Mit dem Schlafsack unter dem Arm und dem Korb in der Hand marschierte sie zum Stall. Es war noch immer ruhig, kein wütendes Schnauben des Ziegenbocks, kein Randalieren. Vorsichtig öffnete sie die Türe.

Kasslin hatte die Öllampe gefunden, angezündet und auf der noch halbwegs intakt gebliebenen Deichsel eines zerfallenen Leiterwagens platziert. So konnte sie erkennen, dass er neben dem Ziegenbock stand. Oh nein, ER STAND NEBEN DEM ZIEGENBOCK!

Vicki hielt den Atem an. Gleich würde sich Max aufbäumen und dem Fremden seine Hörner in den Bauch rammen. Sie wollte schon einen Warnruf ausstoßen, da erkannte sie, dass Max ganz friedlich vor sich hinkaute und, Vicki konnte es kaum fassen, sich zwischen den Hörnern kraulen ließ, während Kasslin leise auf ihn einsprach. Jetzt schnaubte der Bock. Als würden sie sich miteinander unterhalten.

Kasslin musste sie wohl gehört oder gespürt haben, dass sie dort stand, denn er schaute zur Stalltüre. »Kommen Sie herein, Sie sind schließlich hier zu Hause. Max und ich unterhalten uns ohnehin gerade über Sie.«

Vicki lachte auf, unwillkürlich beeindruckt, aber auch belustigt. »Soso, Max und Sie? Da können Sie sich aber von schreiben. Ich habe noch nie erlebt, dass Max so schnell mit jemandem Freundschaft schließt.«

»Das war auch nicht so einfach. Aber ich habe ihm klargemacht, dass ich Sie für eine ganz außergewöhnliche Frau halte. Eine *sehr* außergewöhnliche. Und das hat ihn besänftigt. Da ist er mit mir nämlich vollkommen einig. Und er weiß jetzt, dass ich Ihnen niemals etwas tun würde. Sie müssen keine Angst vor mir haben.«

»Ich habe nie Angst«, behauptete Vicki, von der Situation ziemlich überfordert. Was sollte das heißen, eine *sehr* außergewöhnliche Frau? »Ich habe einen Schlafsack dabei und etwas zu essen«, brachte sie schließlich heraus, noch immer verwirrt.

»Oh, das ist aber sehr nett. Ich sterbe vor Hunger«, sagte Kasslin mit einem Lächeln – jungenhaft, verschmitzt, ein wenig wie Bro. Und doch ganz anders. Dahinter verbarg sich mehr ... ja, was? Tiefe? Ihr Herz tat einen Hüpfer.

Vicki Peters, bleib ruhig, schalt sie sich. Kaum kommt ein einigermaßen ansehnlicher Mann auf den Hof, schon schmilzt du dahin wie Schnee in der Sonne. Sie streckte ihm den Korb entgegen. »Hier, nehmen Sie endlich.« Es klang schon wieder barscher, als sie es eigentlich wollte.

»Frau Peters, Sie können ziemlich kratzbürstig sein.« Er lachte, schien ihr die Unhöflichkeit keineswegs übel zu nehmen. »Wenn ich das richtig sehe, ragt aus dem Korb auch der Hals einer Weinflasche. Sie dürfen mich nicht eine ganze Flasche Wein allein trinken lassen. Wer weiß, was ich anrichte, wenn ich betrunken bin. Ich muss darauf bestehen, dass Sie ein Glas mittrinken.«

»Ich habe nur ein Glas dabei«, erklärte sie ablehnend. Was sollte das, machte der Mann sich lustig über sie?

»Dann trinken wir eben aus einem Glas, ich bin nicht giftig. Sie wollen sich doch nicht den Ruf einer schlechten Gastgeberin einhandeln?« Er ließ nicht locker.

Vicki wusste, wann sie verloren hatte, und gab einen theatralischen Seufzer von sich. »Also gut. Aber nur ein paar Schlucke. Herr Kasslin, Sie sind eine Nervensäge.«

»Stimmt.« Er sah jedoch nicht im Mindesten so aus, als habe er deshalb ein schlechtes Gewissen. Stattdessen lächelte er wieder. Und Max schnaubte zustimmend. »Sehen Sie«, sagte Kasslin, »Max findet das auch.«

»Mieser Verräter«, erklärte Vicki in Richtung des Ziegenbocks.

Doch auch dieser schien kein schlechtes Gewissen zu haben. Im Gegenteil, er wirkte irgendwie … zufrieden.

Vickis Schätzchen – ein Liebestrank, der betört

1 l Branntwein, 2 TL Zimt, 4 TL abgeriebene Zitronenschale, 1 EL Thymian, 1 TL Vanille-Aroma, 1 TL Korianderpulver, 1 TL Muskatpulver miteinander vermischen und in ein verschließbares Glas füllen, Deckel schließen und 2 Wochen stehen lassen. Täglich einmal umrühren.
Aus 1 kg braunem Zucker und 500 ml Wasser einen Sirup kochen, diesen zum Würzbranntwein gießen und damit vermischen.
Abfiltern und mit dem Liebsten jeweils ein Likörgläschen trinken, immer mal wieder, bis die Nacht um ist.

KAPITEL VIER,

in dem sich zwei alte Freunde wiedersehen, ein intensives Gespräch führen und eine Hure ein Rezept gegen Impotenz bekommt.

Vom Hauptbahnhof Trier bis in den Club Smaragd in der Rudolf-Diesel-Straße waren es knapp drei Kilometer. Hinnerk nahm ein Taxi. Er konnte es sich zwar nicht leisten, aber er war zu spät dran, weil der Zug Verspätung gehabt hatte. Und besondere Umstände erforderten besondere Maßnahmen. Seine Heuer und die sonstigen Einnahmen hatte er früher immer komplett unter die Leute gebracht oder besser: unter die Frauen. Inzwischen bezog er Pension. Die brachte er immer noch zu den Frauen, aber nicht mehr so oft und nicht mehr alles. Er zahlte Vicki fünfhundert Euro im Monat für Essen und Unterkunft. Mehr wollte sie einfach nicht annehmen. Außerdem versuchte er, da und dort auszuhelfen, zahlte dieses, kaufte jenes. Ganz unauffällig. Ihr zu helfen war ihm ein Bedürfnis. Sie tat viel mehr für ihn, einfach dadurch, dass es sie gab. Er wusste, so lange Vicki lebte und sie es irgendwie hinkriegen konnte, würde sie ihn nicht in ein Heim abschieben, wenn er einmal gebrechlich werden sollte. Konjunktiv. Denn eigentlich rechnete Hinnerk nicht damit, dass ihn ein solcher Zustand einmal ereilen könnte. Andere Menschen vielleicht. Aber nicht ihn.

Außerdem: Er liebte diese störrische, wunderschöne Schwiegertochter mit den wilden Locken. Mehr als er seinen Sohn jemals geliebt hatte. Und er wollte ihren Stolz nicht verletzen. Vicki hatte viel Stolz. Ehre im Leib, hätte man früher gesagt. Wenn er so darüber nachdachte, fielen Hinnerk Peters nur drei Menschen ein, vor denen er eine ebensolche Achtung hatte wie vor dieser zierlichen Frau. Das war zunächst mal Leon Schmalen, der ihm als Erster begegnet war, dann Vicki, und zur dritten Person war er jetzt unterwegs. Pearl, die Hure aus der Dieselstraße, die Domina mit dem strengen Blick, dem großen Busen und dem nur unwesentlich kleineren, ebenso weichen Herzen. Bei Pearl waren er und Leon sicher. Natürlich wurde die Folterkammer videoüberwacht. Aber nicht, wenn Leon und er sich im Zimmer mit den roten Wänden, dem roten Seidenbezug auf dem Bett und dem Käfig trafen, der von der Decke hing. Inmitten all der Peitschen, Dildos, Ketten, Kneif- und Zwickwerkzeuge. Pearl erinnerte Hinnerk immer an Domenica, die Hure aus dem Hamburger Kiez, über die Tomi Ungerer vor Jahren ein wunderbares Buch gezeichnet und geschrieben hatte.

Die Rudolf-Diesel-Straße lag in einem grau wirkenden Bezirk, links und rechts hatten sich viele Betriebe angesiedelt. Hier gab es keine Nachbarn, die Pearls Besucher zählten. Außerdem lag nicht weit davon im Westen eine grüne Oase mit viel Wasser, Park Nells Ländchen. Der ideale Ausflugsort für die kleinen Chow-Chows von Pearl, drei an der Zahl. Die Domina hing an ihnen wie an den Kindern, die sie niemals gehabt hatte und niemals haben würde, da machte sie sich nichts vor. Immerhin war sie schon an die vierzig. Und an Treue und Liebe glaubte sie längst nicht mehr. Sie hatte von ihren Freiern zu viele Geschichten zu hören bekommen. Privat wollte sie eigentlich nur eines: in Ruhe gelassen werden und sich ihren Hunden widmen. Es kam selten vor, dass Außenstehende Zugang zu Pearls Welt erhielten.

Hinnerk war einer dieser Geehrten.

Zur Begrüßung bekam er erst einmal einen dicken Kuss. »Dach, min Jung.« Pearl, gut einen Kopf kleiner als er, musste sich dafür tüchtig recken. Und im Gegensatz zu ihm war sie wirklich in Norddeutschland geboren, in einem kleinen Kaff in Ostfriesland. Greetsiel oder so ähnlich. Irgendwas mit Grete jedenfalls. Es war auch nicht wichtig. Wie Pearl wirklich hieß, wusste er ohnehin nicht. Wenn er gewollt hätte, er hätte es herausfinden können. Aber Pearl war eben Pearl. So, wie er Hinnerk geworden war.

»Hes du dat Rezept bi di?«

»Heb ick. Aber Vicki sacht, das war eine Ausnahme, mehr Rezepte rückt sie nicht raus. Oder nur noch persönlich. Frach mich ja schon, was du mit so ’nem Gedöns willst«, meinte Hinnerk und zog einen Zettel aus der Tasche.

»Besten Dank, min Grot. Und sech din Schwegerdochter, dat ick bold mal komm. Ick bruk mol een Rat. So een lütten Leefhokuspokus wär ok nich schlecht. Usserdem, ick hep di wen ins rote Zimmer brocht. Leon.« Sie strahlte.

»Einen Liebeszauber willst du? Warst schon immer in Leon verliebt, min Deern«, flachste Hinnerk.

Pearl zog eine Schnute, kniff Hinnerk in den Arm und verschwand im Nebenzimmer.

Leon Schmalen erhob sich, als Hinnerk eintrat. »Noch immer ganz der Alte, mein Freund.«

Hinnerk grinste und ließ das Platt beiseite. Leon brauchte er nichts vorzuspielen. Und mit Pearl war der Dialekt auch eher ein Spaß. Sie freute sich immer über plattdeutsche Klänge, selbst seine. Die Sehnsucht nach ihrer Heimat hatte sie nie ganz losgelassen. »Na, du hast dich aber auch nicht verändert«, antwortete er und schüttelte Leons Hand.

»Ein paar Fältchen mehr sind es schon geworden. Aber ohne dich hätte ich sie überhaupt nicht, dann würden mich jetzt die Würmer fressen.«

Beide Männer schwiegen einige Momente und erinnerten sich an den 25. Mai 1985, als es in der Gendarmeriezentrale Verluerekascht in Luxemburg-Stadt eine Explosion gegeben hatte – Ziel des Anschlags war aber nicht das Kommando oder die Brigade Mobile gewesen, sondern der Standort der Brigade Luxemburg im Keller unter den Büros der ermittelnden Beamten. Einen davon hatte Leon Schmalen gerade für ein Gespräch außerhalb der Dienstzeit aufgesucht. Im nächsten Moment war ein keuchender Zweimetermann namens Hinnerk Peters ins Zimmer gestürmt und hatte gerufen: »Alle raus hier! Hier geht gleich was hoch!« Leon hatte nie gefragt, woher Hinnerk die Information gehabt hatte. Und der hatte deshalb nie aussprechen müssen, dass er für den Bundesnachrichtendienst arbeitete, der wie viele andere Nachrichtendienste im Verdacht stand, in die Bombenattentate verwickelt zu sein.

Hinnerk betrachtete den Freund. Auch Schmalens Leuten von der Mobilen Brigade wurde eine Verwicklung in die Anschläge nachgesagt. Doch im Gegensatz zum Bundesnachrichtendienst gab es hier konkrete Hinweise – ob die nun echt waren oder fingiert, weil man einen Sündenbock brauchte, um die Presse und die Öffentlichkeit ruhigzustellen, war bisher nicht geklärt. Er hätte natürlich gern gewusst, was tatsächlich hinter allem steckte. Aber er würde Schmalen nicht fragen, ebenso wenig wie dieser ihn damals.

Vierundzwanzig Sprengstoffanschläge von 1984 bis 1986, doch niemand war getötet worden. Zünder und Sprengstoff stammten allesamt aus luxemburgischen Steinbrüchen, angeblich gestohlen. Es hatte Erpresserbriefe gegeben, Forderungen an die CEGEDEL, die Compagnie Grand-Ducale d'Electricité du Luxembourg, Strommasten waren in die Luft gesprengt worden. Internationales Aufsehen hatte jedoch nur die kleine Sprengladung erzeugt, die während der Ratssitzung der europäischen Staats- und Regierungschefs auf dem Kirchberg-Plateau aus dem Fenster eines fahrenden Autos geworfen worden war – sowie eine Explosion auf dem Flughafen Findel, exakt drei Minuten nach dem letzten Flug an jenem Tag. In diesem Zusammenhang hatte es dann doch noch einen Toten gegeben: ein junger Soldat, im Dienst während der Bewachung des Flughafens bei einem Verkehrsunfall verunglückt. Zudem hatte sich ein Ingenieur nach dem Anschlag auf die Radaranlage des Flughafens schwer an den Händen verletzt, als er eine mit einem Zünder präparierte Taschenlampe aufhob, die daraufhin explodierte. Auch als bei einem anderen Anschlag die Stromleitungen eines umgeknickten Strommastes auf die Autobahn fielen, war es zu Unfällen gekommen, bei denen jedoch niemand schwer verletzt worden war.

Es war ganz offensichtlich, die Täter hatten menschliche Opfer möglichst vermeiden wollen; in einigen Fällen grenzte es trotzdem schon fast an ein Wunder, dass niemand zu Schaden gekommen war. Das war auch im Prozess gegen die beiden Kollegen aus Schmalens Brigade, denen man das alles anlastete, thematisiert worden. In dem Prozess, der jetzt auf Eis lag. Angeblich, weil weitere Zeugen aufgetaucht waren. Doch wenn sich nichts Entscheidendes tat, würde es dabei bleiben, davon war Hinnerk überzeugt. Bros Brief konnte so etwas Entscheidendes sein. Deshalb war es so gefährlich, was Vicki vorhatte.

Schmalen kam ohne lange Umschweife zum Thema. »Hinnerk, Hinnerk ... Sag mal, was treibt deine Schwiegertochter da? Sie droht mit einem Brief, in dem Bro angeblich pikante Details zur Bombenleger-Affäre festgehalten hat, und will sich ihr Schweigen bezahlen lassen. Ich habe mit Gamma gesprochen. Gewisse Leute sind sehr beunruhigt. Er natürlich auch. Du kannst dir sicherlich vorstellen, dass die Nachricht über einen solchen Erpressungsversuch Kreise ziehen wird. Zumal deine Schwiegertochter nicht nur Gamma, sondern neuerdings auch den luxemburgischen Geheimdienst erpresst. Und da gibt es jede Menge undichte Stellen. Wenn das weitergetragen wird, reicht die Riege derer, die deine Vicki zum Schweigen bringen wollen, bald bis hinein ins Fürstenhaus von Nassau. Weiß sie nicht, dass sie sich in Lebensgefahr begibt, wenn sie mit solchen Enthüllungen droht? Mein Kontakt beim SREL hat mir gesagt, sie will vierhundertachtzigtausend Euro, sonst leitet sie den Brief an Sylvie Conter, die Vorsitzende Richterin im Bombenleger-Prozess, weiter.«

Hinnerk Peters runzelte die Stirn. Genau so etwas hatte er befürchtet. »Sie hat vorher nicht mit mir drüber gesprochen, sonst hätte ich versucht, es ihr auszureden, das kannst du mir glauben, Leon.«

»Du hast zumindest geahnt, was sie vorhat.«

»Was hat Gamma gesagt? Hängt er mit drin? Hat Vicki überhaupt eine Ahnung, wer er ist und wie gefährlich er werden kann?«

»Gamma hat immerhin eingeräumt, dass es sein Mann war, der da zu euch auf den Hof gekommen ist.«

»Das ist nicht gut.«

»Nein, Hinnerk, das ist nicht ›nicht gut‹. ›Nicht gut‹ ist sowieso die Untertreibung des Tages. Schlimmer hätte es gar nicht kommen können. Mit Gamma ist nicht zu spaßen. Du kennst ihn. Und anstatt die Warnung ernst zu nehmen und vernünftig zu werden, was tut deine Schwiegertochter? Sie startet gleich nach dem Besuch einen zweiten Erpressungsversuch, ruft einfach so bei einer Geheimnummer des luxemburgischen Nachrichtendienstes an. Ist sie denn von allen guten Geistern verlassen? Mit diesem Gegner kann sie es nicht aufnehmen. Aber das sieht sie anscheinend anders. Sie sollte im Grunde nicht mal wissen, wie sie diese Leute erreicht. Ein Notizbuch deines Sohnes, könnte ich mir vorstellen. Nimm es ihr um Himmels willen weg. Wer weiß, wen sie sonst noch alles kontaktiert, um an Geld zu kommen.«

Hinnerk nickte bedrückt.

»Weißt du wenigstens, was in dem Brief deines Sohnes steht? Wem kann das schaden? Hast du mit ihm mal drüber gesprochen?«

Hinnerk zuckte mit den Schultern. »Ja, schon. Er hat mir tatsächlich mal von einem Brief erzählt und erklärt, das sei seine

Lebensversicherung. Er hat mir jedoch nichts Genaues gesagt. Das kannst du dir ja denken.«

»Dem SREL gegenüber hat Vicki das Attentat mit dem weißen Audi erwähnt. Das auf dem Kirchberg.«

»Ich weiß nicht, was in dem Brief steht. Es wird aber nicht ganz ohne sein. Bro wusste viel durch seine Nachforschungen, er gehörte ja zu den Vertrauten im Kreis um Juncker. Als der noch als Premierminister amtierte, war er den Luxemburger Banken und deren Möglichkeiten, mit Geld Geld zu verdienen, bekanntlich sehr zugeneigt – und mein Sohn gehörte zu den gern gesehenen ›Fachleuten‹ in diesem Bereich. Über den Audi hat er aber nicht mit mir gesprochen. Leon, das hätte ich dir doch gesagt! Schließlich geht es dabei um deinen Verein.«

»Eines wird mir jedenfalls langsam klar: Er muss etwas sehr Wichtiges gewusst haben. Sonst wäre er nicht tot. Zumindest vermute ich da inzwischen einen Zusammenhang. Gamma hat gesagt, Bro hätte vor seinem Tod selbst schon mal einen Erpressungsversuch gestartet. Und dann war er tot. Dammich, Hinnerk, willst du jetzt auch noch deine Schwiegertochter verlieren? Wenn du was weißt, sag es mir.«

»Ja, ich glaube auch, dass es da einen Zusammenhang geben könnte. Ich kann dir aber trotzdem nicht genau sagen, was in dem Brief steht. Ich weiß es wirklich nicht, Leon. Bro hat sich sehr vage ausgedrückt. Erinnerst du dich, zu Beginn des Prozesses machten Behauptungen die Runde, die Geheimdienste unter Beteiligung der amerikanischen CIA und des Bundesnachrichtendienstes hätten die Spur der Verwüstung in Luxemburg gelegt. Die These war nicht zu beweisen. Aber dass der luxemburgische Geheimdienst in diesem Zusammenhang eine Rolle gespielt haben könnte, vielleicht um Verbindungen zu vertuschen, die direkt ins Fürstenhaus führen, oder solche zu anderen Organisationen, das wissen wir beide nur allzu gut.«

»Ja, ich erinnere mich. Da war doch dieser Deutsche, Andreas Kramer, laut eigener Aussage Historiker, der in einer eidesstattlichen Erklärung zu den Erinnerungen seines verstorbenen Vaters ausgesagt hat. Kramer senior soll damals für den deutschen Bundesnachrichtendienst als Verbindungsmann für die Benelux-Staaten gearbeitet haben. Der Sohn behauptete, er sei Operationsleiter von Gladio gewesen und habe die Einsätze in Deutschland, den Benelux-Staaten und der Schweiz koordiniert. Sämtliche Bombenleger-Aktionen sollen über seinen Schreibtisch gegangen sein.«

»Gladio, Gamma, Koordination der Attentate – da haben wir sie doch, die direkte Verbindung! Und was die Beteiligung des SREL angeht ...«

»Ja, ja, die Machenschaften des SREL ...«

»... die ist ja von einem parlamentarischen Untersuchungsausschuss aufgearbeitet worden. Die Grundlagen dafür hat unter anderem Bro geliefert. Am Ende gab es vorgezogene Neuwahlen. Und Juncker musste gehen. Was in Bros Brief steht, hat was mit all dem zu tun. Vermute ich.«

»Vermutest du, soso. Ich weiß aber, dass Vicki gedroht hat, publik zu machen, wer den Sprengsatz auf dem Kirchberg tatsächlich geworfen hat.«

»Hat sie? Aber woher soll Bro das denn gewusst haben? Außerdem wurde dem Gericht doch schon ein Sündenbock in leitender Position präsentiert, der allerdings praktischerweise inzwischen tot ist. Deine Kollegen und du haben also derzeit nichts mehr zu befürchten.«

»Tu nicht so unschuldig, mein Freund. Du weißt, was auf dem Spiel steht.«

Hinnerk nickte. »Ja, ich weiß, was auf dem Spiel steht. Aber was den beiden Angeklagten vorgehalten wurde, nämlich dass sie zusammen mit anderen, inzwischen allesamt dahingeschiedenen Kollegen die Attentate inszeniert haben, um die Bedeutung und Ausstattung ihrer gelangweilten, jedoch zeitlich mit Personenschutz überbeanspruchten Eliteeinheit zu heben, glaubt sowieso kein Mensch. Das ist doch hanebüchen, eine Räuberpistole. Niemand in Luxemburg findet das plausibel.«

»So ist es, mein Freund Hinnerk, so ist es. Genau deshalb jedoch ist der Brief, mit dem deine Schwiegertochter winkt, purer Sprengstoff. Noch mal, was weißt du? Und warum diese komische Summe? Vierhundertachtzigtausend Euro, warum nicht eine Million oder am besten gleich zehn?«

»Spar dir den Sarkasmus. Sie ist verzweifelt. Ich vermute mal, so hoch sind die Schulden, die Bro ihr hinterlassen hat. Sie weigert sich, mit mir darüber zu reden. Vicki ist nicht gierig, ich kenne sie. Sie steht einfach mit dem Rücken zur Wand.«

Schmalen zog seinen linken Mundwinkel hoch, in seinen Augen leuchtete ein amüsierter Funke auf. »Ich hab von dem Tohuwabohu und der Trecker-Bastion gestern in Schankweiler gehört.«

Jetzt musste auch Hinnerk lachen. »War sehr effektvoll, für den Moment zumindest. Aber wirklich, mehr weiß ich nicht.«

»Hinnerk, wenn du willst, dass Vicki und deiner Enkelin nichts passiert, musst du schnellstens was unternehmen. Sie stoppen. Herausfinden, was in dem Brief steht. Egal, wie. Am besten, du beschaffst diesen Brief.«

Das sah Hinnerk ebenso. Doch selbst Schmalen würde er den Brief nicht geben, wenn er ihn fand.

»Ich rede mit Vicki.«

»Mach das, unbedingt. Es geht hier möglicherweise um ihr Leben. Ich hab dich gewarnt. Mehr kann ich nicht tun.«

»Ich weiß, Leon. Danke. Das vergesse ich dir nicht. Ich tue, was ich kann, ich schwör's.«

Hinnerk rannte fast zurück, um seinen Zug zu erreichen.

Während der Fahrt überlegte er, wie er Vicki klarmachen konnte, dass sie in Gefahr war. Er musste ihr diese blödsinnigen Erpressungsaktionen ausreden. Das würde jedoch nicht einfach sein. Wenn die schöne Victorine einmal einen Entschluss gefasst hatte, konnte sie störrisch sein wie ein Maulesel. Dann zog sie den Plan durch. Und bedrohen ließ sie sich schon gar nicht. Nein, es würde nicht einfach sein. Überhaupt nicht.

Alter Trank gegen Impotenz

40 Tage lang morgens und abends einen Aufguss aus 2 Prisen Rosmarin, 6 Prisen Bohnenkraut, 2 Prisen Minze und 2 Prisen Eisenkraut pro Liter Wasser servieren. Anschließend 3 Tage reinen Bohnenkrautaufguss (pro Topf 6 Prisen in kochendes Wasser).

KAPITEL FÜNF,

von einem Logiergast und einer Liebessuppe.

Vicki rührte die Suppe um und fragte sich, wie sie nur auf die Idee gekommen war, heute ihre viel gepriesene Liebessuppe auf den Tisch zu bringen. Sie starrte über den Topfrand hinweg zum Fenster hinaus. Wieder einmal zog die Sehnsucht nach Bro ihr Herz zusammen.

Ihr Hausgast auf der Eckbank lächelte und sagte: »Mmm. Es riecht gut.«

»Da werden Sie warten müssen bis zum Abendessen.«

»Sie brauchen Hilfe.«

»Das sehe ich auch so. Allerdings bezweifle ich, dass Sie mir helfen können, Herr … Kasslin.«

Vicki betrachtete den vorgestern so unverhofft hereingeschneiten Mitbewohner ihres Ziegenbocks mit unverhohlenem Misstrauen. Der Mann war zu gut, um echt zu sein. Er spaltete ungefragt Holz, hatte wie selbstverständlich im Frühtau den Zaun repariert und ihr gerade erklärt, dass er durchaus imstande sei, die verkalkte Klospülung in Ordnung zu bringen und die Stellen im Dach zu reparieren, an denen es durchregnete. Dieser alte Hof brachte täglich eine neue Herausforderung. Aber damit kam sie allein klar. Vicki drückte die Schultern durch und rührte weiter die Suppe. Dieser Tovio Kasslin hatte sich im Stall bei Max inzwischen nahezu häuslich eingerichtet. Und was machte der Ziegenbock? Noch immer weit davon entfernt, die Einquartierung davonzujagen, schien er auf seine alten Tage sogar so etwas wie freundschaftliche Gefühle zu entwickeln.

Und sie selbst? Nun, es war zumindest ein netter Abend geworden, da in der Scheune, einer, nach dem sie ziemlich weinbeduselt ins Bett gefallen war. Sie musste zugeben, es hatte ihr gefallen.

Wie hatte Kasslin das bloß angestellt, dass der Bock so friedfertig blieb? Die Sache mit dem verständigen Gespräch unter Männern glaubte sie ihm keine Sekunde, wenn es auch so ausgesehen hatte, als würde der Bock Kasslin genauestens zuhören und sogar mit ihm einer Meinung sein. Sie hatte Kasslin danach fragen wollen, aber dann hatte der Wein ihr einen Strich durch die Rechnung gemacht. Sie hatte geredet wie ein Wasserfall. Von Bro meistens. Wie sehr sie ihn vermisste. Von den Leuten in Schankweiler, wie sie ihr geholfen hatten, sich hier einzuleben. Von dem, was im Beratungshäuschen geschah. Wie froh sie inzwischen war, ihren Schwiegervater auf dem Hof zu haben. Sie hatte sich selbst reden gehört und sich ziemlich über sich selbst wundern müssen. Sonst war sie nicht so gesprächig.

Kasslin hatte sich als ein guter Zuhörer erwiesen, selbst aber so gut wie nichts von sich preisgegeben. Während sie sich arg zusammenreißen musste, um ihn nicht mit ihren Problemen zu belästigen.

»Haben Sie Max K.-o.-Tropfen gegeben?«, brach es aus ihr heraus.

Kasslin lachte schallend. Ein gutes, ein freies Lachen, wie Vicki feststellte. Der Mann konnte atmen, tief Luft holen, schnaufte nicht flach und verklemmt durchs Leben wie so viele ihrer Kunden. »Nennen Sie mich Tovio, bitte. Und verlassen Sie sich nicht auf den Schein. Ich mag zwar aussehen wie ein Landstreicher, aber ich habe … Kontakte. Zum Beispiel zu Banken.«

Vicki merkte auf. Ihr Misstrauen wurde wieder stärker. Banken. Aha. Ob das Zufall sein konnte? Nein, sie glaubte nicht an Zufälle. »Hinnerk hat also geplaudert. Zu Banken? Nein, danke. Ich kann meine Probleme selbst lösen.«

Kasslin lachte erneut. »Nein, Hinnerk hat nichts damit zu tun. Das habe ich selbst gesehen, als ich hier ankam. Die Trecker standen ja nicht ohne Grund auf dem Hof. Die Menschen im Dorf mögen Sie jedenfalls. Was ich gut verstehen kann.«

»Hören Sie auf, Süßholz zu raspeln, das hilft Ihnen bei mir nicht weiter … Tovio. Mein Schwiegervater sagt nämlich, dass er Ihnen nicht traut. Und ich traue dem Urteil meines Schwiegervaters.« Sie gab sich einen Ruck. So konnte das mit ihm und ihr nicht weitergehen. Er kam ihr zu nahe. Viel zu nahe. »Ich finde, Sie sollten weiterziehen. Suchen Sie sich eine andere Unterkunft.«

»Und ich dachte schon, Sie würden mich ein bisschen mögen.« Er wurde ernst. »Und wenn ich für meinen Aufenthalt hier bezahle und außerdem dafür sorge, dass die Bank Ihren Kredit verlängert? Darf ich dann bleiben? Sie müssen schnell handeln. Dass wegen der Barrikade bisher noch kein Strafbefehl gekommen oder zumindest ein weiterer Gesetzeshüter hier aufgetaucht ist, wundert mich sowieso. Sie wissen, dass Sie da ziemlichen Ärger mit dem Gesetz bekommen können. Vielleicht sogar eine Anzeige wegen Körperverletzung. Und das könnte bedeuten, dass Max womöglich eingeschläfert werden muss, weil er als gefährlich gilt.«

»Das lasse ich nicht zu, niemand tut Max etwas.« Vickis Augen sprühten Funken.

»Das könnte aber passieren, wenn wir nichts unternehmen.«

»Wir? Sind wir jetzt schon beim Wir?«

»Sie sind die misstrauischste Person, die ich kenne. Gerade eben und vorgestern Abend im Stall bei unserem gemeinsamen Glas Wein waren Sie doch ganz nett. Um nicht zu sagen – einfach hinreißend. Nein, ich sehe schon, das wollen Sie nicht hören. Ich ziehe den letzten Satz zurück. Ein Vorschlag zur Güte: Sie lassen mich bleiben, und ich bin auch ganz brav, mache keine Komplimente mehr. Ich arbeite auf dem Hof für Kost und Logis. Besonders für Ersteres. Aus Ihrem Topf duftet es derart verführerisch, dass ich für ein solches Essen sogar auf dem nackten Boden nächtigen würde. Sie bekommen dafür zudem … sagen wir mal, dreihundert Euro im Monat. Und falls ich es nach zwei Monaten nicht geschafft habe, Ihre Angelegenheiten so weit zu regeln, dass der Hof nicht unter den Hammer kommt und Max nicht in den Kochtopf, ziehe ich von dannen. Ohne Murren.«

In Vickis Augen erschien so etwas wie ein kleines hoffnungsvolles Leuchten. Das erlosch jedoch sofort wieder. Vielleicht war es an der Zeit, dass sie ihren Stolz mal beiseiteschob. Komisch, dass so was bei Fremden einfacher war als bei der eigenen Familie. Sie konnte tatsächlich dringend Hilfe gebrauchen. Und Kasslin würde ohnehin nichts ausrichten können. »Aber Sie halten sich von Elena fern. Und tun ohne Widerspruch, was ich Ihnen sage. Woher kommen Sie überhaupt? Woher haben Sie diese Beziehungen, von denen Sie gerade geredet haben? Ich meine, wenn ich Sie so anschaue …«

Tovio sah ihr offen und gerade in die Augen. »Lassen Sie es mich so ausdrücken. Ich habe die Menschen verloren, die ich am meisten liebte. Damals war ich im … öffentlichen Dienst. Das war vor anderthalb Jahren. Danach hielt ich es in meiner Heimat nicht mehr aus. Also habe ich meine Sachen gepackt, mich beurlauben lassen und bin losgezogen. Mit nicht mehr als diesem Rucksack. Aber ich hielt es an keinem Ort lange aus. Sie könnten sagen, ich bin vor mir selbst davongelaufen. Doch hier bei Ihnen, so zwischen den Hügeln, mit den Streuobstbäumen, diesem verrückten Ziegenbock, in Gesellschaft eines grummeligen Seebären und seiner … ganz besonderen Schwiegertochter, ich glaube, hier könnte ich wieder zu mir finden. Die körperliche Arbeit auf dem Hof tut mir gut. Lenkt mich von mir selbst ab.«

Er erhob sich und kam auf sie zu. »Wenn Sie mich bleiben lassen, dann tun Sie wirklich ein gutes Werk, Victorine Peters. Dann helfen Sie mir mehr, als ich Ihnen jemals helfen könnte. Ich weiß, dass Sie den Schmerz kennen, den der Verlust eines geliebten Menschen mit sich bringt. Was ist mit Ihrem Mann geschehen, Vicki? Wie ist er umgekommen? Davon haben Sie mir nichts erzählt. Ich darf Sie doch Vicki nennen?«

Vicki wandte sich wieder dem Herd zu, ihre Miene war jetzt verschlossen. Nein, sie wollte das nicht. Dieses … Etwas, das meist in einen Tumult der Gefühle mündete. Sie brauchte in ihrer verzwickten Lage ihre innere Ruhe, damit sie klar denken konnte und keine Fehler machte. Falls das nicht schon geschehen war. »Ich habe noch was zu erledigen. Gehen Sie schon mal aufs Dach und schauen Sie nach, was da genau zu tun ist. Dann reden wir weiter.«

»Ich darf also bleiben?«

»Wir werden sehen. Ich sage es Ihnen morgen. Heute habe ich keine Zeit und ehrlich gesagt auch keine Nerven. Sie können sich später was von der Suppe nehmen. Ich werde noch mal versuchen, mit meinem Bankberater zu reden. Und danach gehe ich ins Kino. Oder unternehme sonst etwas. Ich muss mich auch mal ablenken.«

Am Abend, lange bevor Vicki wieder daheim und als Elena längst im Bett war, knöpfte sich Hinnerk Peters den Hausgast vor, der ihnen da auf den Hof geschneit war. Vicki hatte ihn darum gebeten.

Und weil beim Reden die Kehle trocken wurde, musste sie immer wieder angefeuchtet werden.

Als Vicki heimkam, saßen die beiden Männer einträchtig beieinander in der großen Küche, ziemlich beduselt, und lachten schallend über irgendwelche dummen Männerwitze. Das vermutete Vicki wenigstens. »Ich geh ins Bett, ich bin völlig fertig«, erklärte sie knapp und wünschte Gute Nacht.

»Schie war beim Friseur«, stellte Tovio Kasslin fest, nachdem sie hinausgegangen war. »Und sie sacht Ja.«

»Ach, hassu aber eine gute Bbbbeobachtungschgabe. Spökenkieker, wa?«

»Jo.«

»Und Plattdeutsch kannsch du auch. Also fasso gut wie ich. Willst du mich nich Hinnerk nennen?«

»Jo. Und du mich Tovio.«

»Guter Mann, Tovio, glaub fast, du bist ein guter Mann. Von mir aus kannsch bleiben. Aber lass ja die Finger von meiner Vicki. Wenn du Victorine was tust oder Elena, ich bring dich um.«

»Ist mir klar«, erwiderte Kasslin.

***

Vicki erwachte am nächsten Morgen weit vor der üblichen Zeit. Sie war nicht unbedingt das, was man eine Frühaufsteherin nennen konnte, aber der Hof machte einfach zu viel Arbeit, um die Morgenstunden vergammeln zu können, sosehr sie sich auch manchmal danach sehnte. Hinnerk gab sein Bestes, aber er hatte nun mal zwei linke Hände – insofern war der Hausgast tatsächlich ein Gewinn. Nun gut. Sollte er bleiben.

Sie holte Bettwäsche aus dem alten Schrank im Wohnzimmer und trug sie nach oben in die Kammer. Ein Mann, der dreihundert Euro im Monat zahlte, hatte ein Anrecht auf ein gutes Bett. Na ja, jedenfalls ein nach alten Handwerkstechniken gefertigtes Bauernbett. Glücklicherweise war Kasslin nicht allzu groß, er würde vermutlich reinpassen. Die Leute früher waren kleiner gewesen, hatten nicht so lange Betten benötigt. Und die Federn unter der Matratze ächzten ein wenig, wenn man sich umdrehte.

Vicki seufzte, Kasslin würde damit leben müssen. Sie konnte sich den Kauf eines neuen Bettes nicht leisten.

Hinnerk lief an der geöffneten Türe vorbei.

Auch er schien an diesem Morgen früh aufgewacht zu sein. »Das ist vernünftig, min Deern«, sagte er zufrieden. »Also kann Tovio bleiben. Wir können ihn brauchen.«

»So, dann seid ihr also schon per Du? Dieser Kasslin scheint ja eine Zauberwirkung auf alte … also, ich meine …«

Hinnerk lachte laut auf. »… auf alte Böcke zu haben, wolltest du sagen.«

Vicki schüttelte die geblümte Bettdecke auf und betrachtete sie dann nachdenklich. »Hm. Na ja, dann muss er halt mit den Blümchen leben. Anderes Bettzeug hab ich gerade nicht.«

»Der Tovio, der kommt schon klar. Aber was ist mit dir? Wat secht die Bank?«

Vicki schaute ihren Schwiegervater an. »Es war komisch gestern, sie waren irgendwie freundlicher als sonst. Nicht gerade nett, aber immerhin einigermaßen freundlich. Stell dir vor, mein Bankmensch hat gesagt, er wolle sich alles noch einmal ganz genau anschauen, vielleicht finde sich doch eine Möglichkeit, dass wir den Hof behalten können. Er habe das alles ja nie gewollt. Aber ich müsse es verstehen, sie hätten halt ihre Vorschriften, und dann gingen die Dinge eben ihren Gang.«

»Und wat has du secht, dass der die Vorschrift mit einem Mal Vorschrift sein lassen will?«, fragte Hinnerk misstrauisch.

Vicki schob ihr Kinn vor. »Dass ich bald eine größere Summe bekommen würde.«

»Ach nee, und woher sollen die Moneten kommen?«

Vicki zögerte, dann gab sie sich einen Ruck. Sie musste ihren Schwiegervater endlich einweihen. »Bro. Er hat einen Brief hinterlassen. Darin steht, wer hinter den Bombenleger-Attentaten wirklich steckt. Ein ganzes Netz von Leuten.«

»Aha. Dja, er hat mal so was gesacht. Und?«

»Warum schaust du so komisch, Hinnerk?«

»Nich komisch. Bloß interessiert.«

»So? Ich hatte gerade kurz den Eindruck, dass du schon wusstest, was ich sagen wollte.«

»Iwo, min Deern.«

»Hm. Na ja, du wirst jetzt sicherlich gleich sagen, dass ich das nicht hätte tun sollen. Aber ich hatte keine andere Wahl.« Vicki räusperte sich. »Also, da war doch neulich dieser Mann auf dem Hof. Ein anderer Mann namens Gamma hat ihn geschickt. Den kannte ich, der war mal hier, als Bro noch gelebt hat. Und ich wusste von Bro, dass er irgendwie in der Attentatserie mit drinsteckt. Ich hab diesem Gamma gedroht, ich erzähle der Richterin, die in dem eingestellten Prozess den Vorsitz hatte, alles, was ich von Bro weiß, wenn er mir nicht das Geld gibt, das ich der Bank schulde …«

Hinnerk stöhnte auf. »Ach, Vicki. Wat machst du bloß för Narrenkraam. Die Lüt sin bannig gefährlich. Hat Bro dir das nich secht?«

»Doch.« Sie klang jetzt ganz kleinlaut. »Ich wusste doch aber nicht, was ich sonst tun sollte. Na ja, und da kam jedenfalls dieser Mann. Er hat gedroht, dass sie mir den Hof abfackeln und dass Elena was passiert, wenn ich keine Ruhe gebe. Also hab ich's versprochen.«

»Und dann, wat is dann ween? Dat is doch noch nich alles!«

»Ich … ich hab einen anderen Kontaktmann von Bro angerufen, einen vom luxemburgischen Geheimdienst, und ihn darüber informiert, dass es diesen Brief gibt. Ich hab ihm gesagt, dass Bro Informationen über denjenigen hatte, der damals beim Gipfeltreffen die Bombe auf dem Kirchberg aus dem Audi geworfen hat. Und über dessen Kontakte zum britischen Auslandsgeheimdienst MI 6 sowie darüber, wer die Wanze in der Armbanduhr des nationalen Geheimdienstchefs platzieren ließ. Und über die Kontakte des luxemburgischen Geheimdienstes zu italienischen Stay-Behinds. Dann hab ich gesagt: Wenn gewisse Leute nicht wollen, dass die Vorsitzende Richterin den Brief in die Hand bekommt, sollen sie mir Geld dafür geben.«

»Vicki, bist du narrisch? Warum schnackst du nich mit mir? Vorher, bevor du so was machen tust?«

Vickis Gesichtsausdruck wurde störrisch. »Ich lasse mir den Hof nicht nehmen.«

»Deern, dein Leben und das von Elena sind wichtiger als so 'n dummer Hof.«

»Wir werden sehen, ob sie zahlen oder nicht. Ich hab denen gesagt, dass ich den Brief an einem sicheren Ort verwahre, einem, an dem sie ihn nie finden werden. Und wenn mir was passiert, geht er automatisch ans Gericht.«

Hinnerk stöhnte. »Und wo is nu dieser sichere Ort?«

Vicki senkte den Kopf. »Na, wenn Bro *dir* davon erzählt hat, dann kannst *du* es mir vielleicht sagen. *Ich* weiß es nämlich nicht«, sagte sie leise.

»Wie? Was hören meine ollen Lauscher? Das is ja noch schlimmer. Du hast keine Ahnung, wo der Brief is?«

»Bro hat mir nur gesagt, er habe ihn irgendwo hier auf dem Hof versteckt, zusammen mit einem Notgroschen für uns. Als Absicherung, falls ihm mal was passieren würde. Er hat mir aber nicht mehr sagen können, wo. Also, wo ist er?«

»Keinen Schimmer. Nicht den blassesten. Dat is doch all nich wahr! Du drohst mit ’nem Brief, von dem du noch nicht mal wissen tust, wo er steckt. Vicki! Wie dummerhaftig muss man denn sein? Und wenn Bro Lögen vertellt hat? Er ist min Söhn, avers ook einen groten Lögenbüdel.«

»Bro würde mich nicht anlügen. Er ist nur nicht mehr dazu gekommen, es mir zu sagen, bevor …«

»… du meinst, ehr dat sie ihn umbrocht hebben? Vicki! Willst du nu ook dein Leven riskieren? Elena brukt ihr Mudder. Wat soll mit die Deern werden ohne dich?«

Vicki brach in Tränen aus. »Ach, Hinnerk, was soll ich denn bloß tun? Ich kann doch nicht zulassen, dass wir den Hof verlieren. Wo sollen wir denn sonst hin?«

»Mädchen, der Hof spielt kein Harmonika. Wichtich is nur, wi sind am Leven un krekel. Der Rest find sich.«

»Ich kann nicht mehr zurück.«

»Wie hast du die Lüüd eigentlich kontaktiert? Woher hast du die Nummern?«

»Bros Notizbuch. Ich hab es bei seinen Sachen gefunden und gut aufgehoben. Da gibt es einige Nummern, die er unter dem codierten Stichwort Bombenleger-Affäre aufgeschrieben hat. Aber ich kenne natürlich Bros Verschlüsselungsmethoden. Und ganz oben stand die Nummer von diesem Gamma. Ein Italiener, glaube ich.

Ich weiß nicht, wie er richtig heißt. Ich fand ihn damals ziemlich unsympathisch, als er auf den Hof kam. Na ja, ich kann mir meine Verbündeten derzeit kaum aussuchen.«

»Gamma, dein Verbündeter? Oh nee, nee, nee!«

Vicki schaute ihren Schwiegervater verblüfft an. »Wieso regst du dich eigentlich so auf? Kennst du den Mann?«

Hinnerk merkte, dass er einen Fehler gemacht hatte. Sollte er ihr von seinen Aktivitäten berichten? Nein, besser, sie wusste nichts davon. Nicht bevor er dafür gesorgt hatte, dass sie und Elena in Sicherheit waren. Und dazu würde er von seinem ganzen Einfallsreichtum Gebrauch machen müssen. Sie erpresste Gamma und den luxemburgischen Geheimdienst mit einem Brief, von dem sie noch nicht einmal wusste, wo er war! Herrje! Er hatte nicht den leisesten Schimmer, wie er sie da rausholen sollte.

»Nein, nein«, wehrte er eilig ab, »der Name is nur irgendwie gediegen. Muss ein Deckname sein. Und dat bedeutet, der hat viel to verbargen.«

Er sah genau, dass Vicki ihm nicht glaubte. Aber sie war zu sehr mit ihren eigenen Problemen beschäftigt, um weiter nachzuhaken.

»Und wat wollst du maken, wenn die Moneten bi dir intrudeln und dieser Gamma oder die Lüüd vom luxemburgischen Geheimdienst den Brief für sich fordern tun?«

»Dann sag ich einfach, ich hätte ihn verbrannt. Aber ich wüsste, was drinsteht. Und wenn sie keine Ruhe geben, würde ich alles der Richterin erzählen.«

»Deern, Deern, das kann böse enden.«

»Lass mich, ich mach das schon, ich kann auf mich aufpassen.«

»Ach? Wat du nich sechst.«

»Sag ich, kann ich. Und jetzt geh zu diesem Kasslin, deinem neuen Freund, und sag ihm, er hat ab sofort ein Zimmer.«

In diesem Moment hörten sie Männertritte auf der Treppe. Als hätte Tovio Kasslin geahnt, dass von ihm die Rede gewesen war. »Hab meinen Namen gehört. Was ist?«

»Und was haben Sie sonst noch gehört?«, erkundigte Vicki sich spitz.

»Nichts, was soll ich denn gehört haben? Ich komme doch gerade erst.«

»Hm«, erwiderte Vicki skeptisch. »Also gut. Ich hab Ihnen hier ein Bett bezogen. Sie können hier schlafen.«

»Ich bleib lieber bei Max«, erklärte Kasslin.

Auf Hinnerk machte es kurz den Eindruck, als habe Tovio ihm einen merkwürdigen Blick zugeworfen. Aber wahrscheinlich hatte er sich getäuscht.

»Ach, macht doch alle, was ihr wollt«, erwiderte Vicki und stapfte aus dem Zimmer.

»Sie steckt in der Klemme, Hinnerk. Das sehe ich dir an.«

»Is wohl wahr, Tovio, min Dschung, deit sie. Bis zur Halskrause. Mehr kann ick dir nich seggen. Zu deiner eigenen Sicherheit. Aber wir wern goot auf Vicki aufpassen müssen. Könnte da Hilfe brauchen.«

»Na, auf mich kannst du zählen. Werd tun, was ich kann.«

Schon wieder dieser merkwürdige Ausdruck in Tovios Augen. Jetzt glaubte Hinnerk nicht mehr daran, dass er sich getäuscht hatte. Womöglich war nicht nur auf diesem Bauernhof in Schankweiler nicht alles so, wie es den Anschein hatte. Er musste mehr über Tovio Kasslin erfahren.

***

Am nächsten Morgen erklärte Tovio überraschend, dass er den ganzen Tag weg sein würde. Vicki sagte nichts weiter dazu, fragte nicht nach, nickte nur.

Seltsam, dachte Hinnerk. Hat sie ihr Misstrauen schon völlig abgelegt? Oder bahnt sich da was an? Nein. Bei Vicki doch nicht.

Kurz nachdem Tovio aufgebrochen war, verabschiedete sich auch Hinnerk mit einem gemurmelten »Heb noch bannig viel vor«. Er stapfte hinaus und sah gerade noch Tovios Rücken, als der die Schaarenstraße hinunterschlenderte. Wie wollte der Kerl überhaupt von hier wegkommen? Trampen, Bus, Zug? Er ging ihm vorsichtig hinterher. Hinnerk Peters verstand sich aufs Beschatten.

Wie sich herausstellte, war es ein Taxi, das unten an der Kreuzung Nussbaumer-/Holsthumer Straße auf Kasslin wartete.

Hinnerk streichelte sein Kinn. Er sah sehr nachdenklich aus. Er zückte sein Handy. Kurz darauf kam ein weiteres Taxi. Er merkte nicht, dass er ebenfalls beobachtet wurde. Von Vicki.

Liebessuppe

Man schäle und würfle Karotten und Zwiebeln, gebe Salz und Pfeffer aus der Mühle hinzu und dünste alles mit Butter an.
Dann mit Gemüsebrühe aufgießen und weich kochen. Die Suppe im Mixer fein pürieren und mit viel frischem Orangensaft nochmals erwärmen. Ingwer schälen und fein reiben, ebenfalls in die Suppe geben, mit Salz und Pfeffer abschmecken und auf Teller verteilen. Obenauf noch je einen Klecks Crème fraîche setzen und servieren. Falls die Suppe zu dickflüssig wird, mit etwas Brühe verdünnen.

KAPITEL SECHS,

in dem sich zwei alte Freunde schon wieder treffen, Vicki ein neues Rezept für Liebeswein ausprobiert, Elena verzweifelt gesucht wird und eine elegante Dame auf dem Hof auftaucht.

Das Bistro de la Presse, Krautmarkt 24 in Luxemburg, war eine beliebte Lokalität. Der Krautmarkt, auf Luxemburgisch Krautmaart, auf Französisch Rue du Marché-aux-Herbes, verlief entlang des Großherzoglichen Palais und der luxemburgischen Abgeordnetenkammer. Und nicht umsonst war der Name auch nach und nach zu einem Synonym für die Abgeordnetenkammer selbst geworden.

Gut, manchmal ging es auch im luxemburgischen Parlament zu wie Kraut und Rüben, doch das war es nicht allein. Im Bistro de la Presse wurden Argumente ausgetauscht, Positionen abgestimmt und besprochen, Bündnisse geschmiedet.

Hier, in dem Gründerzeithaus mit den Geranien vor den Fenstern, trafen sich mit schöner Regelmäßigkeit alle, die politisch aktiv waren; der neue Premier Xavier Bettel, meist gut gelaunt und immer mit einem Stück aus seinem großen Sortiment an Schals, dazu Abgeordnete, Minister oder sonstige Luxemburger Größen.

Jeder kannte jeden. Das Land war ja nicht allzu groß, das Parlament mit sechzig Abgeordneten vergleichsweise überschaubar. Und die »normalen« Leute drumrum tranken weiter ihren Kaffee, schauten vielleicht ab und an hinüber zur Runde, wenn die Debatte etwas heftiger wurde oder das Lachen lauter, und beschäftigten sich dann wieder mit ihrem Eis oder ihrem Kuchen.

Manchmal kam auch der Lebenspartner von Xavier Bettel mit dazu. An diesem Tag jedoch nicht, dafür gab es ein Defilee der Gratulanten. Denn Bettel hatte Ja gesagt. *Verlobt und bald verheiratet: Luxemburgs Regierungschef hat verraten, dass er seinen langjährigen Lebensgefährten Gautier Destenay bald heiraten wird*, lautete die Schlagzeile des »Tageblatt«.

Die Touristen interessierte das alles kaum, nicht viele von ihnen hätten Xavier Bettel auf der Straße erkannt – ein freundlich wirkender, jugendlicher Mann, der völlig unspektakulär daherkam. Bis auf die wechselnden Schals natürlich. Sein Markenzeichen.

Leon Schmalen saß bereits an einem Tisch ein wenig im Hintergrund, als Hinnerk Peters eintraf. Er redete nicht lange um den heißen Brei herum. »Konntest du deine Schwiegertochter von diesem Wahnsinn abbringen?«

Hinnerk setzte sich, schwieg eine Weile. Dann schüttelte er den Kopf. »Vicki kann ganz schön halsstarrig sein«, antwortete er gedehnt.

»Um Gottes willen, Hinnerk. Weißt du inzwischen wenigstens, was in dem Brief steht? Vielleicht ist es ja nicht so wichtig, jedenfalls nicht wichtig genug, um deine Schwiegertochter ... ähm ... zum Schweigen zu überreden.«

Wieder zögerte Hinnerk die Antwort hinaus. Sollte er verraten, dass Vicki einfach nur pokerte, dass sie überhaupt nicht wusste, wo Bros Brief war? Geschweige denn eine konkrete Ahnung davon hatte, was darin stand? Er wollte sie so gerne in Sicherheit wissen. Aber was war nun besser? Wenn er Schmalen die Wahrheit sagte? Oder wenn er alle, wirklich alle im Glauben ließ, dass Vicki gefährlich werden könnte?

Schmalen war ein Freund. Aber das hier war auch für ihn eine besondere Situation. Er musste Rücksicht auf seine früheren Kollegen bei der Brigade nehmen. Er würde den Inhalt des Gesprächs an die Leute weitergeben, die zählten, er musste. Schon um sich selbst zu schützen. Schmalen hatte keine andere Wahl. Bei aller Freundschaft. Das wusste Hinnerk. Er nahm es Schmalen nicht übel, er selbst hätte ähnlich gehandelt. Das waren die Regeln.

»Nein, sie wollte es mir nicht sagen. Aber sie hat mir mitgeteilt, dass sie Bros Schreiben gut versteckt hat und dass der Brief automatisch an die Vorsitzende Richterin des Bombenleger-Prozesses geht, wenn ihr etwas passiert.«

Hinnerk hoffte, Schmalen schluckte die Kröte. Sein Freund war wie er selbst geschult darin, Menschen beim Lügen zu ertappen. Wer nicht erwischt werden wollte, tat gut daran, so nah wie möglich bei der Wahrheit zu bleiben. Denn es gab tausend kleine Möglichkeiten, sich zu verraten. Er kannte sie alle: Augen niederschlagen, die Hand ans Kinn, den Mund oder die Nase führen, die Nase oder das Ohrläppchen anfassen, kratzen oder daran ziehen, Lippen ablecken, seufzen und gähnen, Fingertrommeln, Bein ausstrecken, Fussel beseitigen, Faden ausziehen, Haare richten und begradigen, Nagel begutachten, beißen oder kauen …

Schmalen nickte bedächtig. »Genau das hatte ich befürchtet. Hinnerk, das ist eine schlimme Situation. Und ich weiß nicht, ob ich noch etwas für dich tun kann, mein Freund.«

»Versuch es, Leon. Bitte versuch es. Wir müssen meine Schwiegertochter da rausholen.«

Leon Schmalen betrachtete den Mann, der ihm einmal das Leben gerettet hatte, aufmerksam. »Ich werde es versuchen. Ich tue, was ich kann. Aber du kennst Gamma. Wenn er einmal einen Weg eingeschlagen hat, dann ist er wie eine Dampfwalze. Kaum noch aufzuhalten.«

Hinnerk hatte Mühe, das Zittern aus seiner Stimme zu halten. »Ist er schon auf dem Weg?«

»Wer kann bei Gamma schon Genaues wissen, egal, was er sagt? Ich hoffe, es ist mir gelungen, ihn hinzuhalten. Aber er will den Brief. Natürlich. Und nicht nur er. Dasselbe gilt für den SREL.«

Und für deinen Verein, die Mobile Brigade, dachte Hinnerk und war dem Freund dankbar, dass er nicht noch mehr Druck aufbaute, indem er darauf hinwies.

»Deine Schwiegertochter muss den Brief herausrücken. Ohne Bezahlung, das ist dir doch hoffentlich klar. Bei Gamma haben wir zwei Wochen Schonfrist, wenn er sich an die Abmachung hält. Aber der SREL wird auch reagieren. Ich weiß nicht, was sie planen, meine Kontakte wollten es mir nicht sagen. Da herrscht plötzlich eisiges Schweigen. Aber garantiert haben die auch etwas vor. Und natürlich muss ich meine Leute informieren. Ich werde mein Möglichstes tun, damit sie vorerst stillhalten und ihr es nicht gleich mit mehreren Parteien zu tun bekommt. Hinnerk, mehr kann ich nicht für dich tun. Und ich denke, damit sind wir quitt. Du gehst jetzt besser.«

»Kann ich dich kontaktieren?«

»Besser nicht. Das bringt uns beide unnötig in Gefahr. Wenn sie mir auch noch an den Kragen wollen, mich für einen Verräter halten, dann kann ich gar nichts mehr für dich ausrichten.«

»Ach, Leon, in was für einen Schlamassel sind wir da nun wieder geraten?«

»Sag das deiner Schwiegertochter, Hinnerk.«

Und das, nahm Hinnerk sich vor, würde er tun. In aller Deutlichkeit. Vicki in ihrer ebenso halsstarrigen wie naiven Annahme, in ihrem Leben gäbe es schon einen Schutzengel, der dafür sorgen würde, dass alles gut ausging, musste endlich zur Vernunft gebracht werden.

***

Vicki Peters machte sich ebenfalls so ihre Gedanken, derweil sie einen neuen Liebestrank ausprobierte. Eigentlich eher einen gegen Liebeskummer und Depressionen. Sie fühlte sich zurzeit selbst ziemlich ausgelaugt: Sie hatte vor etwa einer halben Stunde frische Salbeiblätter aus ihrem Bauerngarten mit heißem Wasser aufgegossen, den Sud nach zwanzig Minuten abgegossen und abkühlen lassen. Da hinein gab sie allerlei stärkende Gewürze, ein kleines Stück Angelikawurzel, Pomeranzenöl, hochprozentigen Alkohol, Ahornsirup und Portwein. Fünf Flaschen standen schon bereit. Auf diese verteilte sie die Mischung, bis sie zu etwa einem Drittel gefüllt waren. Dann goss sie das Ganze mit einem guten Portwein auf.

Der Likör war ein bewährtes Mittel, um eine innere Unruhe und diese seltsame Traurigkeit loszuwerden, die sich wie Mehltau über die Seele legte. Da war Grübeln eigentlich nicht gut. Aber sie hatte dummerweise Zeit dafür. Denn einige Kunden hatten abgesagt. Vicki vermutete, das lag an den Presseberichten über die kämpferische Bauersfrau aus Schankweiler, die sich nicht von ihrem Hof vertreiben lassen wollte und die in ihrem Dorf derart beliebt und integriert war, dass es einen Aufstand samt Trecker-Blockade gegeben hatte, um die Pfändung zu verhindern. Vielleicht hatten die Leute Angst, von einem schwarzen Block vermummter kämpferischer Schankweiler mit Dreschflegeln und Mistgabeln vom Hof gejagt zu werden. Vielleicht. Vielleicht aber auch nicht. Dafür hatte eine Frau angerufen und ganz dringend um einen Termin gebeten. Sie hatte zugesagt.

Hinnerk machte sich Sorgen, das war mehr als deutlich. Gut, das tat sie selbst ebenfalls. Auch wenn sie es nicht zeigte, so wusste Vicki doch sehr genau, dass ihre Erpressungsaktionen so etwas wie einen Kamikazeflug darstellten. Doch ihr war einfach nichts anderes eingefallen, um den Hof noch zu retten. Der Hof – ihr war, als hinge ihr Leben daran. Natürlich war das unvernünftig. Aber dieses kleine Anwesen in Schankweiler, das war außer Elena alles, was noch an Greifbarem von ihrem gemeinsamen Leben mit Bro übrig geblieben war. Ein Leben, eine Erinnerung, die ihr langsam zu entgleiten drohte.

Erst neulich hatte sie von Bro geträumt. Was genau, das wusste sie nicht mehr. Nur der Schrecken war ihr in Erinnerung geblieben, als sie nach dem Aufwachen feststellte, dass sie sein Gesicht nicht hatte sehen können. Dieses so geliebte Gesicht. Die volle Unterlippe, die gerade Nase, eher klein für einen Mann, die blauen Augen, in denen der Schalk funkelte, wenn er sie mal wieder auf den Arm genommen hatte. Bro, ihre große Liebe, der Mann, mit dem sie so vieles geteilt hatte, auch die Hoffnung, die Welt zu einem wenigstens etwas besseren Ort zu machen.

Er war es gewesen, der ihr gut zugeredet hatte, als es darum ging, Menschen zu helfen, die mit ihrem Leben nicht klarkamen. »Ich kenne keinen Menschen, der so warmherzig ist, der so sehr mit vollen Händen Zuneigung und Liebe geben kann wie du, Vicki«, hatte er gesagt. Und nun, nun konnte sie im Traum noch nicht einmal mehr sein Gesicht erkennen. Wenn sie bloß diesen verdammten Brief finden könnte! Bis dahin musste sie einfach bluffen, so gut es ging. Der Magen zog sich ihr zusammen.

Und wieso hatte ihr Schwiegervater Tovio beschattet? Die beiden Männer hatten sich doch gut verstanden. Und nun, so schien es, traute er ihm doch nicht. Nun ja, auch Hinnerk war so etwas wie ein stilles Wasser. Natürlich ahnte Vicki, dass bei ihm nicht alles so war, wie es nach außen schien. Sie argwöhnte es zwar mehr, als dass sie es wusste, aber in der Zeit ihres Zusammenlebens hatte sich in ihr die Überzeugung verfestigt, dass Hinnerk früher ein Mitarbeiter des Bundesnachrichtendienstes gewesen sein könnte. Und dass er nach Bros Tod nicht umsonst so unvermittelt auf dem Hof aufgetaucht war. Dass Hinnerk Peters nicht von der Angst vor der Einsamkeit im Alter getrieben wurde, sondern von der Absicht, sie und Elena zu beschützen. Wovor auch immer. Die andere Möglichkeit: Er wollte sie aushorchen. Er musste von Bros Verstrickungen in die Luxemburger Bombenleger-Affäre gewusst haben, worin auch immer diese bestanden hatten.

Beschützen. Am Ende vor jemandem wie Tovio Kasslin? Vicki war sehr wohl bewusst, dass dieser ebenfalls etwas verbarg, sonst hätte er sich nicht so davonschleichen müssen. Auch er könnte einen ganz bestimmten Grund gehabt haben, auf den Hof zu kommen. Sie glaubte nicht daran, dass er nur zufällig vorbeigekommen war, quasi unmittelbar nachdem sie ihren Erpressungsversuch beim luxemburgischen Geheimdienst gestartet hatte. So naiv war sie nicht. Andererseits hoffte sie inständig, dass sie sich irrte. Denn, und das musste Vicki sich in diesem Moment eingestehen, sie *wollte* Kasslin vertrauen. Zum ersten Mal seit Bros Tod war da ein Mann, zu dem sie sich hingezogen fühlte. Mehr als es ihr guttat, vermutlich. Denn sie konnte es sich nicht leisten, sich zu verlieben. Nicht in ihn. Nicht ehe sie mehr über seine Motive wusste. Falls überhaupt. Es tat viel zu weh, eine Liebe zu verlieren. Noch einmal würde sie das nicht überstehen.

Sie hörte die Haustüre. Tovio kam heim. Er grüßte nur kurz, murmelte etwas, erklärte dann, er sei müde, und verabschiedete sich in den Stall zu Max. Hinnerk tauchte eine halbe Stunde später auf. Auch er merkwürdig wortkarg. Vickis Stirn umwölkte sich noch mehr. Die große alte Uhr in der Küche schlug drei Mal. Eine kalte Hand legte sich um ihr Herz. Elena, wo blieb Elena? Sie hätte längst von der Schule zu Hause sein müssen. Ihr wurde heiß und kalt.

Nein, nur nicht gleich das Schlimmste denken. Sie machte sich bestimmt unnötig Sorgen. Vielleicht war sie bei einer Freundin. Vielleicht hatte sie die Zeit vergessen. Den Bus verpasst. Vicki eilte zum Telefon.

Eine Stunde später war klar: Elena war an diesem Morgen überhaupt nicht in ihrer Schule angekommen. Der Busfahrer konnte sich nicht daran erinnern, sie gesehen zu haben. Bei ihren Freundinnen war sie ebenfalls nicht. Vicki wurde speiübel.

Wieder hörte sie die Haustüre. Tritte. In Vickis Kopf hämmerte nur ein Wort: Elena, Elena …

»Kann ich etwas Milch …« Kasslin brach ab, als er sah, wie kreidebleich Vicki vor ihren Flaschen stand. »Was ist los? Was ist passiert?«

»Elena ist noch nicht zu Hause. Ich hab schon überall rumtelefoniert. Sie war überhaupt nicht in der Schule.« Sie brach in Schluchzen aus.

Kasslins Gesicht wurde grimmig. Er stürmte aus der Küche in den Gang zur Treppe in den ersten Stock. »Hinnerk, komm sofort runter«, brüllte er nach oben.

Eine Türe wurde geöffnet, die Dielen im Gang oben knarrten, Hinnerk lehnte sich über die Holzbrüstung. »Wat is, wat krakeelst du so?«

»Hinnerk!«, rief jetzt auch Vicki, die sich durch Kasslins Aktion aus ihrer Schockstarre gelöst hatte. Die Panik in ihrer Stimme war nicht zu überhören. Das brachte den alten Seebären in Bewegung, er polterte schwer die Treppe hinunter. Sein linkes Knie wollte nicht mehr so richtig und schmerzte des Öfteren. Hinnerk ignorierte das stoisch, winkte ab, wenn Vicki ihn zum Arzt schicken wollte, doch es behinderte ihn beim Treppensteigen. Insbesondere abwärts. »Wat macht ihr hier für'n Spektokel?«

»Elena ist weg«, klärte Kasslin ihn auf. »Sie war auch nicht in der Schule.«

Hinnerks Gesicht wurde finster, er ähnelte für einen Moment dem zornigen Meeresgott Neptun, der kurz davor war, die Ozeane aufzuwühlen. Dann riss er sich zusammen. »Is bestümmt nich so schlimm, die Deern hät seker de Zit vergeten«, sagte er einigermaßen ruhig. Doch Vicki konnte er nicht täuschen. Er machte sich Sorgen. Vicki bekam Magenschmerzen.

Er lächelte ihr aufmunternd zu. »So was machen Kinners af und an, die denken sich nich nix dabi. Wi söken die Deern. Tovio, los. Wi finden sie schon.« Damit stapfte er aus der Küche.

Tovio nahm Vicki noch kurz in den Arm. »Es wird. Ich verspreche es«, murmelte er über ihren Kopf hinweg. Dankbar ließ sie sich für einen Moment in seine Wärme hineinsinken und fühlte sich auf seltsame Weise getröstet. Sie glaubte, wollte glauben, dass er nur versprach, was er auch halten konnte. Hinnerk und Tovio würden Elena heimbringen. Ganz sicher.

»Tovio, du Döspaddel! Wo bleibst du?«, dröhnte es von draußen.

Kasslin drückte Vicki noch einmal sanft, dann machte er sich los, zwinkerte ihr aufmunternd zu und eilte davon.

Vicki spürte, wie sich ihr Herzschlag etwas verlangsamte. Vielleicht war es wirklich so, wie Hinnerk gesagt hatte. Kinder hatten kein Zeitgefühl, machten manchmal solche Sachen. So ganz glaubte sie das allerdings nicht.

***

»Hallo, ist da jemand?«, rief eine weibliche Stimme nur Minuten später. Vicki eilte zur Haustüre und stand einer eleganten Dame mit feuerrot getönten streichholzkurzen Haaren gegenüber. Herrje, sie hatte die neue Klientin völlig vergessen. Die schien das an ihrem Gesichtsausdruck ablesen zu können, denn sie sagte leise: »Es tut mir leid, ich sehe Ihnen an, dass ich ungelegen komme. Aber bitte schicken Sie mich nicht weg. Ich weiß mich einfach nicht mehr zu lassen. Ich habe mich nach dem Tod des geliebten Mannes in eine schreckliche Heulsuse verwandelt.«

Das klang so kläglich, dass Vickis Herz schmolz. Doch, den Kummer, den konnte sie gut nachvollziehen. Und vielleicht war es ja auch eine gute Ablenkung, bis Tovio und Hinnerk wieder zurück waren. Hoffentlich mit Elena.

Sie würde einfach ganz fest daran glauben. Das gehörte zu ihrer Version von der Magie des Alltags. Man musste nur konzentriert an etwas denken, dann konnte es durchaus sein, dass Wünsche wahr wurden. Sie hatte das schon oft erlebt. Allerdings war es dabei wichtig, eine sehr genaue Vorstellung davon zu haben, was man wollte, am besten in Form von exakten Bildern im Kopf. Irgendwo schien es da eine Instanz zu geben, die mit Bildern besser umgehen konnte als mit abstrakten Gedanken. Wer keine oder nur wenig bildhafte Vorstellungskraft aktivieren konnte, lief schon mal Gefahr, dass der Wunsch zwar in Erfüllung ging, aber völlig anders als erhofft. Da wünschte sich eine Frau zum Beispiel einen starken Kerl. Und was bekam sie? Einen Preisboxer, allerdings einen, der eigentlich nichts anderes im Kopf hatte als seinen Sport. Hatte es alles schon gegeben. Deswegen legte sie gerade bei neuen Klienten großen Wert darauf, sich zu vergewissern, dass die auch ganz genau wussten, was sie wollten.

»Na, dann kommen Sie mal herein«, sagte sie. »Ich muss nur schnell noch einige Flaschen verschließen, dann können wir in mein Beratungszimmer gehen. Oder wenn Sie wollen, können Sie sich bis dahin noch etwas auf dem Hof umsehen. Ich brauche etwa zehn Minuten. Gehen Sie aber bitte nicht in den Stall. Unser Ziegenbock ist ein alter Griesgram und auf Fremde nicht allzu gut zu sprechen. Er hat manchmal die Angewohnheit, sie auf die Hörner zu nehmen.«

Über das Gesicht der Besucherin huschte ein kleines Lächeln. »Danke, das vergesse ich Ihnen nicht«, sagte sie und strich sich übers Gesicht. Eine unwillkürliche Geste, vermutete Vicki. Ihr fiel auf, dass die Frau an der linken Hand einen Ring mit einem roten Rubin trug. Sie ging hinein und widmete sich ihren Flaschen. So bekam sie nicht mit, dass die Fremde genau an den Ort ging, vor dem sie gerade gewarnt worden war.

***

Elena sah die Besucherin über den Hof kommen. Was machte die denn hier? Nein, sie wollte ihr lieber nicht noch einmal begegnen, sie hatte schon genügend Schwierigkeiten. Schnell schlich sie aus dem Stall, versteckte sich dahinter, wartete.

Die Frau kramte in ihrer Handtasche und zog ein Zigarettenpäckchen heraus. Doch sie zündete keine Zigarette an, sondern ging zum Stall. Vermutlich hat sie Angst, sie könnte versehentlich das Stroh in Brand setzen, dachte Elena.

Max war nicht erfreut über den Besuch, wie man an seinem Schnaufen und den unwilligen Hufgeräuschen erkennen konnte. Die Frau kam wieder heraus und schlenderte zur Hofmitte, wo sie stehen blieb und sich einmal um sich selbst drehte, so als wollte sie ihre Umgebung betrachten. Von den Zigaretten war nichts mehr zu sehen, sie hatte das Päckchen wohl wieder eingesteckt.

Gleich darauf erschien Vicki, und die beiden Frauen verschwanden im Beratungshäuschen.

Elena rannte, so schnell sie konnte, hinüber zu Leah. Die würde sie in ihre runden Arme nehmen. Leah würde wissen, was zu tun war.

Kräftiger Liebeswein

1 gute Handvoll frische Salbeiblätter mit heißem Wasser aufgießen, den Sud 20 Minuten ziehen und dann abkühlen lassen. Dazu kommen 1 TL gemahlener Zimt, 1 g Ingwerwurzel, je 1 g gemahlene Muskatnuss und Nelken, 1 kleines Stück Angelikawurzel, 20 Tropfen Pomeranzenöl, 20 ml hochprozentiger Alkohol, 100 ml Ahornsirup, 1 l kräftiger Rotwein. Alles miteinander vermischen und einige Tage durchziehen lassen, anschließend umfüllen und kredenzen.

KAPITEL SIEBEN,

in dem auch Glückskekse die Stimmung anfangs nicht aufhellen können und ein Mädchen wieder auftaucht.

Als Kasslin zu dem alten Bauernhof zurückkehrte, dunkelte es bereits. Das diffuse Licht der Dämmerung war für ihn die Tageszeit der Dämonen. Der Dämonen in seinem Inneren, die ihn seit dem Verlust seiner Familie heimsuchten. Inzwischen schwebten sie jedoch auch um das Haus, in dem er begonnen hatte, sich heimisch zu fühlen. Daheim. Zum ersten Mal seit langer Zeit hatte er das Gefühl gehabt, angekommen zu sein. Das war vor allem dieser wunderbaren störrischen Frau zu verdanken, die er hier kennengelernt hatte. Doch nun schien etwas Bedrohliches über dem Gehöft zu liegen, eine dunkle Kraft, die alles Lebendige, alle Wärme und Nähe zu ersticken drohte. Was ihm am Morgen noch lichtdurchflutet, hell und fröhlich erschienen war, präsentierte sich jetzt als ein Hort der schwarzen Geister der Angst.

Jemand hatte in der Küche die Rollläden heruntergelassen. Es war, als wollte das Haus ihn warnen, einzutreten. Natürlich ließ er sich nicht davon abhalten. Aber es bereitete ihm Unwohlsein. Normalerweise kannte er solche Gefühle nicht. Seine Vorgesetzten hatten ihm jedoch allzu dringend geraten, die Angelegenheit in Ordnung zu bringen. Da war was im Busch.

Angst. »Der größte Fehler, den man im Leben machen kann, ist es, Angst zu haben, einen Fehler zu machen«, hatte Dietrich Bonhoeffer einmal gesagt. Angst um sich selbst hatte er schon lange nicht mehr. Er hing nicht sehr am Leben. Nicht, seit seine Frau und seine Tochter bei einem Verkehrsunfall ums Leben gekommen waren. Auch damals hatte die Dämmerung gerade eingesetzt. Und er hatte die Angst um andere kennengelernt.

Kein Licht drang nach draußen, auch nicht aus der großen Wohnküche mit der alten Wanduhr, in der Vicki oft bis tief in die Nacht neue Rezepte ausprobierte. Ein besonderer, leicht süßlicher Geruch lag in der Luft im Hausflur, als er eintrat. Da war Cannabis im Spiel. Vicki hatte also jene bestimmten Glück und Leichtigkeit verheißenden braunen »Kekse« zubereitet, von denen Hinnerk ihm neulich Nacht im Vertrauen berichtet hatte. Nur damit er sich nicht wunderte. Nirgends auf der ganzen Welt gab es so gute, so froh machende Plätzchen wie auf dem Petershof, hatte Hinnerk ihm erklärt. Ob für Menschen mit chronischen Schmerzen in den Gliedern oder die mit den Schmerzen im Herzen. Vicki scherte sich in manchen Dingen nicht um Gesetze. Außerdem verschenkte sie sie. Einzeln. Es konnte ihr also niemand Handel mit Drogen vorwerfen.

Kasslin ging weiter in die Küche, wo der Duft am intensivsten war. Auch hier war es dunkel. Er fröstelte trotz des warmen Sommerabends. Also hatte Hinnerk die Kleine auch nicht gefunden. Und nun war Vicki ebenfalls fort. Das inzwischen vertraute Tick-Tack der alten Küchenwanduhr konnte ihn nicht beruhigen.

Da hörte er ein leises Atmen. Er drückte den Schalter, Licht durchflutete den Raum mit dem großen Esstisch, an dem im Zweifel zehn oder mehr Menschen Platz finden konnten, der steinernen Spüle, dem alten Tannenholz-Schrank fürs Geschirr, der Dunstabzugshaube über dem neuen Herd, der direkt neben dem alten stand, der noch befeuert werden musste. Beinahe wäre er über einen der Flickenteppiche gestolpert, denn da saß Vicki, das Gesicht von Tränen überströmt, mit dem Rücken an den grünen Kachelofen gelehnt, den ihr Mann gebaut hatte. Bro. Kasslin hatte ihn einmal kennengelernt. Und sofort unsympathisch gefunden. Auf dem Tisch stand ein Teller mit Keksen.

»Hm. Hier riecht es gut.«

Vicki ging nicht darauf ein. »Wo ist sie nur, wo ist Elena?«

»Ich habe sie nicht gefunden«, erklärte Kasslin lahm.

Vicki stöhnte auf und barg den Kopf in den Händen. »Warum muss ich nur immer alle verlieren, die ich liebe? Erst Bro und nun …«

»Vicki, wir werden Elena finden, warten Sie nur, gleich kommt Hinnerk und hält sie an der Hand.« Er klang weit zuversichtlicher, als er sich fühlte, und sah sie forschend an. »Da ist noch mehr, oder? Geben Sie es zu, es belastet Sie noch etwas. So gut kenne ich Sie inzwischen.«

Vicki nickte. »Ja, es war vorhin eine Frau da. Angeblich, weil sie meinen Rat wollte.«

»Ja, und?«

»Sie hat behauptet, sie sei Bros Geliebte gewesen.«

»Bro, Ihr Mann? Eine Geliebte? Das …« Er schluckte. Am liebsten hätte er gefragt: »Nur *eine*?«

Wie wenig Vicki trotz all ihrer Menschenkenntnis doch ahnte, mit welcher Art von Mann sie wirklich verheiratet gewesen war. Treue, das war für Bro Peters ein Fremdwort gewesen. Vickis Verstorbener hatte alles gejagt, was einigermaßen ansehnlich und nicht bei drei auf den Bäumen war.

Liebe machte bekanntlich blind. Vicki schien das beste Beispiel dafür zu sein. Vielleicht hatte sie es aber einfach nicht wahrhaben wollen. Weil es zu weh tat. Weil sie an diesem Wissen zugrunde gegangen wäre.

»Ähäm … vielleicht wollte sie sich nur wichtigmachen«, sagte Kasslin ausweichend.

Vicki senkte den Kopf. »Ich konnte es zunächst auch nicht glauben. Wir haben uns geliebt, das hätte ich doch merken müssen. Ich dachte immer, also, dass er … nicht so einer …«

Kasslin setzte sich neben sie auf die Bank, die den Kachelofen umgab. »Und jetzt glauben Sie das nicht mehr? Warum?«

»Sie hat von dem Brief gewusst, den Bro mir hinterlassen hat, gesagt, er liege hier auf dem Hof in einem Versteck. Sie wollte, dass ich ihn ihr gebe. Sie hat mir sogar angedroht, dass was Schlimmes passiert, wenn sie ihn nicht bekommt. Ich habe natürlich abgestritten, dass es so ein Versteck überhaupt gibt. Aber sie hatte recht, es gibt eins, und wenn sie nicht seine Geliebte war, warum hätte Bro ihr dann davon erzählen sollen?«

Kasslin machte ein überraschtes Gesicht. »Brief? Was für ein Brief? Davon haben Sie mir gar nichts gesagt.«

»Das geht Sie auch nichts an.« Vicki schaute störrisch.

Kasslin hätte sie am liebsten in den Arm genommen. Diese Frau hatte etwas an sich, das bewirkte, dass bei ihm alle Barrieren fielen. Wenn sie ihn anblickte, so schien es ihm, schaute sie direkt in sein Herz. Tovio, du wirst langsam sentimental, schalt er sich. Vielleicht war es aber auch der Duft der Kekse. Er beschloss, nicht weiter auf das Thema einzugehen, und deutete auf den Teller. »Das sind doch Ihre berühmten Glückskekse, oder? Darf ich einen haben?«

Sie nickte. »Aber nur einen. Außerdem: Sie wirken heute nicht«, fügte sie kläglich an und sah in diesem Moment aus wie ein kleines Mädchen, nicht viel älter als ihre Tochter.

»Es gibt also tatsächlich einen Brief«, murmelte er vor sich hin, als er aufstand, um zum Tisch zu gehen. Aber nicht leise genug. Sie hatte ihn genau verstanden.

»Wieso tatsächlich? Was wissen *Sie* darüber?«

Kasslin hielt für einen kurzen Moment inne. Ihr Verstand arbeitete einwandfrei, sie war keineswegs ein kleines Mädchen. Jetzt hätte er sich beinahe verraten. Er ging zum Teller und nahm sich einen Cookie. »Ach, das war nur so dahingesagt. Ihr Mann hat Ihnen also einen Brief hinterlassen.«

Ihre Miene blieb misstrauisch. »Ja, das hat Bro jedenfalls gesagt. Er hat darin einige Dinge – also Sachen – festgehalten, die … Also, jedenfalls ging es ihm darum, Elena und mich zu beschützen. Ach, Tovio, was soll ich nur tun? Es sieht Elena so gar nicht ähnlich, einfach zu verschwinden. Da ist was passiert, das fühle ich genau. Und dann noch diese Frau … Sagen Sie selbst, wenn die Frau nicht ein enges Verhältnis mit Bro gehabt hat, woher hätte sie dann von dem Brief wissen können?«

Kasslin hatte diesbezüglich eine Vermutung. Konnte es sein, dass seine Auftraggeber beim SREL sichergehen und nicht abwarten wollten, was er ausrichten konnte? Trauten sie ihm nicht? Gab es weitere Aktionen hinter seinem Rücken? Sie hatten bei seiner jüngsten Kontaktaufnahme sehr deutlich gemacht, dass sie nicht bereit waren, lange stillzuhalten. Auch wenn es sich nur um ein Telefongespräch gehandelt hatte, denn er hatte natürlich bemerkt, dass er von Hinnerk beobachtet und verfolgt worden war. So hatte es für Vickis Schwiegervater nicht viel zu beobachten gegeben – außer einem Telefongespräch in einer öffentlichen Luxemburger Telefonzelle. Dort gab es sie noch, diese Häuschen, die andernorts verschwanden, ganze sechshunderteinundzwanzig an der Zahl. Über dreihundert davon an öffentlichen Straßen und Plätzen, die anderen in Hotels oder Restaurants. Die meisten der gelben und grauen Kabinen betrieb die Post. Und sie wurden nicht von Kameras überwacht. Zum Glück für einen Mann mit seinem Beruf.

Sie hatten ihre Soldaten also möglicherweise schon losgeschickt. Das hieß: Er brauchte den Brief. Schnell.

Kasslin spürte die altbekannten Magenkrämpfe. Nicht schon wieder. Es durfte nicht schon wieder passieren, dass er eine Frau verlor, die er … Nein, nicht an Liebe denken. Nicht jetzt. Nicht ehe die Angelegenheit geregelt war. Das Ende seiner letzten Liebe, der Tod von Frau und Tochter, hatte ihm fast das Herz gebrochen. Dennoch, es ließ sich nicht verleugnen. Vicki und Elena waren die beiden Menschen, an denen ihm heute am meisten lag, und sie schwebten womöglich in Gefahr. »Wir werden jetzt die Polizei über Elenas Verschwinden informieren«, erklärte er grimmig und hoffte im Stillen, dass seine Tarnung nicht aufflog, wenn die Polizei ermittelte. Doch Elenas und Vickis Sicherheit war wichtiger als seine Legende. Er konnte außerdem jederzeit schnell verschwinden, im Geflecht seiner unterschiedlichen Identitäten untertauchen. Obwohl er das nicht wollte. Nein, ganz und gar nicht.

Eine Stunde später kreuzte eine Polizistin mit einem Kollegen bei ihnen auf. Die Cookies waren inzwischen in der Gefriertruhe verschwunden.

»Aha, das ist also der Hof, der unlängst in den Schlagzeilen war«, erklärte die dralle junge Frau mit den schulterlangen Engelslocken. Es lag eine gewisse Anzüglichkeit in ihrer Stimme. »Wonach riecht es denn hier?«

»Ich hab gebacken, ist aber schon alles alle«, erklärte Vicki. »Wir haben Sie aus einem anderen Grund angerufen.«

»Alles alle. Soso. Nun ist also Ihre Tochter verschwunden? Seit wann wird sie denn vermisst?«

»Seit heute Morgen, sie ist nicht in der Schule erschienen.«

Kasslin erkannte, wie sehr Vicki um Fassung rang.

»Machen Sie sich keine Sorgen. Die meisten Kinder kommen heil wieder nach Haus zurück«, meinte jetzt der Kollege beschwichtigend.

»Könnte das etwas mit Ihrem – äh – Migrationshintergrund zu tun haben? Dürfen wir uns hier mal umschauen? Wo ist das Zimmer des Mädchens?« Es war mehr als deutlich, die junge Polizistin hielt Victorine Peters insgeheim für einen Fall fürs Jugendamt.

»Bitte, schauen Sie sich um«, sagte Vicki leise.

»Gab es Streit? Hatte Ihre Tochter vielleicht einen Grund, davonzulaufen?«, erkundigte sich der Beamte, ein gemütlich wirkender Mittvierziger. Als er die Mütze abnahm, wurde ein kahler Schädel sichtbar.

Wieder einer, der sich die verbliebenen Haare lieber abrasiert, als eine Glatze spazieren zu tragen, dachte Kasslin.

»Nein, kein Streit«, antwortete Vicki.

Der Mann wandte sich Kasslin zu. »Und wer sind Sie?«

»Er ist ein Hausgast«, erklärte Vicki.

»Name?«, bellte der Polizist, die Beamtin nickte dazu.

Sie scheint nicht uninteressiert an mir zu sein, stellte Kasslin fest und lächelte sie probeweise gewinnend an. Ja, er lag richtig, sie lächelte zurück.

Die Haustüre knarrte, die Tritte von Männerstiefeln waren zu hören, dann stürmte Hinnerk in die Küche »Und? Wo ist die Deern?«

»Wir haben sie noch nicht gefunden. Da hat Tovio die Polizei alarmiert.«

»Soso, die Polizei«, meinte Hinnerk gedehnt.

»Und wer sind Sie?«, erkundigte sich der Beamte.

»Mein Schwiegervater«, erwiderte Vicki anstelle von Hinnerk. »Und mit ihm hatte Elena auch keinen Streit.«

Ein Klopfen an der Haustüre ließ alle herumfahren. »Hallo, ist hier jemand?« Die Frauenstimme schien Vicki bekannt vorzukommen, Kasslin bemerkte, wie sie hoffnungsvoll den Rücken durchstreckte. »Halloho, ist hier jemand?«

»Das ist Leah. Eine Nachbarin, mit der ich immer Backrezepte austausche.«

»De Döör is apen!«, rief Hinnerk.

Und da stand sie auch schon in der Küchentüre, hundertfünfzig Zentimeter hoch, ziemlich rundlich, an der Hand ein kleines Mädchen.

»Elena!« Vicki stürzte auf ihre Tochter zu. »Wo hast du nur gesteckt? Ich habe mir solche Sorgen gemacht. Bitte, mach das nie wieder.« Sie schloss die Kleine in ihre Arme.

»Sie hat sich nicht getraut heimzukommen, deswegen kam sie

zu mir«, erklärte Leah, nachdem der erste Begrüßungssturm vorbei war. »Es hat allerdings eine ganze Weile gedauert, bis ich das aus ihr rausbekam.«

Vicki schob ihre Tochter ein Stück von sich weg. »Und wieso? Du weißt doch, dass du immer heimkommen kannst, egal, was passiert.«

»Und inne Schule bis du auch nich wern!«, bemerkte Hinnerk anklagend.

»Mach ihr keine Angst, Hinnerk Peters«, wies Vicki ihn zurecht. »Also komm, was war los?«

Elenas Wangen wurden feuerrot. »Na ja, ich hab den Bus verpasst.«

»Nu mach nich so 'n Schisslaweng, sach, was war los?«, donnerte Hinnerk, der es kaum noch aushielt.

»Aber es stimmt! Und dann ... also, dann hat mich eine sehr nette Frau mitgenommen.«

Vicki runzelte die Stirn. »Du weißt doch, du sollst nicht ...« Sie unterbrach sich. Sie wollte jetzt nicht schimpfen.

»Ich weiß, aber sie war wirklich sehr nett. Bloß hatte ihr Auto bald danach eine Panne, und es hat gedauert, bis der ADAC kam. Da war ich dann schon so spät dran, dass ich mich nicht mehr in die Schule getraut hab.«

»Und was hast du stattdessen gemacht?«

»Ich bin heimgelaufen. Zuerst war ich oben im Wald, am Ende der Schaarenstraße. Dann wurde mir kalt, also bin ich zu Max in den Stall.«

»Hast du denn nicht gehört, dass wir dich gerufen haben?«, fragte Kasslin. »Wir haben überall nach dir gesucht.«

»Doch.« Die Kleine ließ den Kopf hängen und schluckte. »Später bin ich dann zu Leah und hab ihr alles erzählt.«

Die rundliche Frau legte mütterlich einen Arm um Elenas Schulter und erklärte den beiden Polizisten: »Elena weiß, dass sie eigentlich mit niemandem mitfahren darf. Sie hatte einen Riesenbammel vor der zu erwartenden Gardinenpredigt daheim.«

»Ach, min Deern, gut, dass du wieder da bist«, brummte Hinnerk besänftigt.

»Dann sind wir ja jetzt überflüssig«, stellte die blonde Polizistin fest. Es klang, als wäre sie etwas enttäuscht, dass das Jugendamt nun doch nicht eingeschaltet werden musste.

Kasslin wartete, bis die beiden Polizisten draußen waren. »Kannst du die Frau beschreiben? Wie hat sie ausgesehen, Elena?«, erkundigte er sich leichthin.

»Sie hatte ganz kurze Haare, rot. Und sie war ganz nett.«

Bei Elenas Beschreibung wurde Vicki bleich. »Das klingt nach der Frau, die am Nachmittag zu mir gekommen ist«, erklärte sie sichtlich erschüttert.

»Wat für'n Fruunsminsch?«, wollte Hinnerk wissen.

Vicki winkte ab. »Ich bring jetzt erst mal Elena ins Bett«, antwortete sie. »Hinnerk, willst du Leah nicht was anbieten?«

»Ich muss sowieso gehen. Mein Herr und Meister wartet.« Vickis Nachbarin lachte. Und dann war sie auch schon aus der Küche.

»Welches Fruunsminsch?«, beharrte Hinnerk.

»Ich erkläre es dir«, meldete sich Kasslin zu Wort. »Aber vorher muss ich noch mal kurz in den Stall, was holen. Hab da noch 'ne Buddel Rum. Zur Feier der Rückkehr von Elena.« Er grinste schief.

»Na, da komm ick denn mal glieks mit.«

Dazu, den Rum tatsächlich zu trinken, kamen die beiden Männer allerdings nicht. Denn Max, der alte Ziegenbock, lag röchelnd im Stroh.

Der Tierarzt war schnell geholt. Er wohnte ganz in der Nähe: Leahs Mann, Helmut Hoffmann.

»Offensichtlich vergiftet«, urteilte Helmut, als er sich Max anschaute. »Habt ihr eine Ahnung, was der Bock gefressen haben könnte? Giftige Pflanzen haben wir hier nicht. Da kann ich nichts tun, nur hoffen, dass der alte Kerl das übersteht. Ist ja ein zäher Bock.«

Kasslin und Hinnerk hatten keine Ahnung, wie Max an das Gift oder das Gift zu Max gekommen sein könnte. Aber das mit dem Nichtstun wollte keiner der beiden Männer hinnehmen.

»Irgendwas muss man doch machen können«, beharrte Kasslin. »Eine Infusion, was weiß ich. Kann man das Gift nicht irgendwie verdünnen?«

»Wenn wir wüssten, welches Gift, gäbe es vielleicht ein Gegenmittel. Ich müsste ihm dafür Blut abnehmen und ans Labor schicken. Aber bis wir rausgefunden haben, was er gefressen hat und wann, ist der alte Kerl vielleicht schon im Ziegenhimmel. Und es kostet auch, das ist nicht billig.«

»Trotzdem, mach das, Helmut, egal, was es kostet, ich bezahl das. Die Deern hat schon genuch Galama.«

Niemand musste Helmut Hoffmann erklären, was mit Galama gemeint war. Er kramte eine Spritze aus seinem Arztkoffer. Max zuckte noch nicht einmal, als ihm Blut abgenommen wurde. »Gut, ich bring die Probe gleich morgen früh ins Labor und werde sehen, dass ich die Untersuchung irgendwie beschleunigen kann. Am schnellsten wäre es aber, wir finden heraus, wann er was gefressen hat, dann wissen wir gleich, um welches Gift es sich handelt und ob es sich nicht sowieso schon zu sehr im Körper verteilt hat, um ihm noch zu helfen. Vielleicht findet ihr ja was.«

Nachdem Helmut Hoffmann gegangen war, suchten Kasslin und Hinnerk den ganzen Stall nach der möglichen Ursache der Vergiftung ab. Sie konnten nichts Ungewöhnliches entdecken. Kasslin entschied sich, bei Max die Krankenwache zu halten. Hinnerk würde zurück ins Haus gehen. Ohne groß weiter darüber zu reden, waren sie übereingekommen, dass sie Vicki zumindest heute noch nichts von Max' Zustand sagen wollten. Vielleicht wäre am nächsten Morgen ja schon alles besser. Das hofften sie zumindest, wenn sie auch nicht daran glaubten.

Sowohl Kasslin als auch Hinnerk war klar, dass die Vergiftung des Bocks zu genau diesem Zeitpunkt eher kein Zufall war. Es war eine Warnung für Vicki. Nur, von wem?

»Jemand will Vicki Bange machen«, sagte Hinnerk.

»Kein guter Tag«, sagte Kasslin. Seine Stimme klang gepresst. »Hinnerk, wenn du jetzt ins Haus gehst …«

»Jo?«

»Pass bitte gut auf Vicki und Elena auf.«

»Nee, kein guter Tach«, pflichtete Hinnerk ihm bei. »Und aufpassen tu ich sowieso, darauf kannste einen lassen.« Er warf Kasslin einen schrägen Blick zu. »Ich werd mich um die Deerns gut kümmern. Ich glaub allerdings, min Dschung, wir ham noch allerlei zu beschnacken.«

Kasslin nickte langsam. »Das haben wir wohl. Und du kannst

ruhig Hochdeutsch mit mir reden, Hinnerk Peters. Ich weiß, dass du das kannst.«

»So, du weißt das?«

»Jo.«

Vickis Glückskekse

Ganz ohne Backen: In einer heißen Soßenpfanne 2 Tassen Zucker, 4 el Kakao, ½ Tasse Cannabis-Butter und ½ Tasse Milch vermischen. 3 Tassen Haferflocken, 1 Tasse Erdnussbutter und 1 EL Pulver von einer gemahlenen Vanilleschote (samt Inhalt) hinzufügen. Die Zutaten vermengen und die Masse dann mit einem Löffel portionsweise auf ein eingefettetes Backblech fallen lassen. Für etwa 10 Minuten abkühlen lassen und genießen.

KAPITEL ACHT,

in dem Vicki einen Fleischtopf zubereitet und eine Frau beschattet.

Der Trierer Dom, die älteste Bischofskirche Deutschlands, Weltkulturerbe mit drei Krypten, dem Kreuzgang und der Domschatzkammer, ragte hoch über ihr auf. Seine Baugeschichte umfasste eine Zeitspanne von über tausendsiebenhundertfünfzig Jahren. Die dereinst größte christliche Kirchenanlage der Antike war im frühen 4. Jahrhundert über einer ehemaligen konstantinischen Palastanlage entstanden – vier Basiliken, die durch ein großes Taufbecken miteinander verbunden waren – und bedeckte eine Fläche, die an ihren Grenzen bis zum heutigen Hauptmarkt reichte. Mitten in der Stadt.

Vicki schickte ein Gebet gen Himmel. Es enthielt als wichtigsten Bestandteil das Wort »bitte«. *Bitte* mach, dass alles gut wird. *Bitte* mach, dass die Frau lügt. *Bitte* mach, dass ich den Hof retten kann. *Bitte* mach, dass ich irgendwann nicht mehr so traurig bin.

Das Beten war ganz gegen ihre sonstigen Gewohnheiten. Normalerweise belästigte Vicki den lieben Gott, die liebe Göttin oder wer auch immer als übergeordnete Macht schaltete und waltete, nicht mit ihren Problemen. Doch jetzt brauchte sie einfach Hilfe.

Dass der Dom zum Weltkulturerbe gehörte, fand Vicki außerdem sehr passend. Schließlich war sie gerade im Begriff, eine Erbschaftsangelegenheit in Ordnung zu bringen, auch wenn der Erbschaftsfall weit jüngerer Natur war und gestern mit dem Besuch der eleganten rothaarigen Frau – gefärbt natürlich – noch dazu eine ganz besondere Aktualität gewonnen hatte. Eine schmerzhafte. Die Frau, die sich Henriette Haag nannte und behauptete, Bros Geliebte gewesen zu sein. Vicki hatte nach durchwachten Stunden und einer nächtlichen Kochorgie beschlossen, die Situation nicht einfach so hinzunehmen, kampflos.

Bollito Misto mit Kapern-und-Sardellen-Soße. Bro hatte dieses Gericht immer gern gemocht. »Fleisch, das gibt Manneskraft, die Form von Möhren und Sellerie spricht ja für sich, und dann noch Knoblauch – sind das nicht alles Dinge, die die Liebe fördern?«, hatte er gewitzelt. Sie erinnerte sich daran, wie er sie nach Gesprächen wie diesem mehr als einmal auf seine Arme genommen und die Treppe ins Schlafzimmer hinaufgetragen hatte.

Bro hatte wahrhaft gern über die Liebe gesprochen, über ihren Körper und über den Akt an sich. Er hatte im Gegensatz zu manch anderem seiner Geschlechtsgenossen auch keine Probleme damit gehabt, über seine Männlichkeit zu witzeln. Denn Bro war sich seiner Männlichkeit sicher gewesen. Immer.

Vicki schossen die Tränen in die Augen. So etwas sollte er auch mit einer anderen Frau getan haben? Nein, niemals. Sie würde sich das nicht einfach so bieten lassen. Wie immer in schwierigen Situationen half ihr eine bestimmte Mischung von Trotz und Wagemut. Sie würde kämpfen. Ja, das würde sie.

Bro war schließlich *ihr* Mann. Sie wollte der Angelegenheit auf den Grund gehen. Sie musste einfach, schon um irgendwann ihre innere Ruhe wiederzufinden.

Als Henriette Haag zu ihr gekommen war, hatte sie zunächst kaum begriffen, was die Frau eigentlich von ihr wollte. Verstanden schon, gehört eben, aber bis zum Begreifen hatte es nicht gereicht, geschweige denn zum Erfassen der Konsequenzen, die ihre Behauptung mit sich brachte. Erst hatte die Sorge um Elena das klare Denken blockiert. Und später waren es dann die Gefühle gewesen. Bro, den sie liebte, Bro, dem sie blind vertraut hatte, ein Ehebrecher? Das durfte einfach nicht wahr sein. Das Wissen, dass sie sich so in ihm getäuscht haben sollte, in seinen Gefühlen für sie, tat zu weh, nahm ihr fast die Luft zum Atmen. Und der Schmerz, der sich wie ein Wolf durch ihren Brustkorb fraß, der an ihr zerrte und biss, wollte seitdem einfach nicht weggehen. Zum ersten Mal erlebte Vicki selbst, wie weh verratene Liebe tun konnte. Der Tod von Bro war schon schrecklich gewesen. Doch das jetzt war schlimmer, es fühlte sich an wie ein zweiter Tod. Denn ihre ganze Welt, alles, woran sie geglaubt hatte, war dabei, in sich zusammenzubrechen.

Nach Bros Tod hatte sie sich wenigstens am Bewusstsein seiner Liebe für sie festhalten können. Nach dem Besuch von Henriette Haag schwebte sie ohne Halt im luftleeren Raum, unfähig, ihren Alltag zu bewältigen, unfähig, überhaupt etwas zu bewältigen.

Deshalb war sie hier in Trier. Die Frau hatte behauptet, dass sie dort lebte. Die Frau, über die sie unbedingt mehr wissen musste. Vicki hatte Elena heute Morgen zum Schulbus gebracht und war dann selbst aufgebrochen, ohne vorher noch mit Kasslin oder Hinnerk zu sprechen. So hatte sie nicht erfahren, dass Max im Stall um sein Leben kämpfte, Kasslin an seiner Seite, der Stunde um Stunde bei ihm geblieben war, ihn gestreichelt und versucht hatte, dem alten Bock Wasser einzuflößen.

Die Adresse von Henriette Haag, die sie aus dem Online-Telefonbuch herausgesucht hatte, lag in der Nähe des Trierer Hauptmarktes. Und da Bro viel Wert darauf gelegt hatte, ihr die Heimat in der Eifel schmackhaft zu machen, kannte Vicki sich hier auch einigermaßen aus. Ihr wurde übel. Bro. Immer wieder lief alles auf Bro hinaus. Würde es in ihrem Leben irgendwann mal wieder auch nur einen einzigen Moment geben, der nicht vom Gedanken an ihn beherrscht wurde?

Während sie die Steipe passierte, dachte sie, um sich abzulenken, an das, was sie von Bro über die Geschichte der Stadt erfahren hatte. 958 hatte Trier das Marktrecht verliehen bekommen – und der Hauptmarkt war damals zum Zentrum des mittelalterlichen Trier geworden. Die Steipe, das Festhaus des Stadtrates, verfügte über einen unmittelbaren Zugang zur Stadtkirche St. Gangolf. Diese war durch das kleine Barocktor an der Südseite zu erreichen.

Den Marktbrunnen liebte Vicki besonders. Er stammte aus dem 16. Jahrhundert und war umgeben von den vier Kardinaltugenden des guten Stadtregiments, nämlich Gerechtigkeit, Stärke, Mäßigkeit und Klugheit, aber auch von kleinen Ungeheuern und Schabernack treibenden Äffchen. Sie lächelte bitter. Mit den Tugenden war es neuerdings in ihrem Leben nicht so weit her.

Und in der Nachbarschaft von St. Gangolf, an der Ostseite, mit Blick auf die dortigen Verkaufsstände, in einem der alten Steinhäuser über den Souvenirläden, wohnte die Rothaarige.

Vicki wurden die Knie weich, als sie schließlich vor dem Klingelschild stand. »Henriette Haag«. Ob sie es nicht doch besser lassen sollte? Sie richtete sich auf, dann läutete sie. Nein. Wenn sie jetzt nicht erfuhr, was hier wirklich los war, ob die Frau nicht doch gelogen hatte und woher sie dann von dem Brief wissen konnte oder warum sie sich an Elena herangemacht hatte, würde sie ihres Lebens nicht mehr froh. Sie hatte der Besucherin gegenüber zwar abgestritten, dass es Bros Brief gab, vehement und immer wieder, aber sie war sich nicht sicher, ob die Frau ihr glaubte. Ohne diesen Besuch würde sie sich zudem mit der Frage herumplagen müssen, was für einen Mann sie eigentlich geheiratet hatte. Sie brauchte Gewissheit über Bro, auch wenn es der schwere Weg war. Doch Victorine Peters hatte noch nie zu den Menschen gehört, denen es gegeben war, sich abzufinden, geschweige denn kampflos zu kapitulieren.

Die Frau, die in der Wohnung unter dem Dach lebte, war eine andere. Sie war etwa zwanzig Jahre älter als die rothaarige elegante Dame von gestern Nachmittag und recht ungepflegt. Fettige Haare. Unfreundlich.

»Was wollen Sie? Ich kaufe nichts.«

Vicki benötigte einige Sekunden, ehe sie antworten konnte, sie musste sich erst von der Überraschung erholen und ihre Gedanken sammeln. »Äh, also, ich suche eine Dame, rothaarig, sie nannte sich Henriette Haag. Sie sind …«

»Ich bin nicht rothaarig.«

Das konnte sie selbst sehen. »Ja, also, das ist vermutlich eine Verwechslung. Aber es wäre so wichtig. Tut mir leid, wenn ich Sie gestört haben sollte. Kennen Sie denn vielleicht noch eine andere Frau mit Ihrem Namen?«

Das Misstrauen schwand langsam aus dem Gesicht der Wohnungsinhaberin. »Das bin ich in der letzten Zeit des Öfteren gefragt worden. Nein, ich kenne keine …«

Vicki war kurz davor, in Tränen auszubrechen. Sie schlug die Hände vors Gesicht. »Was mache ich jetzt bloß? Ich muss diese Frau unbedingt finden, sie … schuldet mir etwas. Ich brauche …«

»Ah, das dachte ich mir schon, dass das so eine ist, die nur Schulden hinterlässt. Kommt großkotzig daher in ihren teuren Klamotten, lässt sich die Haare färben, aber zahlt ihre Rechnungen nicht – und firmiert auch noch unter meinem Namen«, brach es aus der Frau heraus.

Vicki reagierte sofort auf diesen kleinen Hoffnungsschimmer, sie begann zu strahlen. »Ja, das ist sie! Genau so, wie Sie sie beschreiben, sah sie aus. Und sie hat Schulden bei mir! Ich brauche das Geld so dringend … Wer ist diese Frau? Kennen Sie ihren richtigen Namen?«

»Wie sie richtig heißt, weiß ich nicht.«

Das Leuchten in Vickis Augen erlosch.

»Aber ich kann Ihnen sagen, wo sie wohnt.«

»Bitte, ja, bitte sagen Sie es mir.«

»Die Lady betreibt offenbar so etwas wie einen Escort-Service.« Henriette Haag schniefte verächtlich. »Sie wohnt am Kornmarkt Nummer 3.«

Vickis Augen wurden groß. »Und woher wissen Sie das?«

»Ich hab meinen Namen gegoogelt. Nun schauen Sie nicht so. Bloß weil ich fast siebzig bin, leb ich doch nicht hinterm Mond. Dabei bin ich auf eine Website gestoßen, auf der mehrere Damen ihre Begleitung anbieten. Im Impressum stand mein Name, Henriette Haag. Ist wahrscheinlich ein Alias. War nämlich keine Adresse dabei. Obwohl die in einem Impressum stehen muss.«

Vicki runzelte die Stirn. »Komisch, als ich den Namen gegoogelt habe, ist mir keine solche Seite aufgefallen.«

»Gut, dann hat die Polizei diesen Unsinn inzwischen abgestellt. Ich bin nämlich da hin und hab mich beschwert.«

»Und woher haben Sie nun die Adresse?«

Henriette Haag kicherte. »Ich hab so meine Verbindungen bei der Polizei.«

Vicki war klar, dass sie hier nicht mehr erfahren würde. »Merci fir Är Hëllef«, sagte sie auf Luxemburgerisch, bereits in Gedanken daran, was sie als Nächstes tun konnte, um die Rothaarige doch noch zu finden. Ihr fiel nur eine Option ein. Sie musste das Haus Nummer 3 beobachten. Jedenfalls so lange sie konnte. Denn daheim hatte sie auch ihre Pflichten. Elena wartete bestimmt schon. Vicki sah auf die Uhr und besann sich eines Besseren. Für heute würde sie die Aktion abbrechen, auch wenn sie diese Ungewissheit kaum aushielt. Aber sie musste heim. Sie wollte bei ihrer Tochter sein. Morgen, wenn Elena in der Schule war, würde sie ihren Posten vor dem Haus am Kornmarkt einnehmen. Und jetzt nur noch kurz vorbeischauen, damit sie wusste, wo das war.

Als sie bei der angegebenen Adresse ankam, sank Vicki der Mut. Am Kornmarkt 3 residierte eine Buchhandlung. Was nun? Sie beschloss, am nächsten Tag trotzdem wiederzukommen.

Daheim traf Vicki auf Kasslin und erfuhr von der Vergiftung von Max. Sie eilte sofort in den Stall, insgeheim ein bisschen froh, dass sie auf diese Weise möglichen Nachfragen entgehen konnte, wie sie die letzten Stunden verbracht hatte. Als sie eintrat, hob ihr alter Freund leicht den Kopf und schnaufte. Vicki kniete sich ins Stroh, nahm den behörnten Schädel in die Arme. »Ach, Max, bitte, lass mich nicht im Stich«, flehte sie immer und immer wieder.

Die Bollito Misto wurde an diesem Tag völlig zur Nebensache. Niemand machte anzügliche Bemerkungen über die erotisierende Wirkung des Gerichtes. Es hatte eh kaum jemand so richtig Hunger. Elena war außer sich wegen Max und verschanzte sich in ihrem Zimmer, Vicki weigerte sich, den Stall zu verlassen, und überließ es Kasslin, den Eintopf aufzuwärmen. Hinnerk maulte, als er mit Kasslin allein am Küchentisch vor seinem Teller Suppe saß. »So geht das nicht weiter. Morgen unternehmen wir was, Herr Kollege.«

Der »Herr Kollege« nickte.

Kasslin hatte Hinnerk gestanden, weshalb er auf den Hof gekommen war. Es war ohnehin sinnlos, den alten Seemann hinters Licht führen zu wollen, zumal er aus demselben Metier kam. So, wie Kasslin für den luxemburgischen Geheimdienst SREL arbeitete, war Hinnerk Peters früher als Kontaktmann für den BND unterwegs gewesen und hatte von seinen Fahrten manch interessante Nachricht mitgebracht. Inzwischen hatten sie eine andere Aufgabe: zu vertuschen.

Kasslin konnte sich fast wortwörtlich an den Artikel erinnern, den das »Luxemburger Wort« veröffentlicht hatte, als der Prozess gegen die beiden Mitglieder der Mobilen Brigade im Juli bis auf Weiteres auf Eis gelegt worden war.

Der 2. Juli 2014 wird in die Annalen eingehen als der Tag, an dem der Bommeleeër-Prozess bekanntlich sein vorläufiges Ende fand. Jetzt, nachdem man dreißig Jahre lang der Meinung gewesen war, dass höhergestellte Persönlichkeiten (oder deren Nachkommen) hinter der ganzen Angelegenheit steckten, dass aber »un déi Déck jo souwisou näischt kënnt« und dass die Ermittlungen deshalb im Sande verlaufen würden, sehen sich viele Kritiker durch die abrupte Prozessunterbrechung in ihrer Meinung bestätigt. Und gehen davon aus, dass der Vorhang in dieser Bommeleeër-Tragödie endgültig gefallen ist.

Ja, auch er war überzeugt gewesen, dass der Vorhang gefallen war. Aus gutem Grund. Manches kam besser nicht ans Licht. Doch nun war Vicki Peters mit ihrer Behauptung aufgetaucht, ihr Mann habe einen Brief mit schwerwiegenden Enthüllungen hinterlassen. Das könnte tatsächlich zu einer Wiederaufnahme des Stückes führen. Es brodelte wieder im Sumpf der Intrigen.

Bro, der Investmentbanker ohne Gewissen, der sich kurz zuvor schwer verzockt hatte, war für die Recherchen zum Fall vom Büro des damaligen Premiers Juncker angeheuert worden und hatte schließlich dem SREL seine Dienste angeboten. Natürlich gegen Bezahlung. Demselben Geheimdienst, dem illegale Abhöraktionen vorgeworfen worden waren – und dessen Chef Juncker gewesen war. Und den Vicki nun zu erpressen versuchte.

Hinnerk wollte Vicki Peters naturgemäß daran hindern, sich in Sachen Bombenleger-Affäre noch weiter in Gefahr zu begeben. Und das wollte er ebenfalls. Er, der eigentlich ganz genau wusste, dass es in seinem Genre wichtig war, Arbeit und Gefühle streng voneinander zu trennen. Doch in Vicki Peters gab es etwas, das ihn anrührte, das ihn lächeln machte, das bewirkte, dass er bereit war, alle Prinzipien über den Haufen zu werfen für einen Augenblick der Nähe zu ihr. Und Elena, die kleine Göre, bedeutete eine erfrischende Erfahrung für einen Mann, dessen eingefrorene Gefühle gerade begannen zu schmelzen. Die Mauern, die er um sein Herz gebaut hatte, bröckelten.

Nach ihrem intensiven Gespräch hatten Hinnerk und er beschlossen, sich zusammenzutun und künftig gemeinsam auf Vicki und Elena aufzupassen. Denn einer allein, das wussten beide, war bei der Energie, die die schöne Victorine – ebenso wie ihre Feinde – zu entwickeln imstande war, schnell überfordert.

***

Tags darauf ging es Max besser. Er war aufgestanden, aber noch schwach, stand wackelig auf seinen vier Beinen. Vicki streichelte den kantigen Schädel, Max schnaubte hingebungsvoll, und sie hatte das Gefühl, dass jetzt wenigstens ein kleiner Teil ihrer einst so heilen Welt wieder in Ordnung kam. Ein Leben ohne Max? Nein, das wollte sie sich nicht vorstellen. In der Nacht hatte sie ihm einen Sud aus allerlei entschlackenden und entgiftenden Kräutern eingeflößt. Max hatte es geduldig über sich ergehen lassen, dass sie ihm dazu das Maul aufgerissen und ihm einen Schlauch in den Schlund gesteckt hatte. Er hatte noch nicht einmal gezuckt. In seinen Augen hatten so viel Liebe und Vertrauen gestanden, dass Vicki die Tränen kamen. So gegen vier Uhr morgens hatte er dann angefangen, wieder zu fressen. Und nun war er auf dem Weg der Besserung. Sie konnte ihn für eine Weile allein lassen.

Vicki ging ins Haus, weckte Elena. Sie war zwar völlig übernächtigt, aber wenigstens teilweise mit dem Schicksal versöhnt – und wild entschlossen, an diesem Tag das Rätsel um Bros Geliebte zu lösen.

Hinnerk rumorte nicht wie morgens um diese Uhrzeit üblich in seinem Zimmer herum; von Kasslin war auch nichts zu sehen.

Sie absolvierte den morgendlichen Marathon, bestehend daraus, Elena etwa zehnmal daran zu erinnern, dass sie jetzt aufstehen müsse, und sie zwanzigmal zu fragen, ob sie sich auch ordentlich gewaschen und die Zähne geputzt und ob sie alle Schulbücher eingeräumt habe. Dazwischen Frühstück auf den Tisch bringen, Pausenstullen schmieren, mitsamt entkernten, aber nicht geschälten Apfelschnitten – Frau wusste schließlich, wo die Vitamine im Apfel saßen – in die Brotbox packen, Elena ermahnen, ihr Müsli aufzuessen und ihren Kakao auszutrinken, drängeln, weil der Bus fuhr, und ... uff, dann konnte sie endlich zusammen mit ihrer Tochter das Haus verlassen.

In Trier baute sie sich vor dem Schaufenster der Meyerschen Buchhandlung am Kornmarkt 3 auf und tat so, als studierte sie die Auslagen. In der spiegelnden Scheibe konnte Vicki die Passanten beobachten. Ihre Hoffnung war zwar nicht allzu groß, aber sie hoffte, die Rothaarige zu entdecken. Vielleicht hatte sich Henriette Haag ja einfach in der Hausnummer geirrt, und sie lebte ganz in der Nähe. So was passierte. Falls nicht, musste sie zu Plan B greifen. Unter ihren Klientinnen war die Frau eines Polizisten.

Gemeinsam versuchten sie, den notorisch untreuen Ehemann von seiner Untreue zu befreien. Erst jetzt, nachdem die Rothaarige zu ihr gekommen war, konnte Vicki nachvollziehen, wie bohrend und gallebitter das Gefühl der Eifersucht im Inneren eines Menschen wühlen konnte. Dabei war Bro längst tot. Und dennoch. Sie wollte die Klientin nicht gern um Hilfe bitten, da diese in ihr doch einen Halt sah, die Hoffnung, endlich wieder ohne Seelenschmerzen durchatmen zu können, ohne die ständige Angst, ob der Mann, an dem sie trotz allem hing, beim Nachhausekommen wieder nach dem Parfüm einer anderen roch. Die sich selbst hasste, weil sie begonnen hatte, ihm nachzuspionieren. Was den Schmerz eher vergrößerte, als ihn zu verringern. Doch sie musste, wenn es nicht anders ging. Vielleicht konnte ja der untreue Ehemann herausfinden, wo die Rothaarige wirklich lebte. Sie würde sich dafür aber eine gute Geschichte ausdenken müssen.

Vicki stand den ganzen Vormittag im Trubel der Fußgängerzone vor der Buchhandlung. Touristen aus aller Herren Länder zogen an ihr vorbei, aber auch Einheimische. Manche blieben neben ihr stehen, schauten ebenfalls, schlenderten weiter. Die Verkäuferinnen drinnen sahen nach einer Weile immer wieder fragend zu ihr herüber. Sie tat unbeteiligt, ging ein Stück, setzte sich in eines der Cafés, trank etwas, tat so, als betrachtete sie den barocken Georgsbrunnen. Er war aber auch grandios in seiner raumgreifenden Formenfülle mit der Darstellung der Jahreszeiten und des Heiligen Georg, des Drachentöters. Oder sie betrachtete angelegentlich die imposante Konstantin-Basilika, im 4. Jahrhundert Sitz der römischen Cäsaren, und kam dann langsam zurück zum Schaufenster. Schließlich brauchte sie eine echte Pause, sie hielt es nicht mehr aus. Zu viel Kaffee drückte auf ihre Blase. Ob sie wollte oder nicht, sie musste auf die Toilette. Vicki eilte also in das Café, in dem sie eben erst ihren fünften Milchkaffee getrunken hatte.

Als sie wieder auf den Marktplatz trat, sah sie die Rothaarige, sie strebte auf die Buchhandlung zu. Vicki wollte gerade loslaufen, um sie zu stellen, als sie ein weiteres bekanntes Gesicht in der Menge entdeckte: Kasslin. Auch er nahm den Weg in die Buchhandlung. Und dann kam ein Mann, vor dem sie sich fürchtete, seit er Bro auf dem Hof besucht hatte. Sie hatte nicht vergessen, wie Bro ihn begrüßt hatte, nicht ahnend, dass sie ihn durch das geöffnete Küchenfenster hören konnte. Er hatte böse geklungen, aber auch irgendwie furchtsam. Das hatte ihr einen Schauer über den Rücken getrieben und eine höllische Angst eingejagt. »Sie sollten nicht hierherkommen, Gamma«, hatte Bro gesagt.

Da war sie unwillkürlich vor die Türe getreten und hatte sich neben ihren Mann gestellt.

»Ach, Vicki, Liebes«, hatte Bro gesagt. »Hier ist ein Mann, der zu Leuten unten im Dorf will. Er hat sich verfahren.«

»Grazie tante«, hatte der Mann geantwortet. Mit Tücke im Blick.

Vicki konnte sich bis heute nicht erklären, warum sie Bro niemals nach diesem Gamma gefragt, ihn nicht mit ihrem Wissen, dass der Mann sehr wohl seinetwegen gekommen war, konfrontiert hatte. Etwas hatte sie abgehalten, ein Gefühl nur. Und jetzt hatte sie selbst mit ihm zu tun.

Was nun? Konnte es Zufall sein, dass ausgerechnet diese drei Menschen, die alle mehr oder weniger etwas mit ihrem Leben zu tun hatten, derselben Buchhandlung zustrebten? Die Rothaarige, Gamma und Kasslin? Tovio, dem sie so gerne vertraut hätte. Zufall war das nicht.

Kasslin drehte sich um, als habe er ihren Blick gespürt. Vicki machte sich hinter den Außentischen so klein wie möglich. Hatte er sie gesehen? Nein, wohl nicht. Es gab keine Anzeichen dafür.

***

Kasslin kam an diesem Abend spät heim. Er hatte einen Stadtführer von Trier in der Hand. Und er brachte gute Nachrichten. Er habe sich erlaubt, mit dem Berater von Vickis Bank zu reden, und ihn überzeugen können. Die Bank habe sich bereit erklärt, den Kredit entgegen der früheren Bekundungen um weitere zwei Jahre zu verlängern. Sie bekomme das noch schriftlich. Sie könne sogar umschulden, um von den hohen Überziehungszinsen runterzukommen. Und die Berliner Räumung sei gestoppt.

Vicki starrte ihn ungläubig an. »Warum sollten die das tun?«

Kasslin lachte. »Ich habe für Sie gebürgt.«

»Sie bürgen für mich, eine Ihnen völlig Fremde?«

Er nickte, verzog den Mund und zwinkerte ihr zu. »Vicki, Sie haben mich hier aufgenommen und mich nichts gefragt. Ich möchte mich erkenntlich zeigen.«

»Aber wenn ich es nicht schaffe, die Raten zu bezahlen, dann stecken Sie mit in der Bredouille.«

»Das wird nicht geschehen«, erklärte Kasslin im Brustton der Überzeugung.

»Es ist noch immer im Bereich des Möglichen, dass sie uns den Hof wegnehmen und ich Privatinsolvenz anmelden muss.«

»Ist es nicht«, sagte Kasslin.

»Und was macht Sie so sicher?«

Er zögerte einen Moment. »Der Bankdirektor schuldet mir einen Gefallen.«

»Das muss aber ein großer Gefallen sein.«

»Ja, ist es. Aber mehr kann ich Ihnen dazu nicht sagen. Was anderes, wie geht es Max? Heute früh war er ja schon ganz gut auf den Beinen. Das ist wohl Ihrer Nähe und Ihren Kräutertränken zuzuschreiben.« Er lachte.

»Ich wollte gerade zu ihm.«

»Na, dann komme ich doch gleich mit.«

Sie gingen schweigend nebeneinanderher zum Stall. Vicki wusste nicht so recht, ob sie Kasslin dabeihaben wollte. Sie musste nachdenken. In Ruhe. Überlegen, ob sie den Mann nicht doch besser rausschmeißen sollte. Er kam ihr dauernd irgendwie … zu nahe. Näher, als sie momentan verkraften konnte. Und wollte. Andererseits konnte sie schlecht einen Menschen des Hofes verweisen, der ihr durch seine Beziehungen zu einem Bankdirektor und seine Bürgschaft soeben das Dach über dem Kopf gerettet hatte. Aber – wieso verfügte dieser Mann, der als eine Art Vagabund auf dem Hof gestrandet war, über solche Beziehungen? Am besten ging sie selbst noch einmal zur Bank und überprüfte die Sache. Dann konnte sie auch gleich in der Buchhandlung nachfragen, ob man dort die Rothaarige kannte. Danach erst würde sie sich bei ihm nach ihr erkundigen. Es war immer die bessere Taktik, wenn man so viel wie möglich wusste, ehe man einen anderen Menschen mit unangenehmen Fragen konfrontierte.

Eines war klar, so einfach kam er ihr nicht davon und die Rothaarige auch nicht. Sie musste der Angelegenheit auf den Grund gehen, musste herausfinden, ob die angebliche Kreditverlängerung nur ein Trick war, um sie ruhigzustellen. Damit sie den Brief aus seinem Versteck holte. Den Brief, von dem sie noch nicht einmal wusste, wo er überhaupt versteckt war.

Max ging es wie erwartet schon wieder ziemlich gut. Kasslin hatte ihm Kraftfutter mitgebracht, und der Bock kaute bald zufrieden darauf herum.

Vicki verabschiedete sich mit einem recht knappen »Gute Nacht«. Sie bemerkte nicht, dass Kasslin ihr gedankenverloren hinterhersah. Sein Gesicht war ernst. Er wusste, sie hatte ihn mit Gamma und der Rothaarigen gesehen. Vicki hatte zwar versucht, sich zu verstecken, aber er hatte sie trotzdem entdeckt. Oder sollte er sich getäuscht haben? Nein. Doch warum sagte sie nichts?

Bollito Misto mit Kapern-Sardellen-Soße

Jeweils 300 g Möhren und Staudensellerie waschen und in mundgerechte Stücke schneiden, 2 Bund Frühlingszwiebeln putzen und waschen und in 4–5 Zentimeter lange Stücke schneiden. In einem Topf 1 l Wasser mit 4 TL Hühnerkraftbouillon aufkochen. 300 g Schweinefilet sowie 300 g Hähnchenbrustfilet und das Gemüse hinzugeben, alles etwa 15–17 Minuten bei schwacher Hitze gar ziehen lassen.

Für die Kapern-Sardellen-Soße 2 Bund glatte Petersilie waschen, trocknen und die Blätter abzupfen. 1 Knoblauchzehe schälen. Petersilienblätter und Knoblauch mit 1 EL Kapern und 3 Sardellenfilets pürieren. 3 EL Olivenöl mit einer Gabel unterschlagen, mit Salz, Essig und 1 kleinen Prise Zucker abschmecken.

Das Fleisch aus dem Sud nehmen, in Scheiben schneiden und zusammen mit der Bouillon auf vier Tellern anrichten. Die Kapern-Sardellen-Soße getrennt dazu reichen.

KAPITEL NEUN,

in dem Vicki langsam wütend wird und einen Liebeslikör braut.

Auch am nächsten Morgen war es im Haus noch still, als Vicki mit Elena zusammen aufstand.

Nachdem die Kleine gerade noch rechtzeitig auf den Weg gebracht worden war, führte Vickis nächster Weg in den Stall zu Max. Hier herrschte Frieden, nur das Geräusch kauender Ziegenzähne war zu hören. Der Bock empfing sie wie immer liebevoll schnaubend und präsentierte sich schon wieder bei guter Gesundheit, jedenfalls entnahm Vicki das seinem Gesichtsausdruck, den sie nach der langen Zeit des Zusammenlebens inzwischen lesen konnte wie ein Buch. Er war bei guter Laune, und das Kraftfutter mundete ihm. Vermutlich waren das noch Reste vom vergangenen Abend. Denn in Kasslins Verschlag rührte sich nichts, er hatte also noch kein neues Futter nachgefüllt.

Ja, der alte Bock war endgültig über den Berg. Er hatte schon wieder diesen Blick, der verhieß, dass ihm nach allerlei Schabernack war. Trotzdem wollte Vicki wissen, was mit ihm passiert war. Ob das Ergebnis der Untersuchung der Blutprobe schon eingetroffen war? Sie musste mit Leahs Mann reden, wenn er heute Abend daheim eintraf. Wann er kam, war gut zu hören. Denn nach der Arbeit tuckerte er stets erst einmal mit seinem alten Lanz samt Hänger in den Wald zum Holzmachen. Vermutlich, um sich von den Anstrengungen und Ärgernissen in seiner Luxemburger Tierarztpraxis abzureagieren.

Vicki spähte durch die Ritzen von Kasslins Holzverschlag, der aus grob zusammengenagelten Brettern bestand und in dem er sich recht gemütlich eingerichtet hatte. An den Nägeln hingen ordentlich seine Anziehsachen. Aber er war gar nicht hier. Das Feldbett war gemacht, die bunte Flickendecke, die sie ihm als Bettüberwurf geliehen hatte, lag faltenlos über dem Schlafsack. Es sah fast so aus, als habe Kasslin die Nacht überhaupt nicht auf dem Hof verbracht. Das gab Vicki einen kleinen Stich ins Herz. Hatte er womöglich eine Geliebte?

Gleich darauf fragte sie sich, warum sie sich das überhaupt fragte. Das ging sie doch nichts an. Nicht im Mindesten. Und doch war da etwas zwischen ihnen. Die Hoffnung, dass er nicht zu jenen gehörte, die ihr wehtun würden, ließ sich einfach nicht ersticken. Sie hatte schon so viel verloren. Die Sehnsucht nach Liebe, nach Nähe blieb. Unerschütterlich und gegen alle Vernunft.

Vicki kehrte ins Haus zurück, legte einen Zettel auf den Küchentisch mit der lapidaren Mitteilung: »Bin unterwegs, kümmert euch bitte um Elena, wenn sie heimkommt«, und wandte sich zum Gehen. Sie überlegte noch kurz, ob sie sich bei ihrem Bankberater telefonisch ankündigen sollte – Berater, wie das schon klang, der fungierte eher als *Ab*rater, wie Vicki fand –, entschied sich dann aber dagegen. Sie befürchtete, mit irgendwelchen Ausreden abgewimmelt zu werden, zumindest falls Kasslin sie angelogen hatte. Womit sie nach den Beobachtungen des Vortages rechnen musste. War er etwa hier, um sie auszuhorchen? Mit Hinnerk hatte er sich auch schon angefreundet. Selbst Max schien ihn zu mögen, nicht nur zu dulden, was an sich ja schon ein Wunder war. Womit hatte er den Bock wohl bestochen?

Ihr wurde kalt. *Aushorchen.* Das war das Stichwort! Jemand hatte Kasslin geschickt, um sie auszuspionieren. Und wer? Gamma? Der SREL? Andere Hintermänner der Attentate? Sie musste heute unbedingt noch mit Hinnerk reden. Er durfte auf keinen Fall jemandem verraten, dass sie überhaupt nicht wusste, wo Bros Brief war. Ihr fiel wieder ein, dass Kasslin ins Zimmer im oberen Stock gekommen war, als sie mit Hinnerk darüber gesprochen hatte. Ob sie belauscht worden waren? Hoffentlich nicht. Nein, bestimmt nicht, dann hätte sie seine Schritte auf der Treppe früher hören müssen, das hätte sie doch gemerkt. Oder? Ja, sicher, beruhigte sie sich selbst.

Trotzdem, sie musste *jetzt gleich* mit Hinnerk reden. Vicki rannte die Treppe hoch und riss die Türe zum Schlafzimmer ihres Schwiegervaters auf. Auch hier nichts – zumindest kein menschliches Wesen. Nur ein sorgfältig aufgeräumter Raum und ein akkurat gemachtes Bett. Wann waren die beiden aufgebrochen? Steckten sie auch noch unter einer Decke? Oder war Hinnerk ebenfalls misstrauisch geworden und beschattete Kasslin? Vicki wurde heiß und kalt. Was hatte ihr Schwiegervater ihrem Hausgast erzählt? Herrje, was für ein Kuddelmuddel.

Hastig wählte sie Hinnerks Handynummer. Nichts. Die Mailbox sprang an. »Hinnerk! Wo steckst du? Es ist wichtig! Bitte melde dich sofort, wenn du das abhörst.«

Und jetzt? Was sollte sie in Sachen Erpressung weiter unternehmen? Konnte sie noch gefahrlos zurückrudern, auch im Fall, dass der Hof tatsächlich gerettet war? Nein, sie musste die Dinge laufen lassen. Nur keine Schwäche zeigen, das könnte die Gegenseite dazu ermutigen, Druck aufzubauen, um sie endgültig zum Schweigen zu bringen. Eigentlich seltsam, dass das noch nicht geschehen war. Auch das musste mit Kasslin zusammenhängen, es passte jedenfalls bestens ins Bild. Ob er am Ende die Rothaarige engagiert hatte, so wie Gamma den Porschemann? Oder vielleicht waren sie ja alle von Gamma geschickt worden, sogar Tovio?

Übermorgen lief das Ultimatum für Gamma ab. Nun, das würde sie einfach verstreichen lassen. Der glaubte dann bestimmt, der Porschemann habe sie erfolgreich eingeschüchtert. Aber den Brief würde der Italiener trotzdem haben wollen. Ebenso wie der SREL. Sie hatte noch immer keine Ahnung, wie sie die Leute diesbezüglich hinhalten sollte. Sie musste sich unbedingt noch einen Plan B überlegen. Tja, Vicki, sagte sie zu sich selbst, da bist du wieder ziemlich unvorsichtig vorgeprescht.

Dabei hatte sie einfach nur den Hof für Elena retten wollen, immerhin war dies das Erbe ihres Vaters. Weiter hatte sie nicht gedacht. Nein, sie hatte einfach nicht über den Tag und die unmittelbaren Notwendigkeiten hinausgedacht, gefangen in diesem Schmerz über Bros Tod, der sie betäubte, der jeden klaren Gedanken erstickte, von dem sie einfach nur wollte, dass er aufhörte. Auch um den Preis, nichts mehr zu spüren, niemals wieder etwas zu spüren. In den letzten Tagen war er sanfter geworden, dieser Schmerz. Noch nicht weg. Aber sanfter. Und das, so viel musste sie sich eingestehen, war Kasslin zu verdanken, mit dem auf eine Art, die sie nicht verstand, wieder die Hoffnung Einzug gehalten hatte. Kasslin. Sie verließ sich wider besseres Wissen schon viel zu sehr auf ihn.

Woher hatte Kasslin überhaupt die Mittel? Um zu bürgen, musste er Sicherheiten zu bieten haben; wenn es um solche Beträge wie ihre vierhundertachtzigtausend Euro ging, erst recht. Auch wenn ihm der Bankdirektor angeblich einen Gefallen schuldete, brauchte es Sicherheiten.

***

Der Bankberater bei der BIL, der Banque Internationale à Luxembourg, empfing Vicki freundlich, nicht wie zu früherer Gelegenheit wie eine lästige Bittstellerin. Bro hatte sich damals für den Kredit diese Filiale ausgeguckt, zu der er eine besondere Beziehung zu haben schien. Seine offizielle Begründung: Die BIL mit der Doppeladresse Rue Aldringen 17, Rue Beck 7 liege zentral. Was stimmte. Außerdem gebe es ganz in der Nähe einen öffentlichen Parkplatz. Was auch stimmte. Nur das mit den Beziehungen stimmte nicht. Oder nicht mehr. Jedenfalls war ihre Beziehung zu besagtem Bankberater inzwischen mehr als gespannt.

Und doch schien sich über Nacht wie durch Zauberhand alles geändert zu haben.

Nahe dem Rentenalter, hohe Stirn, faltenzerknittert, Furchen um den Mund, als habe er sich im Laufe seines Lebens ständig über irgendwelche unvernünftigen Kunden mokieren müssen – der Mann entsprach so ganz dem Klischee, das von Bankern heutzutage grassierte und das Vicki angesichts ihrer finanziellen Lage auch allzu gern übernahm. Obwohl sie natürlich wusste, dass die Mehrheit der Bankangestellten sich trotz der Umstände und des Drucks, unter dem sie arbeiten musste, sicher so gut wie möglich um die Interessen ihrer Kunden kümmerte. Von Bro hatte sie bis zu seinem tiefen Fall als Investmentbanker Ähnliches geglaubt. Unhinterfragt. Dann waren ihr Zweifel an seiner Integrität gekommen. Sie hatte sie schnell wieder unterdrückt. Und dieser hier? Trotz des vorgerückten Alters eine asketische Figur, vermutlich Muckibuden-Training mit dem passenden gequälten Gesichtsausdruck. Doch an diesem Tag lächelte er ihr sogar entgegen. Und das, obwohl sie unangemeldet kam.

»Ah, Frau Peters. Sie hätten sich doch nicht extra herbemühen müssen.«

»Das hab ich gern getan«, erklärte Vicki zuckersüß. »Ich wollte mich unbedingt noch einmal persönlich für Ihr Entgegenkommen bedanken.«

»Das war doch selbstverständlich, nachdem Herr … nun, nachdem wir inzwischen entsprechende Sicherheiten haben.«

»Was ist mit der Räumung?«

»Das Verfahren haben wir selbstverständlich sofort gestoppt, und Ihre etwas … unkonventionellen Gegenmaßnahmen, wenn ich mich mal so ausdrücken darf, werden Ihnen keine Anzeige eintragen, das hat Herr, ähm … geklärt. Ein sehr großzügiger Förderer, das muss ich schon sagen.«

Klang das irgendwie süffisant? Glaubte der Kerl etwa, sie habe sich einen Sugar-Daddy an Land gezogen?

»Herr Kasslin ist ein Freund der Familie«, erklärte Vicki würdevoll. »Bekomme ich denn demnächst etwas Schriftliches?«

»Ähm, also Herr Kasslin. Aber sicher.«

»Woher hat er überhaupt das Geld? Ich meine, er muss doch Sicherheiten zu bieten haben. Wieso vertrauen Sie ihm und mir nicht?«

»Wir vertrauen Ihnen doch. Wie Sie sehen. Das Schreiben geht spätestens morgen an Sie raus. Beunruhigen Sie sich nicht.«

»Ganz sicher?«

Er hob die Hand wie zum Schwur. »Ganz sicher. Hier haben Sie meine Durchwahl. Sie können mich jederzeit anrufen.«

Als Vicki draußen war, hämmerte ihr das Herz bis zum Hals. Kasslin hatte also nicht gelogen.

Jetzt brauchte sie erst mal einen Kaffee. Sie entschied sich für ihre Lieblingslokalität, wenn sie in Luxemburg war, das Bistro de la Presse am Krautmarkt. Ihre Schritte waren beschwingt. Endlich einmal eine gute Nachricht. Kasslin hatte sie gerettet. Sie blieb abrupt stehen. Wieso hatte der Bankberater den Namen anfangs nie ausgesprochen und so seltsam betont, nachdem sie ihn genannt hatte? Hieß Kasslin gar nicht Kasslin? War der Kerl, der für ihre Schulden bürgte, ein ganz anderer?

Jetzt erst wurde ihr klar, dass sie auch gar keine Antwort auf ihre Frage bekommen hatte, worin denn die Sicherheiten für die Bank bestanden. Nun, das fiel vielleicht unter den Datenschutz. Obwohl Hinweise auf das Recht auf Privatsphäre heutzutage schon fast lächerlich anmuteten, bei den ganzen Abhörskandalen. Nicht zuletzt dem, der dem luxemburgischen Geheimdienst in Zusammenhang mit der Bombenleger-Affäre angelastet wurde. Gegen das, was weltweit lief, waren das allerdings nur Peanuts. Nicht weniger erschreckende Peanuts natürlich.

Mit großem Staunen hatten die Luxemburger seit Ende 2012 immer wieder – meist dank Recherchen der Presse – Szenen eines Agententhrillers vorgesetzt bekommen, einzelne Versatzstücke, die allerdings noch nicht wirklich eine sinnvolle Filmhandlung ergeben würden. Hier sollte ein Gespräch zwischen Juncker und Großherzog Henri abgehört worden sein, doch eine CD mit verschlüsseltem Material dazu ließ sich angeblich einfach nicht decodieren. Dort hatte ein Zeuge behauptet, den Luxemburger Prinzen Jean in den achtziger Jahren bei einem Bombenanschlag beobachtet zu haben. Was dieser empört bestritt. Juncker spielte in der ganzen Sache eine zentrale Rolle. Er habe »begrenzten Einfluss« auf den Geheimdienst gehabt, hieß es. Das lasteten ihm die Abgeordneten jetzt an. Zumal es um einen Dienst ging, in dem nebenher auch mit staatlich beschafften Autos gehandelt wurde und der eine Wohnung für den früheren Präsidenten des Rechnungshofs bezahlte. Juncker habe die Kontrollkommission zu selten und zu spät informiert, wenn er wieder einmal von seltsamen Machenschaften der Agenten erfahren habe, war ein wesentlicher Vorwurf. Außerdem war die Lage geheimdienstlich gesehen insgesamt ziemlich unübersichtlich. Nicht nur Vicki bekam langsam den Eindruck, dass es nur sehr wenige Geheimdienste gab, die *nicht* in Zusammenhang mit der Affäre genannt wurden. Laut einem Dokument des luxemburgischen Ministère d'état sollte beispielsweise der deutsche BND 1987 an zwei Stay-Behind-Übungen in Luxemburg beteiligt gewesen sein.

Tja, und ob Marc Scheer und Jos Wilmes von der Brigade Mobile am Ende zu Recht oder zu Unrecht vor den Kadi zitiert worden waren, blieb weiterhin ungeklärt, zumal es bis zur Aussetzung des Prozesses zu keiner Befragung der beiden Angeklagten gekommen war. Stattdessen gab es den Verdacht, dass hinter alldem in Wahrheit ein Mann steckte, der, wie die luxemburgische Boulevardzeitung »Lëtzebuerg Privat« in einem Aufmacher behauptet hatte, praktischerweise tot war. Zu Lebzeiten war er in der Führungsspitze der Brigade Mobile aktiv gewesen. Was bei Bekanntwerden die Idee einer Verschwörung in der Bevölkerung nur noch weiter angeheizt hatte – zusätzlich zu der ohnehin langjährigen und grundsätzlichen Annahme, dass bei dieser Affäre bis heute so ziemlich alles unter den vielzitierten Teppich gekehrt worden war.

Und nun kam sie, eine gewisse Victorine Peters, und drohte mit weiteren Enthüllungen. Zum ersten Mal machte Vicki sich wirklich klar, in welches Wespennest sie da gestochen hatte. Doch was hätte sie tun sollen? Sie hatte keine andere Wahl gehabt.

Aber jetzt würde sie den Kopf nicht mehr in den Sand stecken und einfach hoffen, dass alles irgendwie gut ging. Sie wusste noch nicht, wie, sie wusste noch nicht, was genau sie tun sollte, um das Spiel zu ihren Gunsten zu beeinflussen. Aber auch sie hatte Kontakte. Unter ihren Kunden waren bedeutende Menschen. Zumindest deren Ehefrauen. Das Beste wäre wohl, damit anzufangen herauszufinden, mit wem sie es eigentlich wirklich zu tun hatte. Jetzt sofort. Sie würde mit Kasslin beginnen.

Vicki zückte ihr Handy und wählte die Nummer des Bankberaters. »Wie heißt der Mann, der für meine Schulden bürgt, in Wirklichkeit?«, fragte sie ohne lange Vorrede.

Am anderen Ende herrschte kurz Schweigen. »Äh, das war kein Mann.«

»Ich dachte, Herr Kasslin sei bei Ihnen gewesen.«

»Ja, also, wenn Sie die besagte Person beziehungsweise Gesellschaft unter diesem Namen kennen, also, dann war das wohl so … Ich darf Ihnen nicht mehr dazu sagen. Unter keinen Umständen. Falls Sie weiterbohren oder versuchen herauszufinden, wer genau hinter der Bürgschaft steckt, verfällt sie sofort.«

»Aha«, sagte Vicki und legte auf. Dann musste sie sich erst einmal setzen. Zum Glück war sie inzwischen beim Bistro de la Presse angekommen und fand auch gleich einen freien Tisch.

Was bedeutete das nun wieder? Eine »Gesellschaft« hatte gebürgt. Die Hintermänner? Hatten die sich auf diese Weise eine Option auf den Hof gesichert, für den Fall, dass sie Bros Brief nicht bekamen? Dann hatte Kasslin mit ihnen zu tun, dann war er ihr Handlanger.

Hieß er überhaupt Kasslin, oder hatte er einen ganz anderen Namen?

»Was kann ich Ihnen bringen?«, fragte eine freundliche Bedienung und holte Vicki in die unmittelbare Gegenwart zurück. »Brauchen Sie eine Karte?«

»Nein, danke, nur einen Kaffee. Andererseits, was haben Sie an Kuchen?«

»Wir haben einen hervorragenden …«

Vicki hob die Hand. »Moment.« Sie hatte eine Stimme gehört, die ihr bekannt vorkam. Hinnerk? Was machte *der* hier?

Die Bedienung stand noch immer da und tippte etwas in eines dieser Geräte, über die man mobil bestellen konnte, und versperrte ihr die Sicht. Vicki beugte sich etwas vor, um an der jungen Frau vorbeizuspähen. Tatsächlich, Hinnerk. Mit einem Mann, der ihr fremd war, und – ihr stockte fast der Atem – diesem tückischen Italiener. Ja, war dieser Gamma denn überall?

Jetzt hatte sie endgültig die Nase voll. Spielte hier jeder sein eigenes Spiel, und das auf ihre Kosten? Nein, das würde sie sich nicht länger bieten lassen.

»Ich will doch keinen Kaffee.« Mit diesen Worten schoss sie hoch und marschierte an den Tisch, an dem sich ihr Schwiegervater und die beiden Männer niedergelassen hatten.

Hinnerk studierte die Karte, die inklusive eines leeren Bierglases offenbar noch vom Vorgänger stammte.

»Hallo, Hinnerk. Naaa? Ich sehe, du bist in interessanter Gesellschaft.« Vicki warf dem Italiener einen verächtlichen Blick zu. Ihre Stimme triefte vor Sarkasmus. »Ich denke, du wirst mir einiges zu erklären haben.« Damit stapfte sie davon, ohne die Antwort abzuwarten. Auf Hinnerks Ruf: »Vicki, jetzt warte doch mal«, reagierte sie nicht.

Dafür legte sie sich einen Plan zurecht. Sie würde Kasslin in sich verliebt machen, ihn aushorchen, auf ihre Seite ziehen, für ihre Zwecke einspannen. Wer, wenn nicht sie, hatte die notwendigen Voraussetzungen dafür?

Als Kasslin am Abend in die Küche kam, lächelte Vicki ihm zu. Vor ihr auf dem Tisch stand eine ganze Batterie von schön geformten

Flaschen, wie sie sie sonst zum Abfüllen von Selbstgebranntem benutzte. Alle enthielten eine nach Kasslins Meinung recht obskur aussehende Flüssigkeit und trugen ein liebevoll mit Herzen verziertes Etikett, auf dem »Heiße-Liebe-Likör« stand.

»Ich hab mal wieder Liebe in Flaschen abgefüllt. Heiße Liebe. Ich hatte den Tee schon vorbereitet. Die Leute reißen mir diese Mischung aus den Händen, ich komme mit der Herstellung kaum nach.« Sie versuchte sich an einem Augenaufschlag.

»Na, heiße Liebe, wer sucht die nicht …«, antwortete er betont lässig und hätte sie am liebsten in die Arme genommen. Und nie mehr losgelassen. »Krieg ich einen Schluck? Trinken Sie auch einen mit?«

Sie sah ihn merkwürdig an. Dann stand sie auf, holte ein Schnapsglas aus dem Schrank und schenkte ihm etwas ein. »Sind Sie sicher?«, fragte sie mit einem eigenartigen Unterton. »An heißer Liebe kann man sich auch verbrennen.«

Er nippte an seinem Glas. »Ja, ich bin mir sicher. Grausam lecker«, erklärte er dann im vergeblichen Bemühen, einen Scherz zu machen. »Und Sie? Trinken Sie nichts?«

Hinnerk kam in die Küche. Vicki ignorierte ihn.

»Wir müssen reden, Deern.«

»Ich hab jetzt keine Zeit.« Sie wandte ihm den Rücken zu.

Hinnerk blieb noch eine Weile unschlüssig in der Küche stehen, murmelte etwas und ging dann aus dem Raum.

Vicki machte dazu keinerlei Bemerkung, warf Kasslin aber einen warnenden Blick zu. Frage ja nicht nach, bedeutete der. Kasslin begriff.

Vicki holte ein weiteres Glas und schenkte sich ebenfalls etwas Heiße-Liebe-Likör ein. Aber nur die Hälfte. Es schmeckte so gut, dass sie nicht anders konnte, als das Glas auszutrinken.

Stunden später, als sie im Bett lag, überlegte sie, dass sie das vielleicht doch nicht hätte tun sollen. Denn eigentlich hätte sie kalt und unbeteiligt bleiben müssen. Sollte sie sich nun wünschen, dass der Likör auch bei ihr wirkte? Oder besser nicht? Na gut, sie hatte ja nur die Hälfte getrunken. Allerdings war sie auch kleiner und zierlicher als Kasslin.

Über diesen Gedanken schlief sie ein. Sie hatte sehr angenehme

Träume, trotz der nachmittäglichen Auseinandersetzung mit Hinnerk. Er hatte am Abend zwar noch ein paarmal auf eine Aussprache gedrängt, aber sie wollte nicht mit ihm reden. Jetzt noch nicht.

Zwei Stunden später war der Schmerz wieder da. Und Vicki hangelte sich durch eine weitere durchheulte Nacht.

Heiße-Liebe-Likör

1 l Wasser in einem großen Topf zum Kochen bringen, ausschalten, 40 Beutel »Heiße Liebe« (Früchtetee von »Teekanne«) hineingeben und das Ganze 24 Stunden ziehen lassen. ½ l Wasser in einem kleineren Topf aufkochen und darin 300 g Kandis auflösen. Die Teebeutel nach den 24 Stunden gut ausdrücken und den Tee mit dem Zuckerwasser vermischen. 2 Beutel Vanillezucker und 1 Flasche Wodka (0,7 l) hinzufügen. Nun das Ganze in dekorative Flaschen abfüllen.

KAPITEL ZEHN,

in dem Vicki ihren Schwiegervater zur Rede stellt und ein scharfes Versöhnungsessen kocht.

Hinnerk saß schon seit fünf Uhr morgens am Küchentisch und wartete darauf, dass die anderen Menschen im Haus aufwachten. Vor ihm stand der dritte Pott Kaffee. Er hatte nicht schlafen können. Am Abend zuvor hatte Vicki ihn übel abgebürstet und sich glatt geweigert, mit ihm zu reden.

Ah, endlich. Er hörte ihre Stimme, sie weckte wohl gerade Elena auf.

Und dann kam sie auch schon in die Küche. Trotz ihrer verquollenen Augen sah sie hinreißend aus. Bro hatte einen guten Geschmack bewiesen, auch wenn das wohl das Einzige gewesen war, was seinen Sohn im positiven Sinne ausgezeichnet hatte. Sie musste viel geweint haben in dieser Nacht.

»Vicki …« Hinnerk hob in einer Geste der Hilflosigkeit die Hände.

Ihr Gesicht versteinerte, als sie ihn sah, in ihrer Stimme lag Eis. »Nachher. Wenn Elena in der Schule ist. Du kannst schon mal Kasslin aufwecken. Mit ihm habe ich nämlich auch was zu besprechen.«

»Wieso? Wat secht die Bank? Wollen die nicht mehr?«

»Nein.« Sie kniff die Lippen zusammen. Da kam Elena. Sofort bemühte sie sich um eine unbefangene Miene. »Na, so was, Liebes, das ging aber schnell heute.«

Elena schaute von einem zum anderen. »Mama, gibt es etwa Stunk? Hast du geweint? Ist was mit Max?«

Hinnerk schluckte, doch Vicki kam ihm zuvor. »Nein, alles gut. Hinnerk, schaust du mal nach Max?«

Er begriff, dass sie ihn aus dem Haus haben wollte, bis Elena weg war. Das bedeutete, sie war tatsächlich richtig, richtig wütend auf ihn und traute sich noch immer nicht zu, dieses Gefühl unter Kontrolle zu halten, um Elena nicht zu beunruhigen.

Die Elfjährige warf Hinnerk einen vielsagenden Blick zu. Sie hatte ein gutes Gespür für unterschwellige, nicht ausgesprochene Spannungen, auch wenn sie meist so tat, als nehme sie nichts wahr. Doch insgeheim hatte Hinnerk seine Enkelin in den letzten Monaten mehr als einmal in den Arm nehmen müssen, weil sie genau fühlte, dass die Mutter in bösen Schwierigkeiten steckte, sich aber weigerte, mit ihr darüber zu sprechen. Es war ein Kreuz und sorgte immer wieder für unnötige Zerwürfnisse, wenn einer dem anderen nichts sagte, um ihn zu schonen.

»Elena ist doch noch ein Kind«, hatte Vicki argumentiert. »Ich will sie nicht belasten.«

»Aber die Lütte is plietsch. Sie spürt, dat di der Schoh drücken doot«, hatte er geantwortet.

»Nein, sie ist noch zu klein. Ich habe ihr gesagt, alles ist gut.«

Hinnerk wusste genau, dass Elena das nicht glaubte. Sie hatte dennoch aufgehört zu fragen, weil sie keine Antworten bekommen würde.

Ja, und irgendwie so ähnlich war es jetzt auch zwischen Vicki und ihm. Er hatte nur helfen und sie mit seinen Aktionen nicht weiter belasten wollen, hatte es vermieden, ihr Vorwürfe zu machen, weil sie sich so fahrlässig in Gefahr begeben hatte. Und nun? Nun war das Galama perfekt.

Hinnerk seufzte und stand auf. »Na, dann will ick mol. Kann ja biweglangs Kasslin munter machen.«

Während er in Richtung Stall tappte, hoffte er, dass er Tovio überzeugen konnte, ihm zu helfen. Vor allem, endlich offen zu sein und Vicki zu beichten, was er vorhatte. Dass er zwar vom SREL geschickt worden war, um sie auszuforschen. Gut. Aber dass auch er inzwischen versuchte zu helfen, die Interessen seiner Auftraggeber und die von Vicki irgendwie in Einklang zu bringen. Weil er diese störrische junge Frau liebte, beschützen wollte. Wie er selbst ja auch.

Das war allerdings die einzige Gemeinsamkeit zwischen ihnen. Hinnerk missbilligte die Pläne, die Tovio geschmiedet hatte, zutiefst. Falls der ihm überhaupt alles mitgeteilt hatte. Falls nicht – Vicki würde es schon aus Kasslin herausholen. Denn heute, an diesem Morgen, war die Stunde der Wahrheit gekommen, das spürte er.

Er öffnete die Stalltür. Max begrüßte ihn vergnügt. Er war wieder ganz auf dem Damm. Hinnerk hämmerte an die Türe von

Tovios Verschlag. Nichts rührte sich. Er hämmerte noch einmal. »Tovio, raus mit dir. Vicki will uns die Leviten lesen.«

Hinnerks Gebrüll hätte Tote aufwecken müssen. Max hob den Kopf, wedelte mit den Ohren, schaute äußerst interessiert. Aus Tovios Verschlag kam noch immer kein Laut.

Hinnerk riss die Türe auf. Der kleine Raum war leer, strahlte jene Stille aus, die menschenleeren Räumen eigen ist. Tovios Rucksack und seine Kleider waren weg.

»Düwel-Blixem«, fluchte Hinnerk. »Du achtertückische Strotenköter! Klei mi am Mors!«

Tovio versuchte also, sich zu drücken.

Hinnerk ging zu Max, kraulte seinen Ziegenbart und schob, weil er sich miserabel fühlte, auch noch eine schwäbische Schimpfkanonade hinterher: »Gottverdammich, Haidabimbam, Saggzemeentabbrau, so en Granadascheiß.«

Jetzt würde er alles allein ausbaden müssen.

Max focht das nicht an. Er genoss die Streicheleinheiten. Und Hinnerk setzte sich erst mal ins Stroh. Einen Plan überlegen. Was genau sollte er Vicki nun sagen? Was genau *durfte* er Vicki überhaupt sagen? Ihm fiel keine vernünftige Antwort ein.

Auch als er eine halbe Stunde später vom Stall zurück in die Küche trottete, hatte er noch immer keinen Plan gefasst.

Bei seinem Eintreten saß Vicki am Tisch, nun ebenfalls einen großen Pott Kaffee vor sich. Das Pendel der alten Wanduhr schwang hin und her, entließ ihr Tick-Tack-Tick-Tack in die Stille. Es hätte eine Stunde des Friedens sein können, der gemütlichen Gemeinsamkeit. Aber nein, da war dieser anklagende Blick seiner Schwiegertochter. Als habe er jemanden ermordet.

Hinnerk platzte erneut der Kragen. »Dammich nomal. Was denkst du wohl, wieso dir bisher nix passiert ist? Dat war eine Schietidee, diese Erpressungen. Die verstehn kein' Spooß, dat kann ick dir seggen. Besonders Gamma. Und denn, als ob das noch nicht genuch is, wedelst du auch noch beim luxemburgischen Geheimdienst mit einem Brief, den du nicht mal hast! Wollt doch bloß das Schlimmste verhindern. Also hab ick mit dem Kerl geschnackt. Um dir zu helfen. Und was tust du? Benimmst dich wie der Deubel persönlich.«

»Was hast du mit Gamma zu schaffen? Woher kennst du ihn,

durch Bro? Aha, ich sehe es schon an deinem Gesicht, du willst nicht darüber reden. Dauernd versuchst du, mich dumm zu halten, und dann wunderst du dich, wenn ich allein aktiv werde. Für wie blöd hältst du mich? Und wie willst du mir überhaupt helfen?« In ihrer Stimme lag Eis.

»Herrje, Deern, ick hev gute Connections zum BND und zu ein paar Leuten von der Mobilen Brigade. Wollt sie overtügen, sich bei den Hintermännern der Attentate für dich einzusetzen. Ick will doch bloß, dass dir nix passiert.«

»Und warum sollte deine Einmischung da helfen? Ich glaube ja, die hätten sich gemeldet und brav bezahlt. Oder denkst du etwa, die Leute, bei denen du dich für mich eingesetzt hast, haben selbst nichts mit der Bombenleger-Affäre zu tun?«

»Wer so alles mitmischt, dat kann keeneen nich weten. Nich akkerat. Dat is jo die Krux. Noch nich mal all die Lüüd, die do beteiligt sind, wissen umme Aktionen von die jeweils anneren. Wie heb nix as ein Kuddelmuddel von Theorien und Lögen. Keeneen weiß, wer wofür nun wirklich verantwortlich is, wer wen manipuliert hat. Aber zu deiner Frageree: Doch, die hätten sich gerührt. Nur nicht so, wie du dir das erhoffen deist. Manche hebben bannig viel to verbargen. Und die wollen Ruhe im Karton. Egol, was sie dat kosten deit. Oder dich. Was glövst du denn, wie fix dir ein Unfall passieren kann, ein Autofohrer, der wo nich ganz waak ist, Fahrerflucht … ach, Vicki, du, ick hoff, es geit dir nich so. Denk nur, was Bro passiert is un mit wem du dich anlegen deist.«

»Erkläre es mir! Was hat das mit Bros Tod zu tun?«

»Ich kann es nur vermoden. Bro hatte sich in bannig gefährliche Machenschaften verstrickt. Kann sin, dat er *deshalb* über den Haufen gefahren worden is.«

»Wir leben in einem Rechtsstaat. Hier werden nicht so einfach Leute über den Haufen gefahren, bloß weil sie zu viel wissen.«

»Nee, nich einfach so. Eerst maal gibt es Druck. Die handeln nur, wenn es nicht mehr anders geht. Dann aber heftig. Und schließlich vertuschen die alles. Ick glöv, dat sie den oder die Fahrerflüchtigen nie finden werden.«

»Sie wissen doch aber, dass es sich um einen Mietwagen gehandelt hat. Und sie haben gesagt, es war eine Frau, vermutlich eine

Amerikanerin, den Papieren nach jedenfalls, die ihn angemietet hat. Hinter dem Steuer könnte aber ein Mann gesessen haben. Die Beschreibung war halt nur sehr vage. Doch sie werden ihn oder sie irgendwann finden, da bin ich mir sicher.«

»Ach ja? Nu is jo alles klor. Ein Fruunsminsch. Mit Sonnenbrille, Perücke und falsche Papiere. Vilicht aber ook ein spilleriger Kerl. Und wieso ham die nach fast einem Jahr noch nix? Keine Ermittlungsergebnisse, keine brauchbaren Zeugen? Obwohl an dem Dag jede Menge Lüüd inne Luxemburger Innenstadt wen sind? Vicki, wie naiv bist du denn? Wenn du mich frogst, dann wollen die das nich wissen, oder sie sagen uns nich, was sie wissen. Wohrschienlich is de Dag nich mehr fern, an dem die die Nachforschungen ganz einstellen.«

Vicki schob die Unterlippe vor. »Jetzt gib mir endlich Antwort auf meine Fragen, versuch nicht abzulenken: Wer waren die Männer, mit denen ich dich gesehen habe? Gamma kenne ich. Und der andere?«

»Ein Fründ?«

»Aha, ein Freund.«

»Jawoll. Den Namen sach ick nich. Und Gamma ... Gamma ist ein Berufskiller. Murkst für genug Geld jeden ab. Und steckt mit den Bombenlegern unter einer Decke. Aber das ist sowieso schietegal, die Leute helfen einander.«

»Ein Berufskiller. So.« Sie schaute ungläubig. »Also wirklich, Hinnerk. Na, ich bin gespannt, was Kasslin dazu sagt. Der hat es ja auch faustdick hinter den Ohren. Weiß *er* vielleicht, wie dein Freund heißt, und sagt es mir?«, fragte sie gedehnt.

Hinnerk zog seine Schnupftabakdose aus der Hosentasche. »Jetzt brauch ich erst mal 'nen Priem.«

»Hinnerk!«

Äußerlich ließ er sich nicht aus der Ruhe bringen, doch die Gedanken wirbelten durch seinen Kopf wie Konfetti in einer Windböe. Er fabrizierte den üblichen kleinen Berg auf dem rechten Handrücken zwischen Daumen und Zeigefinger, senkte seine nicht unprominente Nase, schniefte ein, hob den Kopf, angelte in der Hosentasche nach seinem Taschentuch und wischte sich die verbliebenen Krümel erst von seinem Riechorgan und dann von seiner Hand. »Demnach is dir also klar, dass Tovio nicht einfach so hier ringeschneit is«, näselte er und steckte Taschentuch und Schnupftabakdose wieder in seine Hosentasche zurück.

Vicki trank einen Schluck Kaffee und lächelte schief. »Allerdings. So naiv, wie ihr glaubt, bin ich nämlich nicht. Was genau ist los mit ihm? Da ist doch was, was du mir nicht sagen willst. Also gut. Dann eben langsam. Noch einen Kaffee? Vielleicht bekomme ich dann endlich eine Antwort.«

Hinnerk atmete innerlich ein wenig auf. Ihr Zorn schien etwas abgeklungen zu sein, auch wenn er wusste, dass das Schlimmste noch nicht vorbei war.

»Haatschi.« Wieder angelte er nach dem Taschentuch und schnaubte hinein. »Ja, gern«, antwortete er schließlich.

Vicki stand auf, griff sich Hinnerks Pott, der noch auf dem Tisch stand, und ging zur Kaffeemaschine. »Kaffee, wie du ihn magst. Schwarz wie die Nacht und so stark, dass der Löffel drin steht.« Sie machte eine Pause. »Wo ist Kasslin überhaupt?«, fragte sie, während sie Hinnerk den Kaffee einschenkte.

Der räusperte sich. »Der is weg.«

Vicki fuhr so schnell herum, dass der Kaffee aus der Tasse schwappte. »Weg? Was soll das jetzt heißen?«

»Der Verschlag ist kahl. Sein Zeug hat er inpackt.«

Vicki sank auf die Küchenbank. »Was soll das? Warum ... ich meine ... hat das was mit der Rothaarigen zu tun?«

Hinnerk schaute verständnislos. »Was für 'ne Rothaarige?«

»Die war neulich auf dem Hof. Hat behauptet, sie sei die Geliebte von Bro gewesen. Nannte sich Henriette Haag. Aber so heißt sie nicht. Ich hab die wirkliche Henriette Haag besucht. Und die hat mir was von einem Escort-Service erzählt, den die Frau betreibt. Die falsche Henriette Haag wusste jedenfalls von Bros Brief und wollte, dass ich ihn ihr gebe. Sie hat gesagt, dass sie außerdem was von dem Geld will, das Bro hinterlassen und zusammen mit dem Brief versteckt hat.«

»Ein rothaariges Fruunsminsch? Die wo von dem Brief wusste? Und auch noch von Moneten? Wieso sagst du nichts? Vicki, hast du null Tovertroen in mi?«

»Wollt ich eigentlich, aber dann hat es sich irgendwie nicht ergeben. Ach, ich weiß doch gar nicht mehr, wem ich überhaupt noch vertrauen kann.« Sie schaute ihn mit kläglichem Gesichtsausdruck an. »Ich dachte, Tovio hätte es dir gesagt, ich hab ihm von ihr erzählt, das war an dem Tag, an dem wir dachten, Elena sei verschwunden. Ich war so verzweifelt. Gestern seh ich ihn dann in Trier mit der Rothaarigen. Und nun ist er weg.«

Jetzt war es mit Hinnerks Selbstbeherrschung vollends vorbei. »Vicki, herrje, wat wolltest du överhaupt in Trier?«

»Ich hab versucht, die Frau zu finden, ich wollte sie zur Rede stellen. Auch wegen Elena. Ich meine, was sollte das, dass sie sie im Wagen mitgenommen hat? Aber der Name war ja falsch.«

»Und? Hast du nu den richtigen?«

Vicki schüttelte stumm den Kopf. »Weißt du, wer Kasslin in Wirklichkeit ist? Und wer ihn geschickt hat?«

»Tovio ist anstännig. Er is einer vom luxemburgischen Nachrichtendienst, sollte dich utluustern.«

»Utluustern? Hinnerk, red Deutsch!«

»Na, aushorchen. Das hat er mir bichtet, äh, gestanden. Die wollten weten, ob an dem Brief was dran is. Und ich denk, mit der Rothaarigen is das ähnlich. Aber musst nich bange sein. Tovio is auf unserer Seite. Er hat immerhin die Bank beruhigt.«

Jetzt war es an Vicki, zu explodieren. »So, und das soll ich glauben? Hier erzählt mir doch jeder bloß Lügen. Tovio die Bank beruhigt! Ich vermute ja, er hat die Schulden abgelöst. So haben sie mich in der Hand, wenn ich nicht spure. Ihr verdammten …«

Hinnerk holte erneut die Schnupftabakdose aus der Hose.

»Du weißt, dass ich das nicht mag, nicht hier in der Küche. Außerdem machst du das immer, wenn du mich hinhalten willst. Hinnerk, mal im Ernst, wie soll ich dir vertrauen, wenn du hinter meinem Rücken mit allen möglichen Leuten intrigierst?«

»Jetzt man mit der Ruhe, Deern. Kannst mir vertrauen. Das müsstest du doch förwiss langsam weten. Ich bin nicht wie Bro, ich würd dich nie im Stich lassen. Ich intrigier nich. Und wenn, dann *für* dich. Das hat dir die Ruh brocht. Die Auftraggeber von Tovio denken nu, sie hätten dich inne Hand. Und halten still. Vöreerst.« Er steckte die Dose wieder zurück in die Hosentasche.

Sie schaute ihn an, er konnte sehen, wie perplex sie war. So verblüfft, dass sie sogar vergaß, wütend zu sein. »Ihr beide, habt ihr das am Ende *zusammen* ausgeheckt? Nein, sag nichts. So war es, nicht wahr? Dann wusstest du die ganze Zeit, wer er war?«

»Nicht die ganz Tied.«

»Lenk nicht ab. Habt ihr oder habt ihr nicht?«

»Okay, wir haben.«

»Ich sollte … ich sollte …«

»Deern, wirklich, wir wollten nur helfen.«

»Und warum sollte Kasslin mir helfen wollen?«

»Bist du wohrhaftig so blind? Ach, Kind.«

»Ich bin nicht dein Kind.«

»Vicki! Kasslin liebt …«

Fäuste hämmerten gegen die Vordertüre.

»Es ist offen«, rief Vicki.

Gleich darauf erschien das Gesicht von Helmut Hoffmann in der Küchentüre. Er sah sorgenvoll aus. »Gut, dass ihr da seid.«

»Was ist los, Helmut?«

»Ich habe die Ergebnisse. Krieg ich auch einen Kaffee, Vicki?«

»Na klar.« Vicki stand auf und holte eine weitere Kaffeetasse aus dem Schrank, schenkte Milch hinein und schüttete Kaffee obendrauf. »Was für Ergebnisse?«, fragte sie, als sie mit der Tasse zurückkam.

Helmut Hoffmann sank auf den freien Küchenstuhl. »Die Untersuchungsergebnisse von Max' Blutprobe.«

»Und?«, fragten Vicki und Hinnerk wie aus einem Mund.

»Er hatte eine Nikotinvergiftung.«

»Wie bitte?« Vicki sank ebenfalls wieder auf die Bank. Sie schaute Hinnerk fragend an.

»Nee, an meim Priem is keiner wen«, beeilte der sich zu versichern.

»Aber wie sollte Max an Nikotin kommen? Der frisst doch so was nicht. Das muss ihm jemand untergejubelt haben, ins Futter gemischt oder so.« Jetzt brach sie doch noch in Tränen aus. »Kasslin?«

»Was ist mit Kasslin?«, erkundigte sich Helmut.

»Ach, nix«, sagte Hinnerk. »Nee, Tovio nich. Max und er sin Fründ. Bloß wer dann? War da annerdaags wer unbeobachtet aufm Hof?«

»Die Rothaarige«, sagte Vicki. Hinnerk konnte regelrecht spüren, wie sie erneut wütend wurde. Sehr wütend. Noch wütender als vorhin, wenn das überhaupt noch ging. Es war Vickis Art, alle zu verteidigen, die sie liebte, da konnte sie zur Furie werden. Gerade war das der Fall. »Wenn ich die erwische, bringe ich sie um«, erklärte sie mit zusammengebissenen Zähnen.

»Nee, min Deern. Du nich. Das überlass mi mol.«

Vicki erwiderte nichts darauf, aber Hinnerk kannte sie gut genug, um zu wissen, dass diesbezüglich das letzte Wort noch nicht gesprochen war. Dummerweise konnte er sie nicht festbinden, und er musste selbst los – alte Beziehungen aktivieren. Solche, die herausfinden konnten, was es mit einer gewissen Henriette Haag auf sich hatte. Doch vorher musste er dafür sorgen, dass sich Vickis Nerven beruhigten.

»Wat denkst du: friedlich bienannersitzen und eten, du, Elena und ich? Heute Abend? So wie vördem. Ick mach ook den Abwasch und würd die Zibbeln schnieden.«

Vicki schaute skeptisch. »Ein Versöhnungsessen heute Abend?«

»Jo.«

»Und du schneidest die Zwiebeln?«

»Jo.«

»Und du machst den Abwasch?«

»Jo.«

Sie ging zum Kühlschrank. »Dann schaun wir mal. Gemüse-Couscous mit Tahini-Dressing?«

»Oh.«

»Was heißt oh?«

»Dat klingt feurig.«

Vicki musste sich ein Grinsen verkneifen.

»Ich bin auch ganz schön wütend auf dich.«

Gemüse-Couscous mit Tahini-Dressing

1 Aubergine waschen, putzen und in ca. 1 cm große Würfel schneiden, salzen und beiseitestellen. 100 g rote Zwiebeln schälen, halbieren und in dünne Streifen schneiden. 150 g Zucchini waschen, putzen und mit

einem Gemüsehobel in kurze Stifte hobeln. 1 rote Paprikaschote mit einem Sparschäler dünn schälen, vierteln, putzen, waschen und klein würfeln. 4 Stängel Thymian abbrausen und trocken tupfen, einige Blättchen ganz lassen, den Rest hacken.
Für das Dressing 150 g Joghurt (1,5 Prozent Fett) mit 1 TL Harissa (eine fertig zu kaufende, aus dem Maghreb stammende scharfe Gewürzpaste aus frischen Chilis, Kreuzkümmel, Koriandersamen, Knoblauch, Salz und Olivenöl) und 2 TL Tahini (Paste aus feingemahlenen Sesamkörnern) verrühren und mit etwas Salz abschmecken.
1 EL Öl in einem Wok erhitzen, die Zwiebelstreifen darin unter Rühren 3 Minuten dünsten. Die Auberginenwürfel mit Küchenpapier gut trocken tupfen, zu den Zwiebeln geben und beides unter Rühren 3 Minuten braten. Paprikawürfel und gehackten Thymian zugeben und das Ganze unter Rühren 1 weitere Minute braten. Alles an den Rand schieben, die Zucchinistifte in die Mitte geben und 1 Minute anbraten. Das Gemüse mischen und bei niedriger Hitze fertig garen. Die Zwiebeln und Auberginenwürfel sollten weich, die Paprika und Zucchini noch etwas knackig sein. Das Gemüse salzen und pfeffern.
Inzwischen 150 ml Brühe kochen. 70 g Instant-Couscous mit ¼ TL Zimtpulver und 1 Msp Kurkumapulver mischen, mit der Brühe übergießen und zugedeckt ca. 5 Minuten quellen lassen.
Danach den Couscous unter das Gemüse mischen. Gemüse-Couscous anrichten und das Tahini-Dressing extra servieren oder darüberlöffeln. Mit Thymianblättchen bestreuen.

KAPITEL ELF,

in dem es um Liebesmuscheln geht, Vicki einen Drohanruf bekommt und eine Rivalin verprügelt.

Was sollte sie tun? Vicki schaute auf die Uhr: erst zehn. Elena war noch in der Schule, Hinnerk seit einer Stunde aus dem Haus, irgendwelche Erledigungen, über die er sich nicht näher auslassen wollte. Die Ungeduld, mit verursacht durch den Umstand, dass sie gestern nach dem Gespräch mit Hinnerk nicht mehr vom Hof gekommen war, machte sie nervös. Eine Liebeskummerklientin nach der anderen hatte sich gestern im Beratungshäuschen die Klinke in die Hand gegeben. Selbst die sonst so nüchtern wirkende Bäuerin aus dem benachbarten Holsthum, von der Vicki einige ihrer getrockneten Kräuter bezog, hatte Gefühlsprobleme. Sie hatte sich verliebt. In eine Frau. Und fühlte sich fürchterlich, die Arme hatte Rotz und Wasser geheult. Vicki hatte ihr Bestes getan, um sie zu trösten und mit dem Umstand zu versöhnen, dass das Leben selbst vierzigjährigen gestandenen Frauen mit Mann und fast erwachsenen Kindern noch emotionale Überraschungen bot. Und sie kurzerhand zum Abendessen eingeladen. Hinnerk hatte tatsächlich die Zwiebeln geschnitten und mit seinem Seemannsgarn nicht unerheblich dazu beigetragen, dass die frisch Verliebte am Ende des Abends sogar ein wenig lächelte. Gut, das konnte auch der Wein gewesen sein.

Heute hatte sie keine Termine. Viel Zeit, etwas zu unternehmen. Auch einen Tag danach konnte sie es noch nicht so richtig glauben: Kasslin war weg, einfach verschwunden. Kein Abschiedswort, keine Begründung, keine Notiz. Nichts. Sie war ihm noch nicht einmal etwas Höflichkeit wert. Da war so ein Schmerz, lange nicht mehr gespürt, der sich ins Herz bohrte. Den musste sie loswerden. Schnellstens. Gegen Herzschmerzen half nur Aktionismus. Sie würde also erneut versuchen, die Rothaarige zu finden, sie zur Rede zu stellen. Sonst würde das einer dieser Tage werden, die einen einsam zurückließen, egal, wie viele Menschen einen umgaben. Elena, Hinnerk – sie wurden zu Schemen angesichts der inneren Leere, des Gefühls der Verlorenheit, die der Abwesenheit eines wichtigen Menschen unweigerlich folgten.

Das Telefon summte.

»Peters?«

»Ihrer Tochter könnte was passieren. Also seien Sie vernünftig. Geben Sie den Brief bei Ihrer Bank ab. Ihr Bankberater weiß, was er damit zu tun hat«, sagte eine Stimme. Sie klang wie die Rothaarige.

»Wer sind Sie?« Vicki brüllte den Satz fast in den Hörer. »Überhaupt, den Teufel werd ich tun! Ich weiß, dass Sie nicht Henriette Haag heißen. Die Polizei wird schon rausfinden, wer Sie sind. Lassen Sie mein Kind in Ruhe, oder …« Weiter kam sie nicht. Es klackte. Ihr Gegenüber hatte das Gespräch unterbrochen.

Vicki musste sich setzen. Sie hatte keinen Brief, den sie ihrem Bankberater bringen konnte. Dann wurde ihr Gesichtsausdruck hart. Diese Frau bedrohte tatsächlich Elena. Die Polizei? Nein, dahin konnte sie wohl schlecht gehen, schließlich war sie selbst eine Erpresserin. Aber dass Elena etwas passierte, würde sie nicht zulassen. Sie musste sich das Weib greifen und dafür sorgen, dass sie ihre Tochter in Ruhe ließ. Niemand würde ihrer Kleinen etwas antun. Niemand! Heute würde sie sie finden. Und fertigmachen. Und wenn es das Letzte war, was sie tat.

Vicki griff erneut zum Hörer. »Leah, kannst du bitte Elena vom Bus abholen? Ich muss weg, was erledigen, das kann länger dauern. – Nein, bitte, mir wäre es lieber, wenn sie nicht allein heimgeht und danach auch bei dir bleibt. – Nein, nein, nichts geschehen. Mach dir keine Sorgen. – Nein, wir wissen noch immer nicht, wer Max das Gift gegeben hat, das ist auch so ein Ding. Schon deshalb wäre es mir lieber, Elena könnte bei euch bleiben, bis ich wiederkomme. – Ja, ich werde Anzeige erstatten. Aber ich glaube nicht, dass die wegen einem alten Ziegenbock groß in Aktion treten werden. – Ja, du hast recht, vielleicht ist es besser, wenn sich dein Mann an die Polizei wendet. Seine Stimme hat mehr Gewicht. – Du redest mit ihm? Oh, danke. Ich hole Elena dann bei euch ab, ja? – Gut. Ich schätze, ich bin am späten Nachmittag wieder zurück.«

Als Vicki das Telefon wieder in die Ladestation stellte, war sie schon etwas ruhiger. Sie hatte der Leere den Kampf angesagt. Was für ein Glück, dass es Menschen wie Leah in der direkten Nachbarschaft gab.

Eine Dreiviertelstunde später nahm sie ihren bewährten Beobachtungsposten am Trierer Kornmarkt ein. Sie saß am Tisch eines Cafés und war ziemlich frustriert, weil sie nicht davon ausgehen konnte, dass sie erneut Glück haben würde. Doch die Buchhandlung war der einzige Anhaltspunkt, den sie hatte. Sie wusste nicht, wo sie sonst ansetzen konnte. Um herauszufinden, wo jemand wohnte, brauchte man schließlich den richtigen Namen.

Vicki trank gerade ihre dritte Tasse Kaffee, als die Rothaarige an ihr vorbei in den Buchladen segelte. Sie hatte sie nicht bemerkt. Ohne lange zu überlegen, legte Vicki fünfzehn Euro für die Kaffees auf den Tisch, die wahrscheinlich weniger kosteten, und eilte hinterher.

Die Rothaarige schlenderte vor den Regalen mit den Kinderbüchern für Sieben- bis Zwölfjährige auf und ab. Nach einer Weile blieb sie stehen, als hätte sie etwas entdeckt, und nahm ein Buch in die Hand. Vicki erkannte, dass es eines von jenen war, die sie als Kind selbst auch gelesen hatte: »Die drei Fragezeichen«.

»Drei Fragen hab ich auch. Mindestens«, erklärte sie, während sie neben die Rothaarige trat. »Zum Beispiel würde ich gern wissen, wer Sie wirklich sind und wie Sie dazu kommen zu behaupten, Sie seien die Geliebte meines Mannes gewesen. Außerdem wollte ich Sie warnen. Lassen Sie meine Tochter in Ruhe! Sonst …«

Sie konnte sehen, wie die Frau zusammenzuckte. Doch sie hatte sich schnell gefasst.

»Was sonst? Was wollen Sie schon tun? Wer ich bin, ist unwichtig. Sie werden es schon noch erfahren.« Damit wollte sie gehen.

Vicki hielt sie an der Jacke des vornehmen Leinenkostüms fest. »Oh nein, ich werde sofort erfahren, wer Sie sind. Woher wissen Sie von dem Brief?«

Die Rothaarige wandte sich ihr zu, seufzte theatralisch. »Also gut, Sie wollen es ja nicht anders. Es ist, wie ich Ihnen sagte, ich war die Geliebte von Bro. Er hat mir selbst von diesem Brief erzählt. Sie wollen Beweise? Na, dann nenne ich Ihnen doch mal sein Lieblingsessen, das Sie in der Anfangszeit Ihrer Beziehung immer gern vor lauschigen Liebesnächten gekocht haben: Jakobsmuscheln unter Macadamia-Tandoori-Haube an sautierten Zucchininudeln und Schmortomaten.« Sie sah Vicki prüfend an. »Ah, es stimmt, nicht wahr? Ich war übrigens nicht die einzige Frau in seinem Leben. Er hat immer gern mal wieder was Neues ausprobiert. Aber das hat mir nichts ausgemacht. Im Gegensatz zu Ihnen.«

Vickis Miene war versteinert. »Dann haben Sie ihn nicht geliebt. Wenn es stimmt, was Sie hier behaupten, heißt das, und davon bin ich keineswegs überzeugt. Dass Sie ein bestimmtes Essen kennen, ist noch lange kein Beweis, dass er mit Ihnen geschlafen hat. Ich dagegen habe ihn geliebt. Und er hat mich geliebt.«

Das Gelächter der Rothaarigen schnitt ihr durchs Herz wie ein frisch geschärftes Messer. »Sie geliebt? Herrje, was sind Sie nur für ein naives Pflänzchen. Er brauchte eine Tarnung. Welch bessere Tarnung gibt es als eine Familie und einen Bauernhof auf dem Land? Sie waren einfach zu haben.«

Vicki wusste nicht, in welchem Augenblick der Schalter in ihr umgelegt wurde, wann sie begann, sich von einem einigermaßen vernünftigen Menschen in eine Furie zu verwandeln. Anfangs konnte sie sich noch beherrschen. »Er hat mich geliebt. Wir haben eine Tochter«, sagte sie mühsam, während sich das Gift des Hasses zu ihrem Herzen durchfraß.

Wieder dieses Gelächter. Selbst die vielen Bücher, die Auslegeware überall konnten es nicht auffangen, dämpfen. »Ja, die kleine Elena. Gut, er mochte Sie. Aber er wäre ohne Zögern bereit gewesen, Sie beide zu opfern, um seine eigene Haut zu retten. Ist ihm nicht gelungen. Er war gut im Bett, unser Bro, eine wahre Rakete. Aber ansonsten ein Egoist. Ein gieriger Egoist. Zu gierig. Das hat ihn das Leben gekostet.«

Vicki konnte sich nicht mehr zügeln, alle Spuren, die ein vordergründig zivilisiertes Dasein in ihre Persönlichkeit gefräst hatten, erwiesen sich plötzlich als schmale Linien, nicht allzu tief. Dieser wütende, gallebittere Hass, der sich nun Bahn brach, hatte keine Probleme, sie einfach zu überschwemmen. Sie packte die Frau, diese verhasste Frau, die nur Lügen erzählte, die alles in Frage stellte, jede einzelne Überzeugung, jede Sicherheit, auf die ihr Leben bisher aufgebaut gewesen war. Es war ihr gleichgültig, wo sie sich befand, völlig egal, was man von ihr denken mochte. Sie griff nach dem nächstliegenden Kinderbuch und drosch damit auf die Rothaarige ein. »Sie Miststück, Sie blödes, verlogenes Miststück!«

Vicki schluchzte, schrie und tobte, warf das Buch weg und stürzte sich auf die Frau, die Hände zu Krallen geformt. Sie hatte nur einen Wunsch, einen unbeherrschbaren Drang: Sie wollte ihr an die Kehle, wollte diese Stimme zum Verstummen bringen, sehen, wie sich ihre Lippen in demselben Schmerz verzogen, den sie fühlte. Wenn sie ein Messer dabeigehabt hätte, sie hätte zugestochen.

Die Rothaarige begann zu kreischen. Vicki hörte es kaum. Ebenso wenig wie die Schritte. Menschen, die herbeieilten. »Ich bringe dich um! Ich bringe dich um«, kreischte sie immer wieder, ohne wirklich zu begreifen, was sie da schrie. Ihr Verstand war ausgeblendet. Sie war ein einziges Bündel unbeherrschbarer Gefühle.

»Hören Sie auf, hier wird niemand umgebracht. Ich hab schon die Polizei gerufen.«

Die Männerstimme brachte Vicki zum Innehalten. Fassungslos starrte sie auf ihre Hände, mit denen sie gerade der Rothaarigen das Gesicht zerkratzt hatte. Da war Haut unter ihren Nägeln, Blut an den Fingern. Sie ließ die Hände sinken, zutiefst erschrocken über sich selbst. Dann rannte sie aus dem Buchladen. Vorbei an Tovio Kasslin, der sich gerade zwischen Kaffeehaustischen durchschlängelte. Vicki sah ihn zwar an, nahm ihn aber nicht wahr. Sie war viel zu sehr mit sich selbst beschäftigt. Sie rannte. Rannte, bis sie beim Auto war. Rannte auch vor sich selbst davon, vor der Panik, die diese gewalttätige Wutattacke in ihr ausgelöst hatte.

Später, an Leahs Küchentisch, vor sich ein Stück Schokoladenkuchen, nachdem sie der Nachbarin alles berichtet hatte, meinte diese: »Ach, Vicki. Du bist die sanfteste und liebevollste Person, die ich kenne. Wenn du so ausgerastet bist, dann heißt das, dass du mit mehr fertigwerden musstest, als du ertragen konntest. Und weißt du was, meine Kleine, wenn jemand so über meinen Helmut geredet hätte, ich wäre derjenigen auch an die Kehle gegangen. Glaub nichts davon. Dein Bro hat dich geliebt. Und Elena auch. Ihr wart sein Ein und Alles. Das konnte jeder merken, der euch zusammen gesehen hat.«

Vicki nahm den Schokoladenkuchen hoch und biss hinein. »Meinst du?«, fragte sie mit einer dünnen Kleinmädchenstimme.

Leah nickte. »Meine ich. Und nachher nimmst du einen von deinen Zaubertränken und legst dich erst mal hin. Ich behalte Elena solange hier.«

»Danke. Wo ist sie eigentlich?«

Leah lachte. »Mach dir keine Sorgen, sie ist mit den Zwillingen unten an der Elz. Das Wetter ist herrlich, genau der richtige Tag, um im Wasser herumzuplanschen. Ich hab unserem Nachwuchs auch was zu essen und zu trinken mitgegeben.«

***

Am Abend kamen die Hoffmannjungs gegen achtzehn Uhr heim. Ohne Elena. Vicki war da bereits wieder auf dem Hof. Von ihrer Mutter danach gefragt, wo sie die Elfjährige gelassen hatten, zuckten die Zwillinge mit den Schultern. Sie hätten sich gestritten, dann sei Elena weggelaufen.

Leah war zutiefst erschrocken. »Wie konntet ihr sie einfach so weglaufen lassen, was ist denn passiert?«

Hans und Jürgen, benannt nach Leahs Vater Hans-Jürgen, der ihnen den Bauernhof hinterlassen hatte, schauten betreten, als sie erkannten, wie ärgerlich die Mutter war.

»Mädchen«, maulte Hans.

»Machen immer alles kaputt«, erklärte Jürgen.

»Wollen aber unbedingt überall dabei sein«, fügte Hans hinzu.

»Wir wollten bloß mal für uns sein«, sagte Jürgen.

»Genau«, bestätigte Hans.

»Das haben wir ihr gesagt. Da hat sie geheult.«

»Und dann ist sie weggelaufen? Jürgen! Hans! Wohin?«

»Hat sie nicht gesagt«, erklärte Hans.

»Stimmt«, bestätigte sein Bruder.

»Und wann war das?«

»Na, so vor zwei Stunden.«

»Oder drei«, befand Jürgen. Hans nickte. Er war der um zwei Minuten jüngere der beiden und gab dem Bruder im Zweifel immer recht.

»Wir gehen jetzt sofort zu Vicki. Und ihr erzählt ihr, was passiert ist.«

Die Zwillinge schauten noch betretener. Doch sie hatten keine Chance.

Helmut Hoffmann, der während der Diskussion in die Küche gekommen war und das Wichtigste mitbekommen hatte, schloss sich ihnen an.

Vicki wurde kreidebleich, als sie die Nachricht bekam. Und auch Hinnerk, der sturmerprobte Seebär, den sonst nichts so leicht aus der Ruhe bringen konnte, murmelte: »Bitte nich schon wieder.« Dann ergänzte er laut: »Is wahrscheinlich wie annerdaags. Die steckt irgendwo. Ich geh sie mal suchen.«

»Ich komm mit, wir können meinen Trecker nehmen«, entschied Helmut Hoffmann.

»Und ich geh heim, vielleicht taucht sie ja wieder bei mir auf«, beschloss Leah.

»Wir gehen mit suchen«, riefen Jürgen und Hans wie aus einem Munde.

»Denkt noch nicht mal dran. Ihr habt für einen Tag genügend angerichtet. Ihr geht jetzt stante pede mit mir heim. Ins Bett. Ohne Abendessen. Sofort.«

»Oooch!«, tönten die beiden missmutig. Sie hatten hin und wieder die Angewohnheit, doppelstimmig zu kommunizieren.

Vier Stunden später, es war längst dunkel, kamen Hinnerk und Helmut zurück. Sie hatten Elena nicht gefunden. Auch nicht das kleinste Fitzelchen von ihr. Ihre Gesichter verdunkelten sich noch mehr, als Vicki ihnen erklärte, dass die Kleine noch immer nicht heimgekommen war. Sie hatte in der Zwischenzeit alle Krankenhäuser in der Gegend abtelefoniert, ebenso wie die Mütter von Elenas Freundinnen. Sie war nirgendwo.

»Angesichts der vorgerückten Stunde benachrichtigen wir besser die Polizei. Sonst irrt die Kleine womöglich noch stundenlang allein durch die Nacht. Vielleicht hat sie sich ja verlaufen«, orakelte Helmut düster.

Das war auch die Meinung der anderen. Allerdings hatten Vicki und Hinnerk insgeheim ganz andere Befürchtungen.

Doch die Polizei wollte nicht kommen. Die Kleine werde sicherlich wieder auftauchen, wie beim letzten Mal. Vicki solle sich einfach noch mal melden, wenn sie bis morgen nicht wieder daheim war, wurde ihr bei ihrem Anruf zunächst beschieden.

Helmut Hoffmann schwang sich ans Telefon. Er war als früherer Ortsbürgermeister eine Respektsperson und hatte beste Verbindungen. Außerdem konnte er sehr bestimmend sein – nur seiner Frau gegenüber nicht. Da gab er den großen Schweiger.

Bereits eine Stunde später begannen die Dorfbewohner mit einer groß angelegten Suchaktion. Mit Hunden. Letztere konnten Elenas Geruch von der Elz bis zur Straße folgen. Dann verlor er sich. Die Befürchtung: Elena könnte entweder freiwillig in ein Auto eingestiegen oder dazu gezwungen worden sein.

Die Polizei installierte doch noch eine Fangschaltung am Petershof. Aber an diesem Tag ging keine Lösegeldforderung ein. Vicki war ein nervliches Wrack und Hinnerk, der starke Seebär, kurz davor loszuheulen, wenn er nur den Namen Elena hörte, so sehr sorgte er sich um die Kleine. Sie haben sie sich geschnappt, sie haben sie sich geschnappt, diese Worte rotierten wie ein Mühlrad in seinem Kopf. Er wäre zu gern losmarschiert, hätte seine Kontakte aktiviert, aber er wagte es nicht. Einmal, weil er die völlig aufgelöste Vicki in ihrem Zustand nicht allein lassen wollte, und weil er Bedenken hatte, dass er damit alles noch schlimmer machte. Dass Elena verschwunden war, konnte seiner Meinung nach nämlich nur eines heißen: Die Hintermänner der Bombenleger-Affäre zogen die Daumenschrauben an.

***

Am Morgen darauf brachte Leah, die gekommen war, um nach Vicki zu sehen, einen zugeklebten Briefumschlag ohne Adresse. »Der lag vorne im Zeitungsbriefkasten an eurem Hoftor.«

»Danke«, meinte Hinnerk.

Leah zögerte, schaute unschlüssig von Hinnerk zu Vicki. »Also gut, ich geh dann mal, hab den Eindruck, dass ihr den Brief allein lesen wollt. Aber haltet mich auf dem Laufenden.« Damit drückte sie Vicki den Briefumschlag in die Hand.

»Mok wi«, versprach Hinnerk.

Leah nickte kurz und ging dann hinüber zu ihrem Hof.
Vicki öffnete das Kuvert und las mit immer größer werdenden Augen die Nachricht, die sich darin befand.

Bringen Sie uns den Brief Ihres Ehemannes zur Bombenleger-Affäre. Übermorgen im Bistro de la Presse am Luxemburger Krautmarkt. Um fünfzehn Uhr. Kommen Sie allein. Bringen Sie eine tagesaktuelle Ausgabe des »Luxemburger Wort« mit. Trinken Sie einen Kaffee. Legen Sie den Brief in die Zeitung, stehen Sie auf und gehen Sie. Schauen Sie sich nicht um. Zwar sind wir nicht die Einzigen, die den Brief haben wollen. Wir sind jedoch die Einzigen, die Elena haben. Versuchen Sie also nicht, uns gegeneinander auszuspielen. Wenn Sie uns den Brief nicht aushändigen, bekommen Sie Ihre Tochter stückchenweise zurück, für jeden Tag Verzögerung ein Stück. Wir fangen mit den Fingern der rechten Hand an. Und halten Sie die Polizei raus.

Vicki stöhnte auf. Sie hatte keine Tränen mehr. Was hatte sie da nur angerichtet? Offenbar war mehr als nur eine Gruppe hinter dem Brief her! Das Durcheinander wurde immer größer. Sie schaute Hinnerk hilfesuchend an. »Ich weiß nicht mehr, was ich jetzt tun soll.« Damit reichte sie das Papier an ihren Schwiegervater weiter.
Als der das Schreiben gelesen hatte, entschied er: »Ich mach das. Ich geh da hin. Vilicht kann ich mit denen schnacken. Sie hinhalten, damit sie der Deern nix tun. Mach dir keine Sorgen. Wir kriegen die Lütte zurück.«
Vicki, bleich unter der Bräune ihrer Haut, schüttelte den Kopf. »Ach, Hinnerk. Diese Leute machen die Regeln, und den Anweisungen im Brief zufolge wird da bestimmt niemand auftauchen, um mit dir zu reden. Wenn sie dann noch merken, dass wir ihnen den Brief nicht geben können, geschieht dir womöglich auch noch etwas. Hinnerk, was sollen wir nur tun?«
Hinnerk, ansonsten trotz seiner siebzig Jahre ein Ausbund an Jugendlichkeit, sah jetzt aus wie ein alter Mann. »Keine Ahnung, min Deern. Keine Ahnung. Aber ich werd mir was überlegen. Und du – such noch mal allerwerts, vilicht findest du den Brief doch noch.«

»Und du? Was machst du?«

Hinnerk schaute grimmig. »Ich hev da ’nen Fründ, mit dem schnack ich mal. Nehm ok den Erpresserbrief mit. Womöglich sind da Fingerabdrücke drauf. Allerdings glaub ich das nicht. Das sind Profis.«

»Meine Kleine wird also noch zwei weitere schreckliche Tage in der Gewalt dieser Profis sein, und wir haben keine Ahnung, wie es ihr dort ergeht«, meinte Vicki.

Hinnerk zog die Stirn in Sorgenfalten. »Wir finden sie, Deern. Ich kenn Lüüd, die uns helpen warrn. Auf die is Verlass.«

»Wir sagen der Polizei also nichts von dem Drohbrief?«

»Nee, besser nich. Zumindest vöreerst. Also los, du gehst jetzt den Brief von meim missratenen Sohnes söken. Ich bring Elena heim, du wirst den Brief finnen, und dann kommt alles wieder ins Lot.«

»Versprochen?«

Hinnerk zog Vicki in seine Arme. Ihre Nase erreichte gerade noch so seinen Brustkorb. »Versprochen«, murmelte er über ihren Kopf hinweg. In seinen Augen lag viel weniger Zuversicht als in seiner Stimme.

Vicki suchte den ganzen Tag, stellte abermals das Haus auf den Kopf. Suchte überall, wo sie schon Tausende Male gesucht hatte, in allen Ritzen, Ecken und Lücken im Mauerwerk, hüpfte auf Dielenbrettern auf und ab, um herauszufinden, ob welche locker waren, klopfte lose Ziegelsteine aus der Stallwand von Max. Dem Bock schien das zu gefallen. Er schaute interessiert.

»Ach, Max, weißt du mir keinen Rat?« Vicki ließ den Hammer ins Stroh fallen und streichelte seinen kantigen Schädel. »Warum lassen sie alles an Elena aus? Ich könnte sie umbringen! Auch wenn ich da offensichtlich jede Menge zu tun bekäme«, erklärte sie dem Bock. Der schnaubte wieder einmal hingebungsvoll und prustete Vicki seine Liebe ins Gesicht.

So überhörte sie die Schritte. Dass sie Gesellschaft bekommen hatte, bemerkte sie erst, als eine Frauenstimme sagte: »Frau Victorine Peters?«

Vicki fuhr herum. »Ja? Wer sind Sie, was wollen Sie? Ich nehme derzeit keine neuen Kunden an.«

»Wir sind keine Kunden. Kriminaloberkommissarin Janine Heu, Mordkommission. Das sind die Kollegen Neumann und Vater.«

Erst jetzt entdeckte Vicki die beiden Uniformierten. Ehe sie jedoch Zeit hatte, zu fragen, was das sollte, sagte die Frau: »Victorine Peters, Sie sind verhaftet. Wir verdächtigen Sie des Mordes an Danice Schmidt. Sie haben das Recht zu schweigen. Sie haben das Recht auf einen Anwalt. Wenn Sie sich keinen Anwalt leisten können, kann Ihnen einer gestellt werden. Alles, was Sie ab jetzt sagen, kann gegen Sie verwendet werden.«

Vickis braune Augen wurden tellergroß. »Ich kenne keine Danice Schmidt.«

»Oh doch, das tun Sie.«

»Nein, tue ich nicht«, beharrte Vicki. »Außerdem bringe ich keine Leute um.«

»Dass Sie Morddrohungen ausstoßen, haben wir eben selbst gehört. Und dann ist es oft nicht weit bis zur Tat. Wer sind übrigens diese ›sie‹?«

Da wurde Vicki klar, dass sie sich nicht in einem falschen Film befand, sondern in einer ihrer Meinung nach völlig absurden Lage. Sie musste jemanden informieren. Einen Anwalt. Sie kannte keinen. »Kann ich mal telefonieren?«

Janine Heu nickte. »Ein Anruf.«

»Das Handy liegt in der Küche auf dem Tisch.«

»Dann gehen wir da hin.«

Das Telefon tutete. Hinnerk ging nicht dran. Schließlich meldete sich die Mailbox. Vicki sprach hastig drauf. »Hier ist eine Hauptkommissarin, Janine …«

»Janine Heu.«

»Janine Heu. Sie sagt, ich soll jemanden umgebracht haben. Hinnerk, sie verhaften mich!«

Janine Heu nahm Vicki das Handy aus der Hand und legte auf. »So, das reicht. Neuman, Vater, begleiten Sie die Dame hinaus.«

***

Leah Hoffmann beobachtete von ihrem Küchenfenster aus mit klopfendem Herzen, wie ihre Nachbarin Vicki in Handschellen und flankiert von zwei Polizeibeamten zum Polizeiauto gebracht wurde, das seit Kurzem auf der Hofeinfahrt stand. Als es auf den Hof gefahren war, hatte sie gedacht, dass wahrscheinlich Elena gefunden worden war. Oder dass es irgendwelche Nachrichten gab. Doch nun legte einer der Polizisten Vicki die Hand auf den Kopf, woraufhin diese folgsam in den Fond des Streifenwagens einstieg. Der zweite setzte sich von der Fahrerseite aus neben sie auf die Rückbank. Eine Frau um die vierzig mit kurzen blonden Haaren stieg vorne ein.

»Was schaust du so angespannt, was ist hier los? Ich dachte, es gibt jetzt Abendessen, was stinkt denn hier so?«, fragte Helmut, der gerade vom Holzmachen im Hof in die Küche kam. Leahs Mann, er ebenso spillerig wie sie barock, hatte ständig Hunger und konnte essen wie ein Scheunendrescher.

Normalerweise hätte Leah ihn an den gedeckten Tisch gebeten, auf dem Bratwürstchen mit Kartoffelsalat standen. Das war jedenfalls für diesen Abend geplant. Für sich hatte sie einen leichten Sommersalat vorgesehen. Die Würstchen waren allerdings schon leicht verkohlt, als Leah ihren Mann aufklärte: »Ich glaube, die haben Vicki verhaftet.«

Jakobsmuscheln unter Macadamia-Tandoori-Haube an sautierten Zucchininudeln und Schmortomaten, für 2 Personen

Zunächst werden die Zutaten für die Kruste bearbeitet: 60 g Macadamianüsse, 20 g getrocknete Tomate(n), je 10 g Rosinen und Kapern mit dem Messer fein hacken. 60 g zimmerwarme Butter schaumig schlagen und 1 Eigelb hinzufügen. Die fein gehackten Zutaten unterheben und mit 1 EL Zitronensaft, ½ TL Zucker, Salz, Pfeffer und 1 EL Tandooripaste pikant abschmecken. Diese Mischung in eine Tasse umfüllen und im Kühlschrank bis zur weiteren Verarbeitung ruhen lassen.

2 Zucchini waschen und trocknen. Mit einem Sparschäler dünne (Nudel-) Scheiben abziehen. Diese werden in etwa 5 mm breite Streifen geschnitten, wobei das körnige Fruchtfleisch entfernt wird. 8 Kirschtomaten waschen und trocknen, in einem kleinen Topf mit etwa 2 EL Olivenöl übergießen.

1 angedrückte Knoblauchzehe und 1 Thymianzweig dazulegen, den Topf verschließen und die Tomaten etwa 15 Minuten bei kleiner Hitze schmoren.
Backofen auf 220 °C (Ober- und Unterhitze) vorheizen. 8 Jakobsmuscheln (Nüsschen) in Muschelschalen oder in eingefettete Muffinförmchen aus Papier legen und nicht zu dünn mit der Nusspaste bestreichen. 15 Minuten überbacken. In der Zwischenzeit 1 EL Öl in einer Pfanne erhitzen, 1 EL abgezupfte Thymianblättchen einmal kurz durchschwenken, dann die Zucchinistreifen dazugeben und bei geringer Hitze etwa 15 Minuten garen. Hin und wieder wenden und mit Pfeffer und Salz würzen.
Zum Anrichten die Zucchininudeln in der Tellermitte kreisförmig eindrehen, die Muscheln und die Tomaten rundum verteilen. Den Tomatensud mit einem Schneebesen aufschlagen, mit Pfeffer und Salz würzen und damit die Tomaten und Muscheln umgießen.

KAPITEL ZWÖLF,

in dem eine Hure Kartoffel-Sellerie-Tartes mit Saiblingskaviar zubereitet und Hinnerk nach Auswegen aus einer ziemlich verzwickten Situation sucht.

»Oh Mann«, sagte Pearl, als Hinnerk am nächsten Tag bei ihr auftauchte, »kannst einen echt auf Trab halten, du oller Döspaddel.« Sie trug eine Küchenschürze über einem schwarzen Strapskorsett, ihr Busen wogte sanft darüber. Die Hände hatte sie in die Höhe gestreckt. »Kann dich nicht umarmen, knete gerade Kartoffeln.« Sie bedachte Hinnerk mit einem neckischen Augenaufschlag. »Nu kiek nich so. Ich weiß, dass du Probleme hast, kannst dir dein Pokerface sparn. Ich kenn dich ja inzwischen gut genug. Aber danach ...«

Der Seebär schnupperte. »Hm. Appetitlich. Watt för'n Duft.«

»Jo. Aber glaub nich, dat ick mit dir deilen tu. Na ja, vilicht. Wenn du aardig bist.«

Hinnerk nickte, er konnte seine Nervosität kaum noch im Zaum halten. »Bin immer brav. Weißt du wohl. Is er schon intrudelt?«

»Jo. Un er het 'n misslik Luun als wie's övel Verdarben.«

Hinnerk lächelte Pearl zu. Er war ihr dankbar, dass sie versuchte, die Atmosphäre etwas zu entspannen. Leon hatte also schlechte Laune? Das konnte er verstehen. Ihm ging es ähnlich. Aber sie mussten eine Einigung erzielen, einen Ausweg finden aus der verzwickten Lage, in der Vicki steckte. Leon *musste* einfach verstehen, dass er den Brief in Anbetracht der Entführung Elenas nicht bekommen konnte. Der Umschlag des Entführerschreibens knisterte in seiner Tasche. Er war sich noch immer nicht schlüssig, ob er ihn Schmalen geben sollte. Ob er Leon in dieser Sache überhaupt trauen konnte.

Hinnerk hatte keine Ahnung, ob der Freund als Mitglied der Brigade Mobile nicht selbst in die Bombenleger-Affäre verstrickt gewesen sein könnte. Sie hatten das niemals erörtert. Jeder respektierte die Sphäre des anderen. Aber er *musste* in dieser vermaledeiten Situation jemandem vertrauen.

»Du hättest mich nicht schon wieder kontaktieren dürfen. Es gibt Leute, die macht das langsam unruhig. Jeder weiß, dass wir uns kennen. Und alle bauen darauf, dass ich dafür sorge, dass du dafür sorgst, dass in der Bombenleger-Affäre der Deckel auf dem Topf bleibt. Nur deshalb hatte ich bisher einigermaßen den Rücken frei. Ich kann mich doch darauf verlassen, dass du den Brief besorgst, oder? Ja? Nun zieh nicht so ein Gesicht, es muss sein.« Leon Schmalen, der ansonsten so verbindlich wirkende Luxemburger, schaute grimmig.

Ob er Schmalen gestehen sollte, dass sie den Brief noch immer nicht hatten? Nein. Besser nicht, besser ihn nicht noch mehr verärgern. Zunächst brauchten sie seine Hilfe bezüglich eines anderen Schreibens. Wenn Elena wieder daheim war, konnte er dem Freund immer noch beichten, dass Vicki Bros Brief nie gefunden hatte. Hinnerk zog den Umschlag aus der Tasche. Er hatte ihn in eine Plastiktüte gepackt. »Kannst du den für mich auf Fingerabdrücke untersuchen lassen?«

Schmalen schaute fassungslos. »Das ist alles? *Deswegen* kontaktierst du mich?«

»Ich brauche dringend Hilfe in dieser Angelegenheit. In dem Umschlag war ein Drohbrief gegen Vicki. Ich muss unbedingt mehr über die Hintermänner herausfinden.«

»Ein Drohbrief. Und das wundert dich? Meines Wissens hat die Bank den Kredit inzwischen verlängert. Sie soll endlich den Brief rausrücken.«

»Ach, du weißt von dem Kredit? Bei unserem Treffen mit Gamma neulich war davon nicht die Rede.« Hinnerks Misstrauen erwachte erneut, und diesmal mit voller Wucht.

Leon stöhnte auf. »Hinnerk! Was dachtest du denn? Das müssen wir vor Gamma ja wohl nicht ausbreiten, oder? Entscheide dich mal. Einerseits soll ich dir helfen, andererseits ist es dir aber nicht recht, wenn ich etwas mehr weiß, als du preiszugeben gedenkst. Dabei riskiere ich Kopf und Kragen für dich, schon allein dadurch, dass ich mich mit dir treffe. Sei übrigens froh, dass ich mich nicht geweigert habe zu kommen. Ich habe mich bereits über alle Maßen für dich einsetzen müssen. Die wollten dir nämlich auch schon ans Leder. Aber du kannst mir vertrauen.«

»Woher hast du die Information über den Kredit?«

»Kannst du dir das nicht denken?«

»Kasslin?«

»Kasslin. Natürlich bin ich auch mit ihm in Kontakt getreten. Der hat das übrigens auf eigene Kappe angeleiert, er scheint eine Schwäche für deine Schwiegertochter zu haben. Seine Auftraggeber waren nicht wirklich begeistert.«

»Woher kennst du Kasslin?«

»Indirekt, über Kollegen«, meinte Schmalen ausweichend. »Er hat Stein und Bein geschworen, dass alles in Ordnung gehen, dass deine Schwiegertochter ihre Drohung zurückziehen und den Brief herausgeben wird. Hinnerk, du kommst doch auch aus dem Geschäft. Vicki und du, ihr habt alle gegen euch, für die der Brief zur Bedrohung werden könnte – die Stay-Behinds, den SREL und, um es ganz klar zu sagen, auch meine Leute. Sie alle wollen diesen Brief und haben sich zur Erreichung dieses gemeinsamen Ziels verbündet. Erzähl mir nicht, dass dir das nicht klar ist. Vicki kann ihn natürlich nur einer Partei geben. Also überlasse ihn einfach mir, ich werde den Rest schon regeln. Mir werden sie eher vertrauen als dir. Warum, zum Teufel, hat deine Schwiegertochter den Wisch eigentlich nicht längst herausgerückt? Dann hätte die Sache endlich ein Ende. Und was ist das überhaupt für eine Drohung, von der du da redest?«

»Hast du tatsächlich nichts davon gehört? Oder tust du nur so unwissend? Die ganze Zeit schon?«

»Herrje, Hinnerk, jetzt eiere nicht so herum.«

»Elena ist entführt worden.«

Schmalen schwieg für einen Moment. Er schluckte. »Also stimmt es. Doch, ich hab so was gehört, konnte es aber nicht glauben.«

Hinnerk musterte den Freund scharf. »Ja, es stimmt. Vicki soll Bros Brief ins Bistro de la Presse bringen, morgen um fünfzehn Uhr, versteckt in einer aktuellen Ausgabe des ›Luxemburger Wort‹. Sie soll einen Kaffee trinken und dann die Zeitung liegen lassen. Stecken deine Leute dahinter?«

Schmalen schwieg für einige Momente. »Nein«, sagte er schließlich. Es klang hart.

»Es tut mir leid, ich *musste* dich das fragen.«

Schmalen schüttelte den Kopf. »Oh, Hinnerk, was macht diese ganze verteufelte Angelegenheit nur mit uns? Wo bleibt unsere Freundschaft?«

Hinnerk versuchte ein schiefes Grinsen, ging aber nicht auf Schmalens Bemerkung ein. Das würden sie ein anderes Mal klären, wenn Elena wieder daheim war. »Gamma?«

»Nein, kann ich mir nicht vorstellen. Nicht nach dem Gespräch, das wir im Bistro de la Presse mit ihm hatten.«

Hinnerk runzelte die Stirn. »Der SREL scheidet meiner Meinung nach auch aus. Kasslin würde nicht zulassen, dass Elena was geschieht. Fakt bleibt aber, dass meine Enkeltochter entführt wurde. Und *wenn* derzeit jemand den Brief bekommt, dann diese Leute. Leon, das *musst* du verstehen. Das müssen auch die anderen verstehen. Die Entführer drohen, meine Enkeltochter in kleine Stücke zu schneiden, so lange, bis Vicki nachgibt.«

Schmalen stöhnte auf. »Was für ein Schlamassel. Soll ich mich einschalten? Die *dürfen* den Brief nicht bekommen, wer auch immer sie sind. Das würden die anderen Beteiligten niemals mitmachen. Ich sage es noch einmal: Gib *mir* den Brief. Und ich verspreche, ich werde alles tun, um deine Enkeltochter da herauszuholen.«

»Da gibt es noch ein Problem. Vicki kann den Brief nicht übergeben, sie … hat ihn nämlich gerade nicht.«

»Wie? Sie hat ihn nicht?« Leon Schmalen brüllte diese Worte fast.

»Also, äh, es gibt ihn. Natürlich. Aber …«

»Was?«

»Sie kann Bros Brief zurzeit niemandem bringen. Und ich weiß nicht, wo mein Sohn ihn versteckt hat.«

»Wieso kann sie das nicht? Was ist da los bei euch? Deine Schwiegertochter ist wohl groß darin, alles zu verpfuschen.«

»Vicki wurde verhaftet.«

Jetzt war Schmalen vollends perplex. »Verhaftet? Wieso das denn?«

»Du weißt also von nichts?«

»Was soll ich wissen?«

»Ihr wird vorgeworfen, eine Frau getötet zu haben. Die Polizei hat mir nicht viel darüber sagen wollen, nur dass Vicki sich vorgestern in Trier in einer Buchhandlung vor Zeugen mit ihr geprügelt und wüste Drohungen gegen sie ausgestoßen haben soll. Tags darauf wurde die Frau tot aufgefunden. Ich glaube, es handelt sich bei der Toten um die rothaarige Frau, die Vicki vor ein paar Tagen auf dem Hof aufgesucht hat. Sie hat behauptet, sie sei Bros Geliebte gewesen, und wusste ebenfalls von dem Brief. Irgendwie ist sie in diese ganze leidige Angelegenheit verstrickt.«

»Eine Geliebte?« Den Fluch, den Leon jetzt ausstieß, verstand Hinnerk nicht, er benutzte sein heimisches Lëtzebuergesch. Er hatte aber eindeutig mit Fäkalien zu tun. »Dann müssen wir deine Schwiegertochter schnellstens aus dem Gefängnis bekommen. Hat sie einen Anwalt?«

Jetzt schüttelte Hinnerk den Kopf.

»Gut. Ich besorg ihr einen. Das kann mich zwar einiges kosten, aber eine Mordanklage, das geht zu weit. Und bezüglich Elenas Entführung – ich kümmere mich auch darum. Mach dir keine Sorgen, mein Freund, wir kriegen das hin. Ich weiß zwar noch nicht, wie, aber … Wir brauchen einen guten Plan.« Schmalens Kiefer mahlten.

»Du sagst es. Ich werde außerdem Kasslin um Hilfe bitten.«

»Das wird nicht reichen. Junge, wir brauchen einen *wirklich guten* Plan.«

Warum sagte Leon das so seltsam? Sollte er ihm doch noch beichten, dass Vicki den Brief bisher nicht gefunden hatte? Dass er aber in der letzten schlaflosen Nacht tatsächlich einen recht guten Plan gefasst hatte? In Erinnerung an alte Zeiten hatte er einige Sachen von Bro durchforstet, die er noch besaß. Ein paar Schmierzettel in einem Umschlag. So hatte es jedenfalls auf den ersten Blick ausgesehen. Bro hatte ihm das Kuvert einige Monate vor seinem Tod mit den Worten »Kannst du das sicherheitshalber mal irgendwo deponieren?« in die Hand gedrückt. Er war so wütend auf seinen Sohn, der seine Frau und seine Tochter in eine solche Lage gebracht hatte, er hätte beinahe alles zerrissen. Gut, dass er es nicht getan, sondern sich die Papiere zum ersten Mal genauer angesehen hatte. Es waren Notizen, die teilweise aussahen wie Einkaufszettel. Weiß der Teufel, warum Bro sie aufgehoben hatte. Und Fragmente von zwei Briefen an Bro, der Handschrift nach von einer Frau verfasst. Soweit Hinnerk das Stückwerk entziffern konnte, drohte die damit, Vicki »alles« zu erzählen, wenn er nicht reinen Tisch machte. Was auch immer dieses Alles war.

Und dann war da noch ein weiteres Schreiben gewesen, gedruckt, ohne Unterschrift. Dessen Inhalt hatte sich für Hinnerk als höchst aufschlussreich herausgestellt. Wie es aussah, hatte Bro mit Hilfe von Komplizen Kundengelder beiseitegeschafft. Doch anstatt redlich zu teilen, hatte er das Geld nicht herausgerückt. Ob das der Notgroschen war, von dem er Vicki erzählt hatte? Wie auch immer, die betrogenen Betrüger hatten gedroht, sich an seine Geliebte zu halten.

Hinnerk hatte sich nach dieser Entdeckung lange schlaflos im Bett gewälzt, bis Bros Schriftzüge und die der Unbekannten vor seinem inneren Auge zu tanzen begannen. Da war ihm die Idee gekommen. Anhand von Bros Notizen wäre es ein Leichtes für ihn, die Schrift seines Sohnes nachzumachen. Diesen vermaledeiten Brief einfach selbst zu schreiben.

Und den Drohbrief der betrogenen Komplizen konnte man ebenfalls nutzen. Er könnte Vicki entlasten. Er bewies, es gab Menschen, die ein ziemlich gutes Motiv für einen Mord an Bros Geliebter hatten. Die das sogar angekündigt hatten. Er musste das anonyme Schreiben nur der Polizei zuspielen.

Sollte er Schmalen von seinem Plan erzählen? Nein. Er hätte es gern getan, doch ein unerklärliches Gefühl hielt ihn zurück. Falls Vicki den Brief wirklich nicht fand, konnte sie mit einer von ihm gefertigten Version zum Krautmarkt gehen. So sie rechtzeitig aus dem Gefängnis kam. Besser, wenn niemand sonst davon wusste.

Laut sagte Hinnerk ein wenig zögernd: »Eines steht jedenfalls felsenfest: Vicki sitzt in Haft. Es ist, wie du sagst, Leon, Vicki muss schnellstens da raus.«

Leon Schmalen konnte dem nur zustimmen. »Na, dann hoffen wir mal, dass wir Vicki mit vereinten Kräften helfen können.«

»Ich denke, wir sollten uns außerdem nicht auf die Polizei verlassen, sondern selbst aktiv werden und eigene … Nachforschungen anstellen. Ich glaube ja, die Rothaarige, die Vicki angeblich umgebracht haben soll, ist nicht umsonst in dieser kritischen Zeit bei uns auf dem Hof aufgetaucht. Wir müssen mehr über sie erfahren.«

»Aber was soll uns das nützen? Die Frau ist doch tot.«

Hinnerk grinste schief. »Ja, schon. Ich hab zwar keine zündende Idee, aber immerhin einen Plan B. Die Frau muss ja irgendwo gelebt haben. Vicki wusste nicht, wo, sie hat schon versucht, die Adresse herauszufinden, das hat aber nicht geklappt.«

»Und was willst du mit der Adresse?«

»Ich dachte, wir könnten vielleicht zwei Fliegen mit einer Klappe schlagen. Es wäre gut, wenn Vicki so schnell wie möglich entlastet würde. Das heißt, wir müssen den Mordverdacht auf jemand anderes lenken. Ich habe mir überlegt, dass ich mir die Wohnung der Ermordeten einfach mal anschaue. Vielleicht finde ich ja irgendetwas, das mir einen Ansatzpunkt dafür liefern könnte, wer der oder die wirklichen Mörder sind.«

Schmalen nickte langsam. »Die Polizei hat die Wohnung der toten Frau vermutlich längst auf den Kopf gestellt. Und sie ist sicherlich versiegelt worden.«

»Aber es könnte doch sein, dass sie was übersehen haben, meinst du nicht? Versiegelte Wohnungen waren außerdem noch nie ein Problem für mich. Wenn ich etwas finde, könntest du doch deine Kontakte zur Polizei spielen lassen und ihnen ganz diskret einen Hinweis geben.«

Schmalen schmunzelte wissend. »Und falls du nichts findest, deponierst du einfach einen Hinweis. Hinnerk, du Schlitzohr. Du hast ja doch einen Plan. Und was willst du da deponieren?«

Hinnerk beschloss, auch dieses Mal so nah wie möglich an der Wahrheit zu bleiben. Das waren die besten Lügen. »Mal sehen, wie ich das handhabe. Weiß ich noch nicht genau. Mir fällt schon was ein. Nur mal so ins Unreine gedacht: Ich bin mir ziemlich sicher, dass es Menschen gibt, die ein Motiv haben, die Frau umzubringen. Leute aus Bros Vergangenheit womöglich, die an seinen Abzockereien beteiligt waren, von ihm betrogen wurden und über seine ehemalige Geliebte doch noch an ihr Geld kommen wollten … Dabei ist dann eben was schiefgegangen, und nun ist die Frau tot.«

Schmalen lachte. Es klang irgendwie … unecht.

Hinnerk schaute ihn prüfend an. Sollte er ihm doch von seinen Fälschungsabsichten erzählen? Erneut entschied er, doch lieber davon abzusehen.

»Soso. Betrogene Betrüger, die ausgeflippt sind und die Komplizin ihres Komplizen umgebracht haben?«

»So ungefähr. Was meinst du, kann der Anwalt, an den du denkst, morgen beim Haftprüfungstermin die Ermittler darauf aufmerksam machen, dass es andere gibt, die ein viel stärkeres Motiv hatten, die Frau umzubringen, als Vicki? Ich sag ihm gern alles, was Bro auf dem Kerbholz hatte, soweit es mir bekannt ist, damit er den Verdacht von Vicki ablenken kann. Wer ist er überhaupt?«

»Ja, ich denke, das kann er tun. Mein Bruder ist mir mehr als einen Gefallen schuldig.«

»Du hast einen Bruder? Das wusste ich nicht.«

»Piet. Er ist mein Halbbruder.« Schmalen lächelte schief. »Du scheinst mir zu trauen, alter Freund. Ich könnte ja auch einer von den anderen sein.«

Hinnerk Peters holte seine Schnupftabakdose aus der Tasche und nahm sich einen Prim. »Leon, ich will dir ja nicht zu nahe treten. Aber ich habe keine andere Wahl«, sagte er, nachdem er seine Nase umständlich mit einem Taschentuch von den hängen gebliebenen Krümeln gereinigt hatte.

Schmalen nickte ernst. »Verstehe.« Dann lachte er erneut kurz auf. »Teufel noch eins. Das könnte sogar klappen.«

Hinnerk übte sich weiter im Pokerface.

»Jetzt müssen wir nur noch die Adresse der Rothaarigen herausfinden. Wie sah die Frau denn aus?«

»Rothaarig eben. Dummerweise hat mir die Polizei ihren richtigen Namen nicht gesagt. Vicki gegenüber nannte sie sich Henriette Haag, und anscheinend betreibt sie einen Escort-Service.«

Schmalen quollen fast die Augen aus dem Kopf. »Henriette Haag?«

Hinnerk nickte.

»Peaaarrrrl!« Wenn Leon Schmalen brüllte, wackelten die Wände, und kurz danach stand auch schon die Domina im Raum, noch immer in Schürze und Strapskorsett.

»Wat is, min Fründ, hör off to bölken. Du verjagst ja unsere Freier!«

Schmalen fragte Pearl nach Henriette Haag. »Könnte eine Berufskollegin von dir sein. Kennst du sie?«

Pearl nickte, in ihrem Blick lag Vorsicht. »Danice Schmidt heißt sie eigentlich. Warum?«

»Sie ist tot. Wusstest du das?«

»Hab so was gehört.«

»Ach. Soso. Manche Nachrichten verbreiten sich schnell.«

Pearl blieb stumm.

»Weißt du, wer es getan hat?«

»Schmalen, es gibt Dinge, die fragt man eine Freundin nicht.«

»Weißt du dann vielleicht, wo sie gewohnt hat?«, meldete sich Hinnerk zu Wort.

Pearl nickte. »Zusammen mit einem von meinen Mädels, nicht weit von hier. In der Nähe der Luxemburger Straße.«

»Aha«, sagte Schmalen. »Das trifft sich gut, dann wird die Tote da bloß ein Zimmer gehabt haben. Wahrscheinlich ist nur das versiegelt und nicht die ganze Wohnung. Pearl, was meinst du, könnte die junge Dame uns einen Gefallen tun? Zum Beispiel meinen Freund hier mal kurz in die Wohnung lassen und wegschauen, während er das Zimmer der Toten durchsucht?«

Pearl blickte zweifelnd. »Sie wird es nicht gern tun. Sie hatte bereits genügend Ärger, die Kripo hat nach Danices Tod das Unterste zuoberst gekehrt. Ich müsste mich ziemlich ins Zeug legen, um sie zu überzeugen.«

»Und wenn ich dich zum Beispiel warne, falls wieder eine Razzia ansteht? Das erspart dir jede Menge Ärger. Und ich hab sowieso noch was gut.«

Pearl nickte. »Nicht einmal. Zweimal. Und dann sind wir quitt.«

»Na, dann ist ja alles klar, dann geh ich jetzt mal und kontaktiere Piet«, meinte Schmalen. »Hinnerk, du wartest am besten etwas, ehe du auch aufbrichst. Wir sollten nicht zusammen gesehen werden. Hol di munter, Pearl.«

»Okay so«, antwortete sie.

»Ick bliev noch ’n beten«, meinte Hinnerk und zwinkerte der Domina zu. »Hab Kohldampf.«

»Bis dann, ihr zwei.«

Pearl brachte Schmalen nach draußen. Hinnerk sah den beiden nachdenklich hinterher. Bezüglich des anonymen Schreibens war ihm inzwischen eine bessere Idee gekommen. Wie die Dinge lagen, ließe sich das unauffälliger und schneller regeln, wenn er nicht selbst hinging.

»So, un nu machen wir's uns kommodig«, sagte Pearl, als sie wieder ins Zimmer kam.

»Deern, ick muss vördeem noch fix was holen gon. Einen Brief. Ick wollt dat vor Leon nich sägen. Nee, nich, frag besser nix, 's wär bannig wichtig, dass die Mitbewohnerin von Danice Schmidt den inne Wohnung … wie soll ich sagn, ›finden‹ deit und zur Polizei bringt. Du verklickerst ihr das und gibst ihr den Brief. Kriegst du das hin?«

Pearl schaute ihn lange an. »Ach, min Groten, in was for'n Kuddelmuddel biste nu schon wieder?«

Kartoffel-Sellerie-Tartes mit Saiblingskaviar

600 g mehlig kochende Kartoffeln waschen, schälen und in kaltes Wasser legen. 1 kleine Sellerieknolle waschen, bei Bedarf bürsten, schälen und halbieren. 1 Bund Schnittlauch waschen, trocken schütteln und in feine Röllchen schneiden.

250 g Saiblings- oder Felchenkaviar in eine Schüssel geben. Schnittlauchröllchen und 150 g Crème fraîche unterrühren und die Masse mit Salz, Pfeffer und etwas Zitronensaft abschmecken. Die Kaviarcreme mit Klarsichtfolie abdecken und kalt stellen.

Die abgetropften Kartoffeln und den Sellerie auf einer Vierkantreibe grob raspeln, vermischen und mit Salz und Pfeffer würzen. Die Masse ca. 5 Minuten ziehen lassen. Dann mit den Händen das Wasser gut ausdrücken.

3 EL Olivenöl in einer Pfanne (Durchmesser 13 cm) erhitzen, ein Viertel der Kartoffel-Sellerie-Masse darin ca. 1 cm hoch verteilen. Mit einem breiten Messer den Teigrand abrunden. Die Tarte bei mittlerer Hitze goldbraun und knusprig rösten. Zum Wenden zuerst auf einen Teller und dann mit der anderen Seite in die heiße Pfanne gleiten lassen. 1 TL

Butter am Pfannenrand entlang hineinschmelzen und auch diese Tarteseite knusprig braten. Die Tarte herausheben, auf Küchenpapier entfetten und warm stellen. Auf dieselbe Weise drei weitere Tartes backen.
Die Kartoffeltartes auf Tellern anrichten. Mit einem Esslöffel vom Kaviar Nocken abstechen. Auf jede Tarte eine Nocke setzen, mit je einem Dillzweig garnieren und mit etwas Olivenöl umziehen.

KAPITEL DREIZEHN,

in dem Vicki Besuch von ihrem Anwalt bekommt und Tovio Kasslin für Hinnerk ein Omelette surprise zubereitet.

Piet Schmalen betrachtete seine Klientin. Sie war eine Schönheit, zweifellos. Die wilden Locken, die großen Augen, der Mund, der zum Küssen einlud, zierlich, schlank. Trotzdem wirkte sie nicht wie eines dieser Modepüppchen, die man heutzutage überall traf, gestylt, die Lebenslinien im Gesicht unterspritzt, die Haut glatt gezogen und hinter den Ohren festgetackert. Ihre Schönheit resultierte nicht aus einem ebenmäßigen Gesicht, denn ebenmäßig war es ganz sicher nicht, sondern geprägt von dieser gewissen Form von Lebendigkeit, die ein Mensch eben hat oder nicht, die sich nicht erlernen lässt und die sehr anziehend wirkt. Gut, ihre Augen wirkten jetzt eher stumpf, das Leuchten war gedämpft. Kein Wunder bei der Lage, in der sie sich befand. Doch der Funke, der sich aufgrund der angespannten Situation in ihr Inneres zurückgezogen hatte, steckte unter Garantie noch immer in diesem energischen Persönchen, das ihn jetzt voller Misstrauen anstarrte.

»Wirklich, mein Schwiegervater hat Sie geschickt?«

Piet Schmalen nickte würdevoll. Seine zur Schau getragene Ruhe schuf Vertrauen. Das hatte er in den langen Jahren als Strafverteidiger immer wieder festgestellt, sie gab seinen Mandanten einen gewissen Halt, war eine – wenn auch schwankende – Rettungsinsel in einem Meer der Verunsicherung. »Ja, das hat er. Ich habe auch zugestimmt, mich mit den Entführern Ihrer Tochter zu treffen, Sie können ja derzeit nicht. Das war die Idee Ihres Schwiegervaters. Ich will mich nicht brüsten, aber ich bin ein ziemlich bekannter und erfolgreicher Strafverteidiger. Ihr Schwiegervater meinte, die Entführer würden deshalb vermutlich auch mit mir vorliebnehmen. Das brächte Ihre Tochter also nicht in zusätzliche Gefahr. Aber jetzt unterschreiben Sie bitte die Vollmacht, sonst kann ich nicht für Sie tätig werden.« Er hielt ihr seinen Füllfederhalter Marke Parker, Sonderanfertigung mit Goldfeder, hin, den er sonst nur ungern auslieh.

»Ich weiß es nicht. Aber ich glaube, die Leute, die Sie zu erpressen versuchen, sind zu allem bereit.«

Vicki senkte den Kopf. »Ich hab die Erpressung ja nur gestartet, weil ich so dringend Geld brauchte. Aber inzwischen hat es den Anschein, dass noch andere davon Wind gekriegt und sich eingeschaltet haben. Denn eigentlich war die Sache bereits erledigt.«

»Was meinen Sie?«

»Na ja, mein Kredit ist überraschend doch noch verlängert worden.«

»Ja, und?«

»Tovio, ich meine, Herr Kasslin hat das vermittelt.«

»Ich verstehe noch immer nicht.«

»Die Leute, die der Bank meinen Kredit abgekauft haben, ich vermute jedenfalls, dass das so gelaufen ist, fordern ebenfalls den Brief von mir, aber wenn man es genau betrachtet, hätten die Elena nicht entführen müssen, um mich unter Druck zu setzen.«

»Da haben Sie wohl recht. Und wer sind diese ›die‹?«

»Das wollten sie mir bei der Bank nicht sagen.«

Schmalen runzelte die Stirn. Er bekam es anscheinend mit mehr Parteien zu tun, als er erwartet hatte. Kasslin, Tovio Kasslin, hatte Vicki gesagt. Wer war dieser Mann? Er musste sich den Schwiegervater noch mal zur Brust nehmen. Und Leon.

»Was glauben Sie? Bekommen Sie mich frei?«

Er gab den entspannt Zuversichtlichen. »Das denke ich schon. Wir müssen nur Zweifel säen an der Argumentation der Staatsanwaltschaft, plausibel darstellen, dass die Geliebte Ihres Manns noch andere Feinde hatte. In dubio pro reo.«

»Mein Mann hatte keine Geliebte. Ich werde das nie und nimmer glauben. Ich hätte das gemerkt. Da können Sie sagen, was Sie wollen. Die Frau muss eine Hochstaplerin gewesen sein.« Da war sie wieder, die Falte über ihrer Nasenwurzel.

Er lächelte erneut. »Sagen Sie das auch so beim Haftrichter. Mit derselben Vehemenz wie mir gerade eben. Und den Rest überlassen Sie mir. Besonders, wenn es um die Frage geht, wer die Leute sein könnten, die Danice Schmidt tatsächlich ermordet haben.«

»Aber das weiß ich ja selbst nicht.«

»Eben. Wir beide wissen es nicht. Ich bin aber im Gegensatz zu

Ihnen darin geübt, viel zu sagen, auch wenn ich wenig weiß. Lassen Sie mich einfach machen. Der Haftprüfungstermin ist übrigens gleich morgen früh. Und morgen Nachmittag treffe ich mich mit Elenas Entführern. Ihr Schwiegervater wird mir vorher noch den Brief geben.«

Ihre Augen wurden groß. Sie schluckte. »Mein Schwiegervater wird Ihnen den Brief geben?«

»Ja, hat er gesagt.«

»Kann ich dann nicht vielleicht selbst dort hingehen, wenn der Haftprüfungstermin doch schon am Morgen ist?«

Schmalen schüttelte den Kopf. »Meine Erfahrung sagt mir, dass es besser ist, wenn Sie erst mal aus der Schusslinie sind«, antwortete er langsam. »Ich meine das wortwörtlich. Außerdem, selbst wenn der Haftrichter Ihrer Entlassung zustimmt, dauert es etwas, bis die Formalitäten erledigt sind. Die Nacht werden Sie aber wieder in Ihrem eigenen Bett verbringen, wenn alles klappt.« Er stand auf. »So, jetzt muss ich aber gehen. Ich habe noch andere Mandanten«, erklärte er leichthin.

Vicki sah ihm sehr nachdenklich nach.

***

Als Hinnerk zum Hof zurückkam, war Tovio Kasslin wieder da. Der Seebär musterte ihn griesgrämig. »Ach, erst verlassen die Ratten das sinkende Schiff, und nun kommst du wieder zurück? Wie kommen wir zu der Ehre?«

»Du kannst dir wohl denken, dass ich es erfahre, wenn meine Kreditnehmerin ins Gefängnis wandert. Ich wollte sehen, ob ich helfen kann. Dieser Todesfall kommt wirklich sehr ungelegen. – Nein, lach nicht. Das meine ich nicht witzig. Ich hatte in der Zwischenzeit mit Hilfe der Kollegen vom SREL die Rothaarige aufgetrieben. Ist eine in Geheimdienstkreisen ziemlich gut bekannte Dame aus dem Rotlichtmilieu. Ich war kurz davor, mit ihr eine Einigung zu erzielen, damit sie Vicki künftig in Ruhe lässt. Sie wollte Geld. Viel Geld. Ich hab sie hingehalten mit dem Versprechen, zu tun, was ich kann. Und nun höre ich, dass sie tot ist und Vicki im Gefängnis sitzt. Hinnerk, Vicki hat gesehen, wie ich die Frau getroffen habe.

Da blieb mir kaum eine andere Wahl, als erst mal zu verschwinden, bis mir eine gute Erklärung einfiel. Du kennst ja deine Schwiegertochter, wenn die etwas wissen will, dann gibt sie nicht auf.«

»Ah, verstehe, deshalb war sie so wütend auf dich. Sie hat geglaubt, dass du hinter ihrem Rücken gegen sie agierst.«

»Vermutlich. Stimmt aber nicht. Im Gegenteil. Ich wollte mich in diesem Zusammenhang noch mit anderen Leuten treffen. Dafür musste ich erst mal richtig ausschlafen. Von dieser verdammten Pritsche im Stall tut mir noch immer das Kreuz weh.«

»Für diese Treffen brauchtest du jedoch einen klaren Kopf.«

»So ist es.«

»Die anderen Leute, das waren Gamma und Schmalen?«

»Du bist informiert?«

»Was dachtest du denn? Hättest mich aber wenigstens vorwarnen können, dass du abhaust, so musste ich Vickis Zorn ganz allein aushalten.«

»Stimmt. Nächstes Mal, ich versprech's. Wo steckt eigentlich Elena? Sie müsste doch längst wieder aus der Schule zurück sein.«

Hinnerk knirschte mit den Zähnen. »Sag bloß, du weißt von nichts? Sie haben sie entführt. Sie wollen den Brief.«

»Wer ›sie‹?«

»Das fragst du noch? Wolltest wohl sichergehen, was?« Er wusste, dass er feindselig klang. Es konnte gut sein, dass er den Mann noch brauchte. Aber es gelang ihm einfach nicht, sich zu beherrschen.

Kasslin wurde weiß wie die Wand. »Hinnerk! Was redest du da? Du weißt … also, du weißt doch, was ich für Vicki … egal. Niemals würde ich Elena … Du hast also keinen Schimmer, wer die Entführer sind? Habt ihr den Brief denn inzwischen gefunden?«

»Woher weißt du, dass Vicki den Brief nicht finden konnte?«

Kasslin schaute ihn lange an.

Hinnerk konnte sehen, wie es in ihm arbeitete, wie aufgewühlt er war. Das konnte selbst dieser Profi im Spionagegeschäft nicht mehr verbergen. Gut. Die Angelegenheit ließ ihn nicht kalt. Vielleicht war der Mann doch ehrlich. Soweit es die Situation zuließ.

»Ich habe ein Gespräch zwischen ihr und dir mit angehört. Daraufhin habe ich mich entschlossen, ihren Kredit aufzukaufen. Ich hoffte, meine Auftraggeber mit der Gewissheit, dass wir sie in der Hand haben, von weiteren Aktionen abzuhalten. Und dass wir sie bezüglich des Briefes noch ein wenig vertrösten können oder jedenfalls eine Lösung finden. Haben wir eine Lösung?«

Hinnerk war zwar etwas versöhnt, Kasslins Erklärungen klangen logisch. Aber er würde trotzdem lieber nichts von seinen Ideen verraten.

»Nein, hep wi nich.«

»Das ist schlecht. Wir müssen uns was überlegen.«

»Müssen wir. Beim Essen?«

»Gute Idee. Da kann ich besonders gut denken. Was hältst du von Omelette surprise? Wäre doch passend.«

»Du kannst so was?«

»Kann ich. Moment. Also, im Gefrierfach ist Vanilleeis. Eier? Ja, hier sind genug. Zucker und Mehl haben wir auch.«

»Na, denn man to.«

»Du machst den Eischnee. Als Seemann hast du starke Muskeln.«

»Ich bin doch nich Popeye«, maulte Hinnerk.

»Wer weiß.« Tovio grinste. »Hier sind die Eier, kannst du die trennen?«

»Kann ick.« Hinnerk nahm zwei Schüsseln aus dem Schrank und machte sich an die Arbeit. »Wo waren wir? Was hast du noch mal secht?«

»Ich hoffe, dass wir sie bezüglich des Briefes noch ein wenig vertrösten können oder eine andere Lösung finden, wenn Vicki wieder da ist.«

»Ah ja. Hoffst du.«

»Ich werde der Angelegenheit auf den Grund gehen, darauf kannst du Gift nehmen. Wir holen Vicki und Elena da raus. So wahr ich Tovio Kasslin heiße.« Er knirschte so heftig mit den Zähnen, dass sich Hinnerk beinahe unwillkürlich an den eigenen Kiefer gefasst hätte. Er beherrschte sich.

»Du heißt doch gar nicht Tovio Kasslin. Glaubst du, ich bin so blauäugig zu glauben, dass du unter deinem richtigen Namen hier angerückt bist? Hier, Mann, da hast du deine Eigelbe. Die musst du selber rühren.«

»Lass uns aufhören, uns anzufeinden. Wir sollten lieber überlegen, was wir jetzt tun wollen.«

Hinnerk nickte bedächtig. Gute Idee. »Ich habe Vicki einen Anwalt besorgt.«

»Hab ich schon gehört. Piet Schmalen. Guter Mann. Ich kenne seinen Bruder.«

»Ach ja, stimmt. Du kennst Leon Schmalen.«

Kasslin lachte kurz auf. »Die Welt der Geheimdienste ist ein großes Dorf, hier kennt jeder jeden irgendwie. Komm, mach deinen Eischnee, Popeye.«

Zwei Schneebesen wurden kräftig in Aktion gesetzt.

»Und trotzdem wissen wir nicht, mit wem wir es bei den Entführern zu tun haben«, merkte Hinnerk an.

»Nein, das wissen wir nicht. Wir können noch nicht einmal ausschließen, dass es Trittbrettfahrer sind.«

»Auch nicht, dass diese Danice Schmidt überhaupt nichts mit der Bombenleger-Affäre zu tun hat, sondern tatsächlich nur Bros Geliebte war und versucht hat, seine Frau abzuzocken.«

»Weshalb ihre Komplizen sich Elena geschnappt haben, nachdem die Dame nun tot ist?«

»Könnte doch sein.«

»Könnte es. Aber wie soll es nun weitergehen?«

»Mein Eischnee ist fertig.«

»Gib her, meine Eicreme auch. Ich rühre alles zusammen. Und du holst schon mal das Backblech und stellst den Ofen auf hundertachtzig Grad. Unser Omelette meinte ich aber nicht mit meiner Frage. Den Biskuitteig schiebe ich jetzt gleich in den Ofen. Ich meinte, was passiert mit Vicki und Elena?«

»Piet Schmalen wird sich mit den Entführern treffen und ihnen einen Brief übergeben. Morgen Nachmittag am Krautmarkt.«

Kasslin entspannte sich etwas. »Einen Brief?«

Wieder übte Hinnerk sich in Sachen Pokerface.

»Soso, einen Brief. Hm. Was nicht alles manchmal ganz plötzlich auftaucht, wenn es dringend gebraucht wird.«

»Jo. Ist schon merkwürdig, was?«, stellte Hinnerk seelenruhig fest.

»Hinnerk. Red mit mir. Du hast einen Plan.«

Es herrschte eine Weile Stille in der Küche.

»Ich kann die Schrift meines Sohnes sehr gut nachmachen«, erklärte Hinnerk schließlich.

»Wann kommt der Anwalt den Brief holen?«

»Er hat ihn schon. Ich war eben noch mal in Trier, um ihn ihm zu geben.«

»Was hast du da überhaupt geschrieben? Und wann?«

»Hab ihn heute Nacht aus einer spontanen Eingebung heraus verfasst. Um ehrlich zu sein, es steht nicht viel drin, nur was ich mir so zusammenreimen konnte. Aus Notizen von Bro, die ich in meinen Unterlagen gefunden habe, und dem, was er mir erzählt hat.«

»Nämlich?«

»Dass er angeblich wusste, wer hinter dem Steuer saß, als aus dem weißen Audi die Bombe auf dem Kirchberg geworfen wurde. Und dass er die Beweise mitsamt den Namen der Hintermänner in einem Schließfach deponiert hat.«

»Tatsächlich?«

»Ja, von einem Schließfach hat er mal geredet. Ich habe aber keine Ahnung, wo das ist. Einen Schlüssel haben wir auch nirgends gefunden. Und ich warne dich, du bist der Einzige, der weiß, dass der Brief eine Fälschung ist. Wenn …«

»Ich werde schweigen wie ein Grab. Und was ist mit dem echten Brief?«

Hinnerk gab Kasslin keine Antwort.

»Ich verstehe. Noch nicht aufgetaucht. Na, dieses Treffen werde ich mit Sicherheit beobachten.«

»Ich auch, darauf kannst *du* Gift nehmen.«

»Hinnerk, das könnte alles verderben. Die Leute hatten den Hof am Tag der Entführung sicherlich unter Beobachtung, sie werden dich kennen und könnten Verdacht schöpfen, dass ihnen eine Falle gestellt werden soll, wenn du da auftauchst. Du bist Familie. Aber ich war nicht hier, als sie Elena entführt haben. Auch wenn ich mir deshalb in den Bauch beißen könnte, so hat das doch etwas Gutes.«

Das musste Hinnerk einräumen. »Aber wenn du ein doppeltes Spiel spielst, wenn Elena oder Vicki deshalb etwas geschieht, dann bringe ich dich um, Tovio Kasslin. Und wenn du bis ans Ende der Welt zu fliehen versuchst, ich finde dich.«

Kasslin nickte. »Ich weiß, Hinnerk. Ich weiß. Aber ich spiele kein doppeltes Spiel. Sie ist mir ebenso wichtig wie dir, auch wenn sie mir das wohl niemals glauben wird, wenn sie erst erfährt, was mich auf den Hof geführt hat. Vielleicht kann ich dennoch etwas gutmachen, indem ich helfe, Elena zu finden.«

Hinnerk nickte. Er wusste, was Kasslin gesagt hatte, war richtig. Dann schüttelte er den Kopf. »Nein, min Dschung. Ich bin dabei. Ich bin gut darin, mich unsichtbar zu machen.«

»Also gut, wenn es unbedingt sein muss.«

»Es muss. Ich halte das nich aus, so rumzusitzen.«

Kasslin nickte. »Versteh ich.« Er schob das Omelette in den Ofen.

»Was ist jetzt mit diesem Surpriseding? Wenn wir verhungern, hilft uns das auch nicht weiter.«

***

Das Bistro de la Presse war wie immer gut besucht. Hinnerk postierte sich einige Häuser weiter Richtung Rue de Curé hinter einer fahrbaren Werbesäule. So konnte er nicht gesehen werden, aber selbst alles gut einsehen.

Er liebte die Luxemburger Altstadt, die Straße der Fleischer, die Wassergasse, den Fischmarkt und die Corniche, in anderen Gegenden eigentlich eine Straße, die an Klippen entlangführte, jedenfalls am Wasser. Am Fischmarkt hatten sich zu Zeiten der alten Römer zwei Handelswege gekreuzt, der eine von Paris nach Trier, der andere von Metz nach Aachen. Dieser Ort war gewissermaßen die Wiege des Luxemburger Bürgertums. Hier hatten sich neben den Waffenträgern und Bediensteten des Grafen auch die Händler und Handwerker getummelt. Kein Wunder, dass es in der Nähe eine Logengasse gab, die ihren Namen von dem Haus Nummer 5, dem Zunfthaus, erhalten hatte, das auch das Amt der Krämer beherbergte.

Der Fischmarkt verwandelte sich zudem einmal im Jahr zu einer Bühne für Mysterienspiele, die ihren Ursprung in einem mittelalterlichen Brauch vor der Kirche St. Michael hatten. Und am Ostermontag, dem Tag der Emmausjünger, wurde hier ein Markt abgehalten, der sich Emaischen nannte – mit Kunsthandwerk und »Péckvillercher«, allerlei Pfeifenvögeln aus Ton.

Ah, da war Piet Schmalen ja schon. Er sah seinem Halbbruder Leon sehr ähnlich. Hinnerk schaute auf die Uhr. Pünktlich.

Der Anwalt setzte sich an einen freien Tisch und deponierte eine schwarze Aktentasche rechts neben sich auf dem Boden neben dem Stuhl. Dann nahm er die Zeitung, die er sich beim Gehen unter den linken Arm geklemmt hatte, und legte sie vor sich auf den Tisch.

Hinnerk wurde für einen kurzen Moment flau im Magen. Hoffentlich schluckten Elenas Entführer seine Version von Bros Brief. Er hatte lange nicht so viel Insiderkenntnisse wie sein Sohn, wusste nur, was ein Kollege vom BND ihm aus alter Verbundenheit erzählt hatte. Aber auch das war – wie wohl alles in dieser Bombenleger-Geschichte – nur ein Teil der Wahrheit, ein winziges Mosaiksteinchen in der diffusen Gemengelage aus Konspiration, den unterschiedlichsten möglichen Motiven und Verschwörungstheorien. Er hoffte inbrünstig, dass das, was er sich da zusammengedichtet hatte, genügen würde, um Elena freizubekommen. Hoffentlich ging alles gut.

Eine Bedienung kam. Hinnerk beobachtete, dass Schmalen etwas bestellte. Kurz darauf stand eine Tasse Kaffee vor ihm. Schmalen nickte nur kurz und bezahlte. Die Bedienung räumte zwei Tische ab, bei denen die Gäste bereits gegangen waren, und trug das Tablett mit dem Geschirr ins Bistro. Hinnerk hielt es fast nicht mehr an seinem Platz, er schaute wieder auf die Uhr. Jetzt müsste Schmalen bald aufstehen und gehen.

Hinnerk machte sich bereit. Er hatte sich vorgenommen, die Verfolgung desjenigen anzutreten, der den Brief abholen würde. In der Hoffnung, dass ihn die betreffende Person zu Elena führte.

Schmalen sah auf seine Uhr. Da kam die Bedienung zurück an seinen Tisch. Sie sagte etwas zu ihm. Hinnerk, der aufgrund seiner Tätigkeit für den BND gelernt hatte, von den Lippen abzulesen, begriff nur teilweise, worum es ging. Ein Service-Gespräch war das jedoch nicht. Etwas von »abholen«. Ja, auch das Wort »Brief« fiel. Er beobachtete, wie Piet Schmalen zögerte. Dann griff er in die Zeitung und gab der jungen Frau – ja, er *gab* ihr den Brief. Anschließend stand er auf und schlenderte davon.

Hinnerk überlegte. Was sollte er tun? Steckte die Bedienung mit den Entführern unter einer Decke? Nein, wohl eher nicht. Jemand hatte sie beauftragt, den Brief zu holen. Derjenige hatte diese Aktion gut vorbereitet, spielte jetzt den Unbeteiligten. Und würde selbst nicht mehr in Aktion treten. Hinnerk scannte mit seinen Blicken die Umgebung. Falls das so war, dann hatte dieser Jemand eine gute Schule durchlaufen. Er konnte jedenfalls niemanden entdecken, der in Frage kam. Und wo zum Teufel steckte Kasslin? Hatte der schon aufgegeben? Oder etwas gesehen, was ihm entgangen war? Er griff nach seinem Handy, versuchte, ihn zu erreichen. Nichts, niemand ging dran. Also entschied er sich, das Einzige zu tun, was ihm jetzt noch an Möglichkeiten blieb: Er würde warten. Mit etwas Geduld konnte er vielleicht doch noch herausfinden, wer den Brief bei der Bedienung abholte.

Es wurde dunkel. Die Lichter der Altstadtlaternen gingen an. Hinnerk wartete weiter. Bis immer weniger Menschen unterwegs waren, die Straßen still wurden, die Touristen in ihre Hotels zurückgekehrt waren und das Bistro schloss. Dann passte er die Bedienung ab, als sie nach Hause ging. Er musste es wagen. Er hatte keine andere Wahl.

Sie war zunächst sehr irritiert, von einem fremden Mann angesprochen zu werden.

»Keine Angst, ich tue Ihnen nichts, ich habe nur eine Frage«, sagte Hinnerk, um sie zu beruhigen. Er konnte sehen, dass sie misstrauisch blieb. »Bitte, können Sie mir sagen, ob heute jemand einen Brief bei Ihnen abgeholt hat? Mein Freund wollte das erledigen. Ich habe ihn leider verpasst. Hat er etwas gesagt, ich meine, nach mir gefragt?«

»Nein«, antwortete die junge Frau spitz.

»Heißt das, dass der Brief nicht abgeholt wurde?«

»Doch«, erklärte die Bedienung.

»Aber?«

»Na, Ihr Freund war das sicherlich nicht. Das kommt mir überhaupt alles sehr komisch vor. So langsam frage ich mich, ob ich die Angelegenheit nicht der Polizei melden sollte.«

Hinnerk stockte einen Moment der Atem. Das durfte sie auf keinen Fall. Er musste verhindern, dass hier alles außer Kontrolle geriet. »Bitte, es ist alles ganz harmlos. Aber wie kommen Sie darauf, dass derjenige nicht mein Freund war?«

»Das war kein Mann. Es war eine Frau.«

»Ah, wie sah die Frau denn aus?«

»Ich muss jetzt gehen«, antwortete die Bedienung steif. »Und wenn Sie mich nicht sofort in Ruhe lassen, schreie ich um Hilfe.« Damit eilte sie durch die inzwischen so gut wie menschenleere Luxemburger Altstadt davon. Die Absätze klackten über das Kopfsteinpflaster.

***

Kasslin wartete schon ungeduldig in der Küche, als Hinnerk völlig verzweifelt heimkam. »Was war da los?«, fragte er erregt.

»Ich dachte, das könntest du mir sagen. Die Bedienung wollte nicht mit mir reden.«

»Ich war im Café, hab mir aber nichts dabei gedacht, als der Mann hinter der Theke die Bedienung ans Telefon gerufen hat. Sie ist dann wieder nach draußen und zu Schmalens Tisch, als der gerade gehen wollte.«

»Er hat ihr den Brief gegeben.«

»Was? Er hat *ihr* den Brief gegeben? Das habe ich nicht gesehen, vermutlich, weil sie mit dem Rücken zu mir stand. Als Schmalen aufgebrochen ist, bin ich ihm gefolgt. Er ist in seine Kanzlei gegangen. Da bin ich zurück zum Hof, weil ich gehofft habe, dass bald ein Anruf kommt, wo Elena ist, dass wir sie holen können, ach, was auch immer. Nichts. Ich bin fast wahnsinnig geworden. Ich habe es aber nicht gewagt, dich anzurufen. Ich wusste ja, dass du irgendwo versteckt warst, das hätte dich vielleicht zu einem ungünstigen Zeitpunkt verraten. Hinnerk, da hat uns jemand gehörig ausgetrickst.«

»Ja, da hat uns jemand ausgetrickst. Ich habe übrigens versucht, dich anzurufen. Du bist nicht drangegangen.«

»Ich hatte mein Handy auf stumm gestellt. Da ist aber auch schiefgegangen, was schiefgehen konnte.«

»So sehe ich das auch. Ich habe die Bedienung nach Dienstschluss zur Rede gestellt. Sie ist misstrauisch geworden. Das Einzige, was ich erfahren habe, war, dass eine Frau den Brief abgeholt hat.«

»Dann können wir nur hoffen, dass die Entführer den Brief erhalten haben und dass er wirkt.«

Hinnerk versuchte, den Anwalt telefonisch zu erreichen, um zu erfahren, wie Schmalens Eindruck von der Übergabe war. Auch vom Haftprüfungstermin hatten sie noch nichts erfahren. Er ließ es lange läuten. Aber niemand nahm ab.

Sie warteten schweigend die ganze Nacht im Dunkeln in Vickis Küche, um auch nur ja den Moment nicht zu verpassen, in dem die Kleine heimkam oder wenigstens jemand anrief. Die Angst vertrieben sie mit Vickis Glückskeksen. Das entspannte sie etwas.

Doch am nächsten Morgen war Elena noch immer nicht daheim.

Omelette surprise, für 2 Personen

Für den Biskuitteig 9 Eier trennen. Eigelbe schaumig rühren, dabei nach und nach rund 150 g Zucker, 1 Paket Vanillinzucker und 1 Prise Salz hinzugeben, bis eine cremige Masse entsteht. In einer anderen Schüssel 5 Eiklar mit 100 g Zucker (langsam einrieseln lassen) steif schlagen. Den Eischnee langsam auf die Creme gleiten lassen, je 80 g Mehl und Speisestärke dazugeben. Vorsichtig (!) unterheben.

Ein Backblech mit Backpapier auslegen und das Papier einfetten. Die Masse ca. 1 cm dick darauf verteilen. Bei 180 °C (Gas: Stufe 3) ca. 20 Minuten auf der mittleren Schiene backen. Blech rausnehmen. Stürzen. Pergamentpapier entfernen und abkühlen lassen. Dann in Form schneiden (je nachdem, was für eine feuerfeste Form man hat). Es müssen zwei Platten dabei herauskommen.

Für den Baiserteig 4 Eiklar mit rund 150 g Zucker SEHR steif schlagen. Eine Biskuitplatte in die feuerfeste Form legen, gut mit Kirschwasser beträufeln, 200 g Vanilleeis (leicht angetaut) darauf verteilen, die zweite Teigplatte obenauflegen, wieder mit Kirschwasser beträufeln. Jetzt die Baisermasse darauf verstreichen. Im vorgeheizten Ofen bei 250 °C (Gas: Stufe 7) 5 Minuten lang auf der oberen Schiene überbacken. Rausnehmen und SOFORT servieren.

KAPITEL VIERZEHN,

in dem Kriminaloberkommissar Reuter sich des Falles Elena annimmt und Hinnerk Labskaus kocht.

Peter Reuter, Kriminaloberkommissar bei der Polizeiinspektion Bitburg, war noch nicht ganz wach, als der Anruf der Kollegen kam. Er hatte gestern etwas länger gefeiert als gewöhnlich und war deshalb auch später zum Dienst erschienen. Man wurde schließlich nur einmal vierzig.

»Schuster, Kriminaldauerdienst Trier«, tönte es in sein rechtes Ohr. »Vor mir steht eine Frau, ganz offensichtlich eine aus dem Rotlichtmilieu …«

Sein Kopf quittierte den etwas metallenen Klang der Männerstimme mit einem stechenden Schmerz. Im Hintergrund hörte Reuter eine protestierende Frauenstimme.

»Ja, ja, ist schon gut, Escort-Service«, verbesserte sich der Kollege. Er klang genervt.

»Ja, und?« Reuter war jetzt auch genervt.

»Sie hat einen Brief dabei. Einen anonymen Drohbrief, um genau zu sein. Er ist an einen gewissen Bro Peters gerichtet. Wann der geschrieben wurde, ist nicht zu erkennen, ein Datum steht nicht drauf. Peters war Investmentbanker, er scheint zusammen mit Komplizen seine Kunden um hohe Summen betrogen zu haben. Die anonymen Briefeschreiber drohen jedenfalls, sich an seine Geliebte zu halten, wenn er ihren Anteil nicht schnellstens herausrückt. Was auch immer das konkret heißen mag.«

»Das fällt nicht in unseren Zuständigkeitsbereich.«

»Oh doch«, insistierte Schuster. »Dieser Bro Peters lebt mit seiner Familie, also seiner Frau und seinem Kind, auf einem Bauernhof in Schankweiler. Oder besser, lebte. Er ist nämlich vor ungefähr einem Jahr bei einem Verkehrsunfall in Luxemburg ums Leben gekommen. Nicht vorhandene Bremsspuren deuten darauf hin, dass der Mann absichtlich über den Haufen gefahren wurde. Zeugen wollen eine Frau am Steuer gesehen haben. Andere einen Mann. Wer auch immer es war, ist geflüchtet. Bro Peters scheint unseren Recherchen nach tatsächlich ein windiger Typ gewesen zu sein, hat sich als Investmentbanker verzockt, so die offizielle Version, und dabei jede Menge Leute um ihr Vermögen gebracht. Es könnte eine Betrugsabsicht dahintergesteckt haben. Die Kollegen in Luxemburg sagen, er sei auch irgendwie in die Bombenleger-Affäre verstrickt gewesen. Sie erinnern sich an die Geschichte?«

Ja, Reuter erinnerte sich, ging aber nicht darauf ein. »Ich verstehe noch immer nicht, was das mit uns hier in Bitburg zu tun hat.«

»Gemach, gemach. Die Geliebte, um die es geht, heißt Danice Schmidt. Sie war die Mitbewohnerin von Thea Neufang, unserer Besucherin hier, und hat zusammen mit einer gewissen Annika Müller einen Escort-Service betrieben. Die Damen Schmidt und Neufang haben zusammen in einer Dachgeschoss-Wohnung am Kornmarkt in Trier gelebt. Bis vor ungefähr einem Jahr auch Annika Müller. Die ist aber dann ausgezogen.«

»Diese Schmidt *war* die Mitbewohnerin?«

»Genau, war. Sie ist inzwischen mausetot, gewaltsam vom Diesins Jenseits befördert. Jemand hat sie von der Dachterrasse gestoßen. Und jetzt kommt's, die Witwe des besagten Bro Peters wird verdächtigt, das getan zu haben. Sie sitzt derzeit in Untersuchungshaft. Sie soll die Schmidt aus Eifersucht ermordet haben. Der Brief wirft nun bezüglich weiterer Verdächtiger, die ein Motiv gehabt haben könnten, Danice Schmidt umzubringen, ein neues Licht auf die Angelegenheit.«

»Ehrlich gesagt, ich weiß noch immer nicht, was das mit mir zu tun hat.« Peter Reuter hoffte wider besseres Wissen, dass der Kelch doch irgendwie an der Polizeiinspektion Bitburg vorübergehen würde.

»Für die Mordermittlungen sind natürlich wir hier in Trier zuständig. Aber da gibt es etwas, das in Ihre Zuständigkeit fällt. Und zwar die Entführung eines kleinen Mädchens aus Schankweiler.«

Nun war sich Reuter sicher, dass der Kelch nicht an ihm vorbeigehen würde. »Sagen Sie nur noch, das betrifft auch die Familie Peters.«

»Bingo. Im Zuge der Nachforschungen zum Tod von Danice

Schmidt haben sich vorhin zwei meiner Kollegen in der Nachbarschaft der Tatverdächtigen umgehört. Also in Ihrem Gebiet, in der Schaarenstraße in Schankweiler. Dabei haben sie auch eine gewisse Leah Hoffmann von gegenüber vernommen, angeblich eine gute Freundin der Beschuldigten.«

»Aha. Und?«

»Die Frau hat behauptet, die Tochter von Victorine Peters sei vor drei Tagen entführt worden.«

»Oh. Davon ist bisher nichts zu mir gedrungen. Und von wem? Ich meine, gibt es da schon Hinweise? Was wollen die Entführer, haben sie sich schon gemeldet?«

»Na, ein wenig Arbeit wollten wir Ihnen auch noch übrig lassen. Nein, Scherz beiseite. Die Entführung wurde überhaupt nicht zur Anzeige gebracht. Als die Kollegen mir das eben am Telefon durchgaben, habe ich Thea Neufang gefragt, ob sie die Familie Peters kennt oder wenigstens diesen Bro Peters, dessen Geliebte ihre Mitbewohnerin gewesen sein soll. Sie hat sehr seltsam reagiert. Zuerst wollte sie nicht mit der Sprache rausrücken. Lange Rede, kurzer Sinn: Die Neufang hat ausgesagt, dass Danice Schmidt Bro Peters bei dessen Betrügereien geholfen hat, sie hat damals einige Gespräche mitbekommen, die in der gemeinsamen Wohnung geführt wurden. Zwischen den beiden gab es Streit, weil Bro Peters das Geld angeblich beiseitegeschafft und nicht mit ihr geteilt hat. Es war dabei von einem Schließfach die Rede, was Genaueres konnte uns die Neufang dazu aber nicht sagen. Sie glaubt nun, dass Danice Schmidt in die Entführung der kleinen Elena Peters verwickelt gewesen sein könnte, um das Geld, über dessen Verbleib Bro Peters' Witwe vielleicht genauere Kenntnis hat, doch noch zu bekommen.«

»Die Schmidt ist doch aber tot.«

»Das schon, laut der Zeugin Leah Hoffmann fand die Entführung aber *vor* dem gewaltsamen Ableben von Danice Schmidt statt.«

»Also könnte es durchaus sein, dass Victorine Peters von der Geliebten ihres Mannes erpresst wurde und die Frau tatsächlich ermordet hat.«

»Könnte. Durchaus. Aber wenn an der Entführungsgeschichte was dran ist, wäre das doch eher unwahrscheinlich. Sie hätte wohl kaum einen Menschen getötet, der ihre Tochter zurückbringen kann. Außerdem scheint Bro Peters noch andere Komplizen gehabt zu haben, die wussten, dass Danice Schmidt in die Sache verstrickt war. Mindestens einer von ihnen hat den anonymen Drohbrief verfasst und könnte es auf sie abgesehen gehabt haben. Wobei wir noch keine Ahnung haben, wer die anderen Beteiligten sein könnten. Aber vielleicht bringt dieser Entführungsfall etwas Licht ins Dunkel.«

Reuter seufzte tief. »Na, hoffentlich. Denn falls die Frau bei der Entführung keine Komplizen gehabt haben sollte, sitzt ein kleines Mädchen jetzt irgendwo allein in seinem Gefängnis und verhungert, weil sich niemand mehr um es kümmert.«

»Allerdings. Und deswegen brauchen wir Sie. Es muss jetzt schnell gehen. Wir haben nicht die Kapazitäten, um alle Spuren gleichzeitig zu verfolgen. Immer vorausgesetzt, dass an der Entführungsgeschichte was dran ist, was wir bisher noch nicht verifizieren konnten. Die Kollegen halten die Zeugin Hoffmann für glaubwürdig, allerdings scheint das Mädchen kurz zuvor schon mal verschwunden gewesen zu sein. Das war aber nur falscher Alarm. Vielleicht trifft das ja auch dieses Mal zu. Finden Sie es heraus. Der Hof liegt in der oberen Schaarenstraße in Schankweiler. Der Schwiegervater der Tatverdächtigen, ein gewisser Hinnerk Peters, sollte dort anzutreffen sein. Er ist der Einzige, der von der Familie Peters derzeit noch verfügbar ist. Ich werde Ihnen einige Hintergründe zusammenstellen, die wir zu der Familie und deren Umfeld bereits gesammelt haben, und schicke sie Ihnen per Mail aufs Smartphone.«

»Auch zu der Ermordeten und ihren Mitbewohnerinnen bitte, man weiß ja nie. Und Fotos, wenn Sie haben.«

»Haben wir. Kann allerdings etwas dauern. Hier ist gerade die Hölle los. Geben Sie mir Bescheid, wenn Sie Näheres wissen.«

***

Vom Standort der Polizeiinspektion Bitburg bis nach Schankweiler waren es gut zwölf Kilometer. Peter Reuter und sein Kollege Meier rasten mit Blaulicht zum Hof.

Ein weiterer Kollege studierte derweil in der Polizeiinspektion den Fall Vicki Peters und forderte außerdem die Akten zum Tod ihres Mannes bei den Luxemburger Kollegen an, damit sie sich ein etwas klareres Bild von den Beteiligten und der Sachlage machen konnten. So etwas ging heutzutage online. Er stieß erst auf Schwierigkeiten, als er sich über Hinnerk Peters kundig machen wollte. Man schickte ihn von Pontius zu Pilatus, niemand war zuständig, niemand wusste etwas über den Mann. Nicht bei der Meldebehörde, nirgends. Als würde dieser Hinnerk Peters überhaupt nicht existieren.

Dass er existierte, konnten Kriminaloberkommissar Peter Reuter und sein Kollege indessen höchstpersönlich feststellen. Der Mann hatte einen Ausweis. Geboren in Stuttgart, gemeldet in Hamburg, seit fast einem Jahr zu Besuch bei seiner Schwiegertochter Vicki Peters.

»Wir *durften* nicht mit der Polizei schnacken, die ham secht, sie würden die Lütte sonst Stück für Stück zu uns zurückschicken«, erklärte er auf die recht unwirsche Nachfrage, warum sie versucht hätten, alles allein zu regeln.

Als Reuter in diesem Zusammenhang von der Forderung der Entführer und der seltsamen Briefübergabe erfuhr, fluchte er lang und ausgiebig. Dabei hörte er nur Hinnerks sehr abgespeckte Version der Ereignisse, in der dieser vorgab, prinzipiell keine Ahnung zu haben. Schon gar nicht davon, dass sein Sohn irgendwas mit der Bombenleger-Affäre zu tun gehabt hatte. Und natürlich wisse er nicht, was in dem Brief stand, den die Entführer unbedingt hatten haben wollen. Er habe ihn nie gelesen.

Reuter schaute ihn ungläubig an. »Das kann doch alles nicht wahr sein. Das kommt davon, wenn Dilettanten meinen, es besser zu können als die Polizei. Jetzt haben wir dadurch bloß mehr statt weniger Arbeit, müssen auch noch diesen Rechtsverdreher vernehmen, um uns ein Bild von der Lage zu machen. Das kostet Zeit. Zeit, die Ihre Enkeltochter womöglich nicht hat. Beten Sie, dass ihr in der Zwischenzeit nichts geschieht.«

Als Hinnerk Peters erfuhr, dass die ermordete Danice Schmidt in die Entführung seiner Enkelin verwickelt gewesen sein könnte, war er sichtlich geschockt. »Wer sacht das?«, erkundigte er sich.

»Frau Schmidts Mitbewohnerin hat das ausgesagt, sie hat den Kollegen in Trier einen Brief gebracht, in dem Ihr Sohn bedroht wird.«

»Und da soll *was* drinstehen?« Peters runzelte verständnislos die Stirn.

»Das kann ich Ihnen nicht sagen.«

»Und woher woll'n Sie weten, dat Danice Schmidt was mit der Entführung meiner Enkeldochter to doon haben deit?«

»Angeblich haben sich Ihr Sohn und seine Geliebte über Geld gestritten, das er beiseitegeschafft haben soll. Sie hätte also ein Motiv für eine Entführung. Zum Beispiel, um sich ihren Anteil bei der Witwe zu holen, nachdem ihr Komplize und Liebhaber tot ist.«

Jetzt wurde Peters kreidebleich.

***

Kasslin, der es vorzog, nicht von der Polizei entdeckt zu werden, und deshalb einen Horchposten unter dem Küchenfenster bezogen hatte, wartete den weiteren Verlauf des Gespräches nicht ab. Er musste sofort handeln, etwas unternehmen, um Elena zu finden. Schnell. Er machte, dass er ungesehen vom Hof kam.

Was war hier los? Wer war die Frau wirklich, die beim Trierer Kriminaldauerdienst aufgetaucht war? Er musste sich Klarheit verschaffen, sofort, und Kontakt mit den Kollegen vom SREL aufnehmen. Vielleicht konnten die weiterhelfen. Vor allem bei der wichtigsten aller Fragen: Wo war Elena?

***

Max schien die Spannung, die über dem Hof lag, in seinem Stall gespürt zu haben. Er hatte mit den Hörnern so lange gegen die Stalltüre gedonnert, bis die ohnehin schon recht brüchigen Bretter nachgaben. Dann war er schnaubend in Richtung Haus gestürmt, wo er sich vor dem Eingang aufbaute. Hinnerk hatte alle Mühe, den erregten Bock zu beruhigen, ihn wieder in den Stall zu expedieren und dort festzubinden. Mit einem sehr starken Tau.

Max schaute ihn lange tieftraurig an. In seinem Blick lag eine stumme Anklage.

»Ist gut, mein Alter«, flüsterte Hinnerk. »Ich versteh dich ja. Aber du musst jetzt ruhig bleiben. Wir alle müssen ruhig bleiben, sonst wächst uns dieser ganze Wirrwarr noch über den Kopf. Erst mal gilt es, Elena heimzubringen und herauszufinden, wer da die Fäden zieht. Jedenfalls hoffe ich, *dass* noch irgendjemand die Fäden zieht. Und dass diese Danice Schmidt, so sie es denn war, nicht allein gehandelt hat. Ach, Max, dann sieht es düster aus für unsere Kleine.«

Hinnerk war noch immer im Stall, als drei weitere Polizeiautos auftauchten, deren Insassen den gesamten Hof auf den Kopf stellten. Inklusive Vickis Beratungshäuschen. Im Stall dagegen suchten sie nicht allzu gründlich. Der beim Anblick der Fremden immer erregter im Stroh scharrende Max schien einen abschreckenden Effekt zu haben.

Sie fanden nichts. Da nahmen sie Hinnerk erneut in die Mangel.

Er gab preis, so viel er konnte, mimte den harmlosen Seebären, der vom Gang der Ereignisse völlig überrascht worden war.

Peter Reuter glaubte ihm nicht, vermutete ganz zu Recht, dass er mit einigem hinterm Berg hielt. Hinnerk bemerkte das sehr wohl, ließ es sich aber nicht anmerken. Leider konnte er ihm nicht mehr erzählen, musste den Unwissenden spielen. Besser, sie erfuhren nichts über seine Vergangenheit als Mitarbeiter des BND. Stattdessen protestierte er lauthals gegen den Wirbel, den die Polizei veranstaltete.

»Wenn meine Enkeldochter stirbt oder die Entführer ihr etwas andoon, wieldat Sie hier schnüffeln, dann sind Sie schuld«, brüllte er Reuter an. »Wie oft soll ick dat noch seggen, die ham gedroht, dat sie Elena was antun, wenn wir mit die Polizei schnacken oder ihnen den Brief nich geben tun.«

»Vielleicht kommen wir weiter, nachdem wir den Brief, den uns die Frau gegeben hat, auf Fingerabdrücke hin untersucht haben. Oder wenn Ihnen wieder einfällt, was in dem Schreiben steht, das die Entführer unbedingt haben wollten. Ich kann mich nur wiederholen: Sie hätten uns gleich anrufen sollen, sofort nachdem das Erpresserschreiben eingegangen war. Dann wären wir jetzt sicher schon ein Stück weiter. Geben Sie also nicht der Polizei die Schuld, wenn wir zu spät kommen, sondern lieber sich selbst.«

Die Argumentation hatte natürlich etwas für sich. Aus der Sicht der Polizei jedenfalls, die ja nicht wissen konnte, dass Vicki mit ihrem Erpressungsversuch alles überhaupt erst ins Rollen und eine ganze Reihe Unbekannter gegen sich aufgebracht hatte, weshalb sie nun von verschiedenen Seiten in die Mangel genommen wurden.

Hinnerk saß wie auf glühenden Kohlen. Er musste irgendwie herausfinden, was genau da schiefgelaufen war, weshalb sich nach der Übergabe niemand gemeldet hatte. Er hoffte, dass Piet Schmalen ihm mehr sagen könnte, und hatte immer wieder versucht, Vickis Anwalt zu erreichen. Vergeblich. Also würde er ihm sobald es ging persönlich auf die Pelle rücken.

Doch Reuter ließ ihn nicht gehen, behielt ihn ständig im Auge. Er telefonierte des Öfteren oder wurde angerufen – soweit Hinnerk das feststellen konnte, von Kollegen aus Trier und Luxemburg. Offenbar liefen im Hintergrund noch weitere Ermittlungen. Falls Reuter neuere Informationen hatte, so gab er sie jedenfalls nicht preis.

***

Die Durchsuchung war beendet, die Polizisten abgezogen, eine Fangschaltung installiert. Reuter war als Einziger noch geblieben. Er hatte seinen Zivilwagen, einen Audi, hinter dem Stall der Hoffmanns geparkt, um die Anwesenheit der Polizei nicht zu augenfällig werden zu lassen. Der Mann ließ nicht locker.

Hinnerk tigerte zwischen Küche und Wohnzimmer hin und her. Er hielt das Stillsitzen nicht mehr aus. Er musste endlich Kontakt zu Piet Schmalen bekommen. Bisher hatte ihm Kriminaloberkommissar Reuter jedoch jeden weiteren Anruf untersagt – mit dem Hinweis auf die Techniker, die erst testen mussten, ob die Fangschaltung auch funktionierte.

»Vicki muss ausm Gefängnis rut. Die is bestimmt schon ganz kirre vor luter Angst um Elena. Und sie is unschuldig.«

Reuter nickte. »Dass sie Angst um ihre Tochter hat, kann ich mir vorstellen. Nur lässt sich daran im Moment nichts ändern. Ihr

Anwalt hat aber bereits einen neuen Haftprüfungstermin beantragt, das haben mir die Trierer Kollegen vorhin gesagt. Sie haben ihn bei Ihrer Schwiegertochter im Gefängnis angetroffen und zu der Briefübergabe befragt. Schmalen hat Ihre Version im Wesentlichen bestätigt, konnte uns aber keinen Hinweis geben, wer den Brief abgeholt hat, geschweige denn, worum es darin geht. Dummerweise ist Ihre Schwiegertochter nicht sehr kooperativ, sondern weigert sich nach dem gescheiterten Haftprüfungstermin gestern, überhaupt noch etwas zu sagen.«

»Wat sollte die Deern auch seggen, wenn ihr doch keeneen glaubt?«

»Sie versteht anscheinend nicht, wie wichtig es ist, dass wir einen umfassenden Einblick in alle Belange dieser Entführung erhalten, wenn wir den Aufenthaltsort ihrer Tochter ausfindig machen sollen. Sie weigert sich, über den Inhalt des Briefes zu reden, behauptet, sie habe ihn nie gesehen. Sie wisse auch nichts über irgendwelche Betrügereien ihres Mannes. Was ich persönlich für ziemlich unglaubwürdig halte. Nun gut, niemand kann sie zwingen, ihren Ehemann zu belasten. Sie könnte uns aber zumindest sagen, woher sie Danice Schmidt kannte und ob sie Streit mit ihr hatte, weil sie sie verdächtigte, Elena entführt zu haben. Doch selbst dazu will sie keine Aussage machen.«

Hinnerk hätte ihm erklären können, warum Vicki lieber den Mund hielt. Sie hatte Angst, etwas Falsches zu sagen. Sie wusste ja nicht, was in dem Drohbrief stand, noch viel weniger in dem Schreiben, das der Anwalt übergeben hatte. Oder wo dieser Brief so plötzlich herkam. Sie ahnte aber wohl, dass daran etwas merkwürdig war. Also hielt sie lieber den Mund. Kluges Mädchen.

Er hob in gespielter Verzweiflung die Hände. »Nu denken Sie doch mal nach. Da sitzt die Deern unschuldig im Knast, ihre Dochter is entführt. Wer soll da noch kloor denken?«

»Kennen *Sie* womöglich die Frauen, um die es hier geht? Wissen Sie etwas über sie?«

Hinnerk schüttelte den Kopf. »Wirklich, keinen Schimmer.«

Reuter sah ihn skeptisch an. »Warum glaube ich Ihnen nur nicht? Warum habe ich den Eindruck, dass Sie einiges zurückhalten?« Er machte eine Pause.

Hinnerk schwieg.

»Nun, hoffen wir, dass wir bald etwas herausfinden. Oder dass die Entführer doch noch anrufen und Ihnen mitteilen, dass Ihre Enkeltochter unversehrt ist und wo wir die Kleine finden. Sind Sie gläubig? Dann fangen Sie jetzt an zu beten. Sie müssen auf jeden Fall in der Nähe des Telefons bleiben.«

Damit verließ auch Reuter den Hof. Hinnerk konnte sich des Eindrucks nicht erwehren, dass der Kommissar nicht daran glaubte, dass es noch einen Anruf der Entführer geben könnte. Die Übergabe war inzwischen schon recht lange her. Außerdem würde das Telefon nur dann läuten, wenn Danice Schmidt Komplizen gehabt hatte, was weiterhin fraglich war. Womöglich war die Frau, die den Brief im Café abgeholt hatte, ebenso unbeteiligt wie die Bedienung, eine bezahlte Handlangerin, die von nichts wusste und sich nun wunderte, warum ihre Auftraggeberin den Brief nicht bei ihr abholte. Komplizen. Das Wort wollte Hinnerk nicht mehr aus dem Kopf. Aber wer? Wer könnte das sein?

Um die Zeit herumzubringen, entschloss er sich, sein Lieblingsgericht zu kochen. Labskaus. Es war so etwas wie ein Glücksbringer für ihn. Wann immer es ihm schlecht ging, aß er es. Die klassische Variante: gepökeltes Rindfleisch in etwas Wasser gekocht und durch den Fleischwolf gedreht, mit gekochten und gestampften Kartoffeln, eingelegten Roten Beten, Salzgurken, Zwiebeln und Matjes. Angeblich sollte es sogar eine potenzfördernde Wirkung haben – Hinnerk vermutete, das lag an der Roten Bete, die Folsäure und B-Vitamine enthielt. Und am Piment. Na ja, Liebe oder nicht, seinen Geschmacksnerven tat der Nelkenpfeffer gut. Und ganz sicher half das Gewürz gegen Blähungen. Schon das allein konnte unter Umständen liebesfördernd sein.

Er durchwühlte die Küchenschränke und förderte eine Dose Corned Beef zutage. Das ging auch.

Während des Kochens gelang es ihm, endlich wieder einigermaßen klar zu denken. Die Rothaarige sollte also an der Entführung von Elena beteiligt gewesen sein. Sie war sogar mit ziemlicher Sicherheit diejenige, die Elena geholt hatte, sie hatte es ja vorher schon einmal probiert und war wohl nur durch eine Autopanne daran gehindert worden. Aber hatte sie die Entführung tatsächlich allein ausgeheckt? Tovio hatte sich mit ihr getroffen, zu verhandeln versucht. Wusste Kasslin etwas über diese Danice Schmidt, was er nicht wusste? Wo steckte der Mann überhaupt?

Hinnerk dachte gerade darüber nach, ob er in den Stall gehen sollte oder besser blieb, wo er war, als ihm siedend heiß etwas einfiel: Hatte Tovio nicht erzählt, Vicki habe ihn, die Rothaarige *und Gamma* zusammen gesehen? Gamma! Natürlich. Je länger er darüber nachgrübelte, umso sicherer wurde er. Gamma traute er die Entführung eines kleinen Mädchens ohne Weiteres zu. Und der Italiener würde mit dem möglichst unverbindlich gehaltenen Inhalt des Briefes mit Sicherheit nicht zufrieden sein. Aber warum meldete er sich dann nicht, um weitere Forderungen zu stellen? Er musste von der Polizeiaktion Wind bekommen haben. Und was hieß das für Elena? Säbelte er ihr gerade einen Finger ab?

Er wählte die Nummer von Tovio. In den Stall zu gehen, wagte er nicht. Was, wenn das Festnetz-Telefon läutete, die Entführer dran waren, und er hob nicht ab? Tovio ging nicht ans Telefon. Hinnerk fluchte.

Der Tag endete dennoch versöhnlich, mit wenigstens einer guten Nachricht: Der Haftrichter stimmte Vickis Entlassung aus der Untersuchungshaft zu. Der anonyme Drohbrief hatte die Wende bewirkt.

Es dunkelte schon, als Vicki in einem Zivilwagen der Polizei auf den Hof gebracht wurde. Sie war völlig erschöpft, nur noch ein Schatten ihrer selbst. Nun, ihm ging es nicht viel anders. Vicki bestand dennoch darauf, die Nacht neben dem Telefon zu verbringen.

Hinnerk seinerseits bestand im Gegenzug darauf, dass Vicki zunächst einmal kräftig aß, und überwachte das auch.

»Lecker, dein Labskaus«, erklärte sie und sah dabei so bleich aus, dass es ihm das Herz zusammenzog.

Er stellte ihr noch eine Flasche Pils hin und verabschiedete sich, erklärte, er werde ins Bett gehen und etwas schlafen, um dann Vickis Wache zu übernehmen. Eine Stunde später hatte er sich im Schutz der Dunkelheit auf den Weg gemacht. Zunächst in den Stall. Kein Tovio.

Und jetzt? Zu Gamma. Hinnerk kannte nur einen Menschen,

der wissen konnte, wo der Italiener sich befand. Leon Schmalen. Zu seiner großen Erleichterung nahm wenigstens er ab.

»Also gut«, erklärte Schmalen schließlich hörbar widerwillig. »Ich kontaktiere ihn. Ich hoffe, dass ich ihn erreiche. Dann schicke ich dir eine SMS, wo er dich treffen will. Das wird ziemlich sicher in Luxemburg sein. Aber, Hinnerk, vergiss nicht, der Mann ist gefährlich.«

Nun, gefährlich war er auch. Und zu allem entschlossen. Selbst dazu, Gamma umzubringen, falls der hinter Elenas Entführung steckte. Auch wenn er seine Garotte schon lange Jahre nicht mehr benutzt hatte, so war Hinnerk sich doch sicher, dass er es noch konnte. Der Zorn und die Angst um die Kleine würden ihm die notwendige Kraft verleihen.

Fast musste er schmunzeln in Erinnerung daran, wie brennend er sich als Junge für die lautlosen Waffentechniken der Ninja interessiert und versucht hatte, sich den Umgang damit autodidaktisch anzueignen. Manches erwies sich im echten Leben als nützlich. Besonders bei einem Leben, wie er es früher geführt hatte.

Zwei Minuten später kam die SMS: »Beim Hohlen Zahn auf dem Bockfelsen, in einer Stunde«.

Hinnerk kannte den Ort, die Festungswerke des genialen Vauban gehörten zum UNESCO-Weltkulturerbe, ihre aufwendige Rekonstruktion lief. Er hatte einmal gehört, dass sie sogar neue, künstlich geschaffene Ruinen beinhaltete. Wie den Hohlen Zahn. Geborstene Mauern als romantische Kulisse. Er hatte keine Ahnung, ob das stimmte. Andere behaupteten, der Zahn sei der letzte Rest der im späten 19. Jahrhundert endgültig geschleiften Burg.

Hinnerks »Manriki Gusari«, die feingliedrige Kette der tausend Möglichkeiten, klirrte leise in seiner Tasche, während er zum Wagen rannte.

Labskaus

750 g Kartoffeln schälen und als Salzkartoffeln kochen. In der Zwischenzeit 2 klein gewürfelte Zwiebeln in etwas Fett andünsten, bis sie blond sind. 1 Dose klein geschnittenes Corned Beef zufügen und mit Deckel etwa 3 Minuten schmoren lassen. Dann 3 gewürfelte Gewürzgurken und etwas Gurkensud zufügen. Mit Salz, Pfeffer und Piment herzhaft abschmecken. Nach Geschmack gewürfelte Rote Bete zugeben. Alles etwa 10 Minuten lang leicht durchkochen lassen. Die fertig gegarten Kartoffeln etwas stampfen (nicht so fein wie für Püree!). Den Corned-Beef-Mix unterrühren. Wenn es zu fest ist, noch etwas Gurkenwasser unterrühren. Auf Teller füllen. Mit Spiegelei, Rote Bete, Gewürzgurken und Matjes, Bismarckhering oder Rollmops servieren.

KAPITEL FÜNFZEHN,

in dem verschiedene Männer verschiedene Gespräche führen und Vicki ein geistreiches Antidepressivum braut.

Tovio Kasslin beobachtete sein Gegenüber. Ein Mann ohne Namen. Wer ihn benötigte, forderte einfach den Regler an. Allerdings musste es ein wirklicher Notfall sein, eine Angelegenheit, die man unmöglich allein regeln konnte. Wer einen Regler ohne guten Grund anforderte, zahlte unter Umständen einen hohen Preis. Denn beim nächsten Mal würde es keine Hilfe geben.

Dieser Regler war klein, vielleicht eins vierundsechzig, unauffällig, grau, um die vierzig. Ein Mann, an dem die Menschen auf der Straße achtlos vorübergingen. Wenn sich Kasslin in seiner Kindheit einen Geheimagenten vorgestellt hatte, dann war das ein Typ wie James Bond gewesen, gut aussehend, elegant gekleidet. Doch dieser war nicht geschüttelt und auch nicht gerührt. Sondern ein Mensch, der ihn an die grauen Männer der Zeit aus Michael Endes Roman »Momo« erinnerte.

Er hatte dennoch eine Besonderheit: seine Eitelkeit. Kasslin erkannte es daran, dass er sich nicht wie andere in den lichter werdenden Haarwuchs ergab, sondern die am Oberkopf noch wachsenden Strähnen lang wachsen ließ. Sie lagen gegelt und wie festbetoniert über der Blöße, ohne sie jedoch ganz bedecken zu können.

Der kleine Mann musterte Kasslin irritiert. »Ich wurde über Ihr Anliegen informiert. Nein, der Dienst hat die Kleine nicht entführt. Oder entführen lassen. Warum auch? Wir haben die Mutter durch den Kredit für ihren Hof in der Hand. Victorine Peters wird den Brief ihres Ehemannes übergeben. Auf die eine oder die andere Weise.«

Tovio glaubte ihm. Es bestand kein Anlass zu lügen. Ein Regler agierte ebenso leidenschaftslos wie zuverlässig. »Auf die eine oder die andere Weise«, hatte er gesagt. Ja, der Dienst trieb seine Schulden ein, ein Versagen war nicht vorgesehen. Auch nicht in der Bombenleger-Affäre. Kasslin erinnerte sich noch gut. Es hatte für viel Aufsehen gesorgt, als sich Pierre Reuland, der Generaldirektor der luxemburgischen Polizei, schriftlich hinter die beiden im Prozess angeklagten Beamten gestellt hatte. Reuland war Kommandant jener Spezialeinheit der Gendarmerie gewesen, der die Beschuldigten angehört hatten.

Doch Reulands Verhalten war unklug gewesen. Sehr. Nach dem öffentlichen und politischen Aufruhr war eine Abmahnung durch den zuständigen Minister erfolgt. Und durch einen Brief von Oberstaatsanwalt Robert Biever waren nur wenige Wochen später Generaldirektor Pierre Reuland sowie der Generalsekretär der Polizei vom zuständigen Minister Luc Frieden ihrer Ämter enthoben und auf andere Posten versetzt worden. So regelte man das »auf die eine oder andere Weise«. Zwölf Tage, bevor der im Januar 1940 geborene Reuland Mitte Juli 2004 überraschend gestorben war, sollten Ermittler des luxemburgischen Nachrichtendienstes ihm noch eindringliche Fragen gestellt haben. Fragen, auf die es keine offiziellen Antworten gab. Spekulationen, wieso beziehungsweise woran Reuland eigentlich gestorben war, lieferten zusätzlichen Stoff für weitere Verschwörungstheorien. Sie würden wohl niemals geklärt werden. Wie so vieles andere in dieser Angelegenheit.

»Leider haben wir den Brief noch immer nicht erhalten«, sagte der Regler lauernd.

Kasslin schüttelte den Kopf. »Die Entführung des Mädchens und die Verhaftung von Victorine Peters …«

»Es ist aber einer bei der Polizei aufgetaucht.« Jetzt schwang ein leicht metallischer Ton in der Stimme des Kleinen mit.

Misstrauen wallte in Kasslin hoch. Steckte der Dienst doch mit den Entführern unter einer Decke? Er verwarf den Gedanken. Der Regler würde ihn nicht belügen. Das hatten sie nicht nötig. Und es war besser, sie erfuhren die Wahrheit. »Ein anonymer Drohbrief gegen Bro Peters. Hinnerk Peters hat ihn in seinen Unterlagen gefunden und die Übergabe lanciert, um seine Schwiegertochter vom Mordverdacht zu entlasten. Außerdem hat er einen Brief gefälscht, um die Entführer zufriedenzustellen. Der wurde vom Anwalt von Victorine Peters den Entführern übergeben.«

»Ah, das Treffen im Bistro de la Presse.«

Kasslin war froh, dass er nicht gelogen hatte. Sie wussten es ja sowieso. Jemand schien alles im Auge zu behalten. Es gab heute so viele Möglichkeiten, Menschen auszuspähen. Man musste noch nicht einmal Wanzen im Haus installieren. Die Geheimdienste konnten durch Mauern sehen, wenn sie das wollten, jedes Handy anzapfen, jede Internetverbindung hacken. Sie durften sich nur nicht mehr erwischen lassen wie 2012, als Berichte über ein unrechtmäßig abgehörtes Gespräch zwischen Juncker und Henri von Nassau an die Öffentlichkeit durchgesickert waren. Die Abhöraktion hatte Juncker am Ende das Amt als Premier gekostet.

»Ja, wir konnten nicht riskieren, die Übergabe platzen zu lassen, andererseits ging es auch nicht, den echten Brief aus der Hand zu geben. Zumal nur Vicki Peters weiß, wo er ist.«

»Dann wird es Sie ja freuen, dass Ihre Strategie gewirkt hat, Victorine Peters ist wieder frei. Ein bisschen lädiert, aber frei.«

Kasslin konnte nicht verbergen, wie erleichtert er war. Er grinste. »Als die Polizei wegen der Entführung auf den Hof kam, habe ich mich vom Acker gemacht und war seitdem nicht wieder dort. Da hat Hinnerk, das Schlitzohr, wohl wieder einen Weg gefunden.«

Der Regler erlaubte sich ein feines Lächeln. »Nicht er, sondern der Anwalt. Piet Schmalen. Dessen Bruder Leon Schmalen gehörte in den Achtzigern zur Brigade Mobile. Hinnerk Peters und er kennen sich seit Jahren.«

»Ach, was Sie nicht sagen.« Nun war Kasslin doch überrascht. Hinnerk hatte nicht erwähnt, woher er Schmalen kannte. Nun ja, er hatte ja selbst auch so seine Geheimnisse zu bewahren. Trotz aller Freundschaft und Zusammenarbeit in Sachen Victorine und Elena Peters.

»Ein Ratschlag zur Güte: Sie sollten Ihren neuen Freund unbedingt im Auge behalten. Er hat es faustdick hinter den Ohren.«

»Was genau meinen Sie?«

»Laut einem Dokument des luxemburgischen Ministère d'État soll der BND 1987 an zwei Stay-Behind-Übungen in Luxemburg beteiligt gewesen sein, so zumindest die hinlänglich bekannte offizielle Version. Hinnerk Peters war mit von der Partie.«

»Er hat für den BND gearbeitet, das weiß ich. Aber ich dachte, er sei schon eine Weile draußen.«

Wieder lächelte der Regler verhalten. »Vielleicht, vielleicht aber auch nicht. Er hat jedenfalls noch immer gute Verbindungen. Und ich könnte mir vorstellen, dass diese Leute den echten Brief auch gern in die Finger bekämen.«

»Sie wollen mir – wieder einmal – dringend nahelegen, das Schreiben vor allen anderen für uns zu sichern, das ist mir durchaus klar. Doch es gibt nur eine einzige Person, die den Brief übergeben kann: Vicki Peters. Jetzt, da sie wieder in Freiheit ist, steht dem nur noch die Sorge um ihre Tochter entgegen. Ich kann Ihnen aber versichern, dass sie nichts gegen uns unternehmen wird, solange der Hof sicher ist.«

»Schön, schön. Ich muss Sie ja nicht daran erinnern: Sie haben zugesagt, dass Sie die Unterlagen von ihr im Gegenzug zum Kredit bekommen. Vertrag ist Vertrag. Ansonsten halten wir uns an Sie.«

Kasslin wusste, dass er sich mit dieser Zusage weit vorgewagt hatte. Aber er konnte denen ja kaum sagen, dass Vicki selbst auch nicht wusste, wo der Brief war. So vertraute er darauf, dass sie am Ende das Richtige tun würde. Zumal er den Deal jetzt noch etwas ausweiten musste. Sie brauchten dringend Hilfe bei der Suche nach Elena. »Der Kredit allein wird angesichts der momentanen Lage nicht reichen, um sie zur Kooperation zu bewegen. Es sind zu viele andere Parteien im Spiel. Sie ist ja nicht dumm und weiß genau, dass der Brief ihre Lebensversicherung ist. Jetzt erst recht. Ihre Priorität gilt derzeit ihrer Tochter. Wir müssen das Mädchen finden. Wenn ich ihr Elena zurückbringe, wird sie mit uns zusammenarbeiten.«

»Was heißt das? Sehen Sie eine Möglichkeit, sie anzuwerben? Keine schlechte Idee. Frau Peters hat jede Menge interessante Kunden, teilweise aus den höchsten Kreisen. Um deren Liebesgeheimnisse zu wissen, wäre nicht schlecht.«

Kasslin kaute an seiner Unterlippe. Hatte er dem Mann jetzt ungewollt einen Floh ins Ohr gesetzt? Ganz abwegig war der Gedanke aber tatsächlich nicht. Vicki wäre dann eine von ihnen und würde vom Schutz des Dienstes profitieren. »Vielleicht. Ja, vielleicht, das wäre möglich.«

Der kleine Mann musterte Kasslin für einige Sekunden ausdruckslos. »Gut. Ich denke, unter diesem Aspekt könnten wir darüber nachdenken, uns an der Suche nach Elena zu beteiligen. Reden Sie mit ihr, unterbreiten Sie ihr das Angebot einer langfristigen Zusammenarbeit.«

»Und Sie?«

»Ich werde herausfinden, wo die Kleine steckt. Sollte ich mich bis dahin nicht gemeldet haben, kontaktieren Sie mich morgen um dieselbe Zeit. Vielleicht habe ich dann schon etwas für Sie.«

***

Was sollte er Gamma sagen? Wie ihn unter Druck setzen? Nachdem Hinnerks erster Zorn verraucht war, war ihm klar geworden, dass er den Mann brauchte. Wenn er Elena entführt hatte, sowieso, denn dann war Gamma womöglich der Einzige, der wusste, wo sie war. Wenn er nichts damit zu tun hatte, galt das aber genauso. Gamma war gefährlich. Ein Rechtsterrorist und Killer ohne Skrupel. Aber er hatte auch weitreichende Verbindungen in der internationalen Geheimdienstszene. Zwar hatte Hinnerk noch keine Ahnung, wie er ihn dazu bringen sollte, ihm zu helfen. Aber sie mussten jede Möglichkeit nutzen, um Elena zu finden.

Hinnerk ertrug es kaum, an seine Enkelin zu denken. Wenn er es tat, dann stand vor seinem inneren Auge das Bild eines kleinen Mädchens, einsam, verängstigt, mit Durst und Hunger, dessen Stimme schon gebrochen war vom Rufen nach Hilfe. Hatte sie Licht? Genügend Luft zum Atmen? Gab es jemanden, der sich um sie kümmerte? Er hätte seinen linken Arm für einen Komplizen gegeben. Die Vorstellung, dass die tote Danice allein gehandelt hatte, brachte ihn fast um den Verstand.

Wo blieb Gamma? Hinnerk fuhr herum, als eine leicht schnarrende Stimme hinter ihm sagte: »Ich soll Sie von Leon grüßen. Er hat mich schon informiert.«

Hinnerk konnte nur beten, dass Gamma oder seine Auftraggeber nicht selbst hinter der Entführung steckten. Nachdem er sich gefasst hatte, fackelte er nicht lange. »Haben Sie meine Enkelin entführt oder entführen lassen?«, presste er zwischen zusammengebissenen Zähnen hervor. »Dann gnade Ihnen Gott.«

Der kleine Italiener rang sich ein Lächeln ab. »Nein, wir waren das nicht. Und uns ist diese Entführung ebenso wenig recht wie Ihnen. Allerdings aus anderen Gründen: Die Polizei ermittelt, das schafft erneut Unruhe. Ich habe da übrigens über verschiedene

Kanäle von einem Schreiben gehört, das angeblich von Ihrem Sohn stammen soll …«

Hinnerk sagte nichts, zog aber eine Augenbraue hoch.

»Ah, verstehe. Ich habe ohnenhin nicht geglaubt, dass es echt ist. Ich hoffe es sogar. Es wäre jedenfalls besser für die Gesundheit aller Mitglieder der Familie Peters, wenn *wir* den Originalbrief bekämen. Wohlgemerkt: *nur* wir.« Er starrte Hinnerk herausfordernd an. »Und versuchen Sie nicht, mich hinters Licht zu führen. Das wird Ihnen nicht gelingen.«

Hinnerk starrte zurück. Es war ein stummes Ringen. Schließlich war es Hinnerk, der nachgab.

»Dachte ich es mir doch«, meinte Gamma. »Sie werden nicht so dumm sein, den Originalbrief aus den Händen zu geben, ehe Ihre Enkelin sicher wieder zu Hause ist. Aber wir wollen diesen Brief. Also werden wir Ihnen wohl dabei helfen müssen, die Kleine zu finden.«

Hinnerk hatte Mühe, sich ein bitteres Lächeln zu verkneifen. Was für eine seltsame Allianz. Und das alles hatte ein Brief bewirkt, von dem sie nicht wussten, wo er versteckt war. »Also haben Sie tatsächlich nichts mit Elenas Entführung zu tun.«

»Nein«, erklärte Gamma. »Sagte ich das nicht?«

***

Vicki Peters hatte sehr wohl bemerkt, dass Hinnerk sich nach ihrer Rückkehr heimlich aus dem Haus geschlichen hatte. Doch sie sagte nichts, starrte nur Sekunde um Sekunde auf das Telefon, das einfach nicht läuten wollte. Ein sehr übermüdeter Reuter war kurz nach Sonnenaufgang zusammen mit seinem Kollegen Meier wieder aufgetaucht. Beide Kommissare hatten es sich so gut es ging bequem gemacht, der eine auf der Eckbank in der Küche, der andere auf dem Sofa im Wohnzimmer nebenan. Sie warteten. Auf den Anruf, der nicht kommen wollte. Das Telefon blieb stumm.

Vicki starrte ins Leere. Schließlich stand sie auf. Die Angst um ihre Tochter schnürte ihr derart die Kehle zu, dass sie kaum noch Luft bekam. Sie musste etwas dagegen unternehmen, einen Weg finden, endlich wieder einen klaren Gedanken zu fassen.

Sie ging in die Küche und machte sich dort zu schaffen. Wie immer, wenn es ihr schlecht ging, kochte sie. In diesem Fall bereitete sie einen Tee zu, um aus dem Loch herauszukommen, in dem sie zu versinken drohte. Tee aus Salbeiblättern, gewürzt mit Zimt, Ingwer, Nelken und einem kleinen Stück Angelikawurzel, und Portwein. Normalerweise hätte sie sich Hand- und Fußbäder verordnet mit jeweils einer Handvoll Weißdornblüten, Veilchen, Salbeiblüten und -blättern auf zwei Liter Wasser. Doch das ging nicht. Es hätte ja sein können, dass das Telefon läutete, während sie badete.

»Wollen Sie auch was? Ich genehmige mir gerade einen Tee«, rief sie Peter Reuter zu, der im Wohnzimmer geblieben war. Er erschien im Türrahmen zur Küche, und Vicki dachte, wie grau und übernächtigt er aussah. Nun, bei ihr war es wahrscheinlich auch nicht besser.

»Nein, danke«, sagte er und rang sich ein Lächeln ab. »Aber wenn Sie ein frisch aufgebrühtes Wunder hätten …«

Ja, dachte Vicki. Wenn wir nur ein Wunder hätten. Laut sagte sie: »Ein Anruf würde mir schon genügen, jemand, der eine Forderung hat und verspricht, mir dafür meine Tochter zurückzubringen. Einen Funken Hoffnung. Und wenn er nur ganz klein ist.« Ihre Stimme war beim letzten Satz fast nur noch ein Flüstern.

Vickis Antidepressivum

1 Handvoll frische Salbeiblätter in 0,5 l Wasser aufkochen und ca. 20 Minuten ziehen lassen. Die Flüssigkeit durch ein Sieb gießen und abkühlen lassen. Den Tee füllen Sie in eine Flasche aus dunklem Glas, geben je 1 Prise Zimt, Ingwer, Nelken und 1 kleines Stück Angelikawurzel dazu und füllen alles mit 100 ml Portwein auf. Morgens und abends ein Schnapsgläschen voll müsste die Stimmung aufhellen.

Essen Sie zwischendurch eine Banane. Durch deren Inhaltsstoffe werden Glückshormone freigesetzt, die trüben Gedanken verschwinden.

KAPITEL SECHZEHN,

in dem ein Mann und eine Frau dunkle Pläne schmieden, eine Hure ein Glücksbad vorbereitet und Vicki viele Tassen Glückstee kocht.

Im Trierer Ortsteil Zewen steht ein alter Turm, denkmalgeschützt und in Teilen baufällig, umgeben von Ein- und Mehrfamilienhäusern mit weißen Rauputzfassaden. Seine natursteinfarbene Eckigkeit verleugnet nicht die lange Zeit, die es ihn schon gibt. Das mittelalterliche Turmhaus, errichtet aus grob behauenen Quadern aus dem typischen roten Sandstein der Region, steht seit Hunderten von Jahren zwischen Trier und Luxemburg. Einst als Burg gebaut, diente der Turm in der Vergangenheit als Wachturm, Zollstation, Bauernhof und Wirtshaus. Der ursprüngliche Eingang im ersten Stock und die wenigen Wandöffnungen wurden im 19. Jahrhundert um Türen im Erdgeschoss und großflächige Fensteröffnungen in der ersten Etage ergänzt.

Hier, im Keller des Turms, in einer dunklen Ecke, die nur wenige Lichtstrahlen erreichten, saß Elena in einem alten Herrenhemd vor einer Videokamera, die Füße mit Kabelbinder gefesselt, die Hände mit Klebeband an die Armlehnen eines abgewetzten Bürostuhls gebunden. Seit Tagen saß, schlief und fürchtete sie sich auf diesem Stuhl. In der Sitzfläche war ein Loch, darunter stand ein Nachttopf für die Notdurft. Sie hatten ihr sogar die Unterhose ausgezogen.

Elena wusste nicht, was schlimmer gewesen war. Die Angst vor der Rothaarigen, die sie hierher gebracht hatte, und der Frau mit der Fuchsmaske, die danach in unregelmäßigen Abständen erschienen war. Sie hatte ihr stumm Wasser und Pizza hingestellt, ihre Hände kurz losgemacht, sie ohne ein Wort beim Essen beobachtet und ihr dann die Hände wieder an die Armlehnen gebunden. Oder der Umstand, dass seit vielen Stunden, vielleicht Tagen, einer gefühlten Ewigkeit jedenfalls, keine der beiden Frauen mehr erschienen war. Elena fürchtete sich fast zu Tode davor, dass sie nie mehr kommen würden, dass sie für immer gefesselt auf diesem Stuhl sitzen musste, bis jemand ihren toten Körper fand. Ihr klebte vor lauter Durst bereits die Zunge am Gaumen, ihre Lippen waren rissig. Sie hatte es längst aufgegeben, um Hilfe zu rufen.

Elenas Panik hatte den Höhepunkt erreicht, als sie vor einer Weile festgestellt hatte, dass das rote Licht an der Videokamera ausgegangen war. Anfangs hatte sie sich gewünscht, unbeobachtet zu bleiben, damit sie offensiver versuchen konnte, ihre Fesseln zu lockern. Doch die Kabelbinder um ihre Fußgelenke gaben sowieso keinen Millimeter nach, ebenso wenig wie das Paketband. Dafür hatte sie sich durch ihr Zerren blaue Flecke und Aufschürfungen zugezogen. Inzwischen hätte sie wer weiß was dafür gegeben, wenn das Licht an der Videokamera wieder angegangen wäre. Denn das hieße, sie war in Betrieb. Es war jemand da, irgendwo da draußen, jemand, der sie beobachtete, der vielleicht vor einem Bildschirm in irgendeinem Zimmer saß, eine Tasse Kaffee, einen Sprudel neben sich. Oder einen Teller, auf dem ein Brot lag.

Bei dieser Vorstellung bildete sich eine winzige Menge Speichel in ihrem Mund. Elena leckte sich hastig die trockenen Lippen, um gleich darauf erneut in tiefe Verzweiflung zu verfallen. Jetzt war auch diese letzte Verbindung nach draußen abgerissen. Jetzt gab es niemanden mehr, der nach ihr schaute, selbst wenn es nur die Entführer waren. Jetzt war sie ganz allein.

Über ihre Wangen liefen Tränen, tropften auf den Boden aus gestampfter Erde. Elena hielt es nicht mehr länger aus. Sie musste so dringend, konnte das Wasser einfach nicht mehr länger zurückhalten. Dabei war der Nachttopf längst voll. Es stank furchtbar. Auf dem Boden unter ihr bildete sich jetzt ein größerer Fleck. Sie schämte sich unendlich. In ihrem Inneren schrie sie: Mama, Mama!

***

Piet Schmalen grinste. »Wir sind auf einem guten Weg. Es war eine kluge Idee von dir, meine Liebe, die Kellnerin dafür zu bezahlen, dass sie mir den Brief abnimmt. Da ist Peters jetzt erst mal damit beschäftigt, herauszufinden, wo er geblieben ist. Der kommt im Leben nicht darauf, dass wir dahinterstecken. Obwohl er uns mit der Fälschung fast übertölpelt hätte. Man muss dem Mann wohl zugutehalten, dass er nicht weiß, dass du Bros Handschrift genau kennst.« Schmalen grinste erneut. »Ich werde meiner Mandantin demnächst erklären müssen, dass sie ihre Tochter dummerweise nur wiederbekommt, wenn sie bezüglich des echten Briefes kooperiert. Irgendwo muss sie ihn ja haben. Und jetzt, wo sie wieder frei ist, wird sie uns zu ihm führen.« Piet Schmalen verzog den Mund. »Mein lieber Bruder hat das wunderbar eingefädelt. So musste ich mich Vicki Peters noch nicht einmal selbst als Anwalt andienen. Leon hält sich für den größten Polizisten aller Zeiten und hat doch keine Ahnung. Es ist schon erstaunlich, wie sich die Dinge zusammenfügen.«

Ja, damit hast du recht, aber anders, als du ahnst, dachte Annika Müller und lächelte Schmalen kühl an. Sie sah die Anbetung in den Augen des Mannes. Er war ihr hörig, konnte nicht ohne sie leben. Ohne den Schmerz, den exquisiten Schmerz, den nur sie ihm zuzufügen vermochte. Piet folgte ihr wie ein Hündchen. Sie hatte allerdings keineswegs die Absicht, ihn an der Beute zu beteiligen. »Brav, mein Sklave, brav«, sagte sie. »Mach weiter so, dann ist die Herrin zufrieden mit dir.«

Da war er wieder, der Hundeblick. Oh, wie sie diese Sorte Männer hasste. Jonas würde keiner von ihnen werden, dafür wollte sie sorgen. Ihr Blick wurde weich beim Gedanken an ihren kleinen Sohn. Den Sohn von Bro. Doch wer sein Vater war, würde der Junge niemals erfahren. Er lebte in der Eifel bei seinen Großeltern. Nicht mehr lange, und sie konnte wieder bei ihm sein. Nur noch wenige Tage. Dann war alles vorbei.

Bro Peters hatte mit seinem Leben dafür bezahlt, dass er sich weigerte, seinen Jungen anzuerkennen. Jetzt würde sie sich von der kleinen naiven Vicki noch das Geld holen, das er in seiner Zeit als Investmentbanker beiseitegeschafft hatte. Das war nur fair. Die ehrenwerte Witwe hatte ja immerhin den Bauernhof. Unwillkürlich musste sie lächeln.

Piet Schmalen glaubte augenscheinlich, das Lächeln gelte ihm. Er warf sich in Pose. Dieser Idiot. Er wusste noch nicht einmal, wie lächerlich er in der Selbstüberschätzung seiner Männlichkeit wirkte.

Dass die Männer immer dachten, sie könnten die Frauen benutzen. Und das, ohne dafür zur Rechenschaft gezogen zu werden.

Bro zum Beispiel hatte gedacht, er könnte sie einfach so abservieren und dann Danice benutzen, um die Kohle wegzuschaffen, die er sich zusammengestohlen hatte. Piet Schmalen dachte, er könnte sie benutzen, um sich den Kick zu holen. Nun, inzwischen hatte sie ihn unter Kontrolle. Er sollte das glauben, solange sie es für sinnvoll erachtete.

Manche Frauen jedoch waren auch nicht viel besser. Danice hatte doch tatsächlich geglaubt, sie einfach ausbooten, ihr den abgesprochenen Anteil an Bros Erbe vorenthalten zu können. Selbst schuld. Das dumme Ding. Davon, dass sie schon vor ihr ein Verhältnis mit Bro gehabt hatte, hatte Danice nie etwas erfahren. Nun war sie tot, ihre ach so aufmerksame Freundin und Geschäftspartnerin. Es war eine späte Rache dafür, dass die Rothaarige ihr den Liebhaber ausgespannt hatte.

Man konnte über Bro Peters sagen, was man wollte, aber als Liebhaber war er außergewöhnlich gewesen. Er hatte die Gabe besessen, genau zu erkennen, was eine Frau brauchte. Welche Stellen die empfindlichsten waren, wo und wie er sie streicheln musste. Und wann es an der Zeit war, einzudringen. In langsamen Stößen, dann immer schneller. Bis sie zum Höhepunkt gekommen war. Jedes Mal.

Es hatte sogar Zeiten gegeben, in denen sie weich geworden war. Da hatte sie davon geträumt, mit ihm zusammenzuleben. Sie hätte es besser wissen müssen. Bro Peters war kein Mann für eine Frau. Danice war aufgetaucht. Und Bro war voll auf sie abgefahren, ohne auch nur einen Gedanken daran zu verschwenden, dass sie verletzt sein könnte, dass auch Huren Gefühle hatten. Lieben konnten.

Bro hatte wohl geglaubt, sie würde es einfach so hinnehmen, dass er die Pferde wechselte. Ja, so konnte Mann sich täuschen.

Das galt ebenso für Danice. Die hatte noch nicht einmal in Betracht gezogen, dass Bro und sie ein Paar gewesen sein könnten. Kleines egoistisches Miststück. Dabei hatte *sie* sie aufgenommen, als sie abgewrackt und ohne einen Cent in der Tasche aufgetaucht war, hatte sie damals sogar bei ihrem neu gegründeten Escort-Service einsteigen lassen, der inzwischen in der Trierer Karl-Marx-Straße residierte.

Sie schmunzelte in sich hinein. Wahrscheinlich wäre Karl Marx nicht allzu erfreut darüber, dass die Straße, die seinen Namen trug, sich zwischen Römerbrücke und Brückenstraße zur kleinen, aber feinen Rotlicht-Meile mit einigen sogenannten Kabaretts und natürlich den Geschäftsräumen ihres Escort-Services entwickelt hatte, der außerdem über ein paar kuschelig eingerichtete Rückzugsorte für die eskortierten Männer und ihre dienstbaren Begleitungen verfügte. Das Gedenkhaus für den berühmtesten Sohn der Stadt stand in der Brückenstraße 10. Noch nicht einmal das hatte er mit seinem Manifest erreicht. Dass das Museum wenigstens in der Straße stand, die nach ihm benannt war.

Erst hatte Danice sie als ihre gute Freundin um Hilfe gebeten, um an das Geld von Bro zu kommen. Den Plan von der Entführung hatten sie noch gemeinsam ausgeheckt. Aber dann, als sie die Kleine endlich hatten, hatte Danice versucht, sie loszuwerden. Doch eine Annika Müller ließ sich nicht ausbooten, schon gar nicht einfach so ermorden. Noch dazu mit einem so stümperhaften Versuch. Gift. Sie hatte gleich gewusst, warum der Kaffee so eigenwillig schmeckte.

Annika Müller ließ sich ihre Genugtuung nicht anmerken. Bro Peters war tot. Danice Müller war tot. Und Piet Schmalen? Das würde sie später entscheiden. Erst musste sie den Brief in Händen halten. Den, in dem stand, wo Bro sein Geld deponiert hatte.

Ob sie Piet Schmalen losschicken sollte, um nach der Kleinen zu sehen? Seit die Videokamera nicht mehr funktionierte, war sie doch ein wenig unruhig. Ob sie die Batterie austauschen sollte? Es wurde auch langsam Zeit, Bros Tochter wieder etwas zu trinken und zu essen zu bringen. Trotzdem, es war besser, ohne einen weiteren Mitwisser weiterzumachen. Piet Schmalen war ein Werkzeug, ein williger Handlanger. Aber wo die Kleine war, erfuhr er besser nicht. Ebenso wenig, dass sie vorhatte, ihn sich vom Hals zu schaffen, wenn sie erst wusste, wo das Geld war.

Was dann mit der Kleinen geschehen sollte, war der einzige Punkt, bei dem Annika Müller noch nicht wusste, wie sie handeln sollte. Sie einfach freilassen? Aus dem Ausland eine Nachricht schicken, wo sie zu finden war? Elena war ja noch ein Kind. Sie konnte nichts für ihren Idioten von Vater. Andererseits, wäre es nicht ein Akt der Nächstenliebe, wenn sie dafür sorgte, dass Vater und Tochter wiedervereint würden? Im Jenseits? Dazu brauchte sie eigentlich nichts zu tun. Musste einfach nur vergessen, dass es sie gab. Dass da ein Kind in einem Turm zwischen Luxemburg und Trier festgebunden war und auf den Tod wartete. Es konnte ewig dauern, bis sie das Mädchen fanden. Und falls doch? Elena hatte ihr Gesicht nie gesehen. Die Fuchsmaske trug sie gelegentlich auch bei der Arbeit, manche Männer erregte so etwas. Ansonsten hatte es das Mädchen immer nur mit Danice zu tun gehabt.

Wenn alles gut lief und Vicki Peters sich nicht allzu sperrig anstellte, wäre sie möglicherweise nett und würde ihr einen Hinweis geben, wo sich die Kleine befand. Sicher war Bros Witwe inzwischen genügend weichgekocht. Vielleicht sollte sie jetzt langsam ihre weiteren Forderungen stellen. Alles war gut vorbereitet. Piet Schmalen würde einfach zu seiner Mandantin gehen und ihr mitteilen, dass die Sache mit der Fälschung aufgeflogen war. Dass sich die Entführer bei ihm gemeldet hätten. Ja, alles war gut vorbereitet. Danice hatte der Kleinen schon mal Haare abgeschnitten. Die würden sie zur Bekräftigung mitschicken. Und dann, falls das nicht wirkte? Nun, Piet Schmalen hätte wahrscheinlich kein Problem damit, dem Mädchen ein Stück Finger abzusägen. Aber dazu müsste sie ihn in den Turm schicken. Das wollte sie lieber vermeiden.

Wieder lächelte sie ihm zu. Es war dennoch besser, er übernahm den blutigen Teil der Angelegenheit, falls es denn dazu kam. Sie blieb weiter im Hintergrund.

Ja, Frauen waren das starke Geschlecht. Und Männer so einfach zu manipulieren. Man musste ihnen nur den Kick liefern, den sie brauchten. Die meisten dachten sowieso mit ihrem Schwanz. Liebe? Vielleicht. Vielleicht gab es sie, die große Liebe. Aber Annika Müller hatte noch keinen Mann getroffen, von dem sie glauben konnte, dass er dazu fähig war. Bis auf Bro. Aber das war nur ein Traum gewesen.

Ja, manchmal hatten auch Huren Träume.

»Ich lasse uns mal ein Bad ein«, sagte sie. »Danice hat mir da ein wunderbares Rezept für ein Glücksbad mitgebracht. Von deiner Mandantin übrigens.«

***

Etwa zur selben Zeit läutete bei Tovio Kasslin das Telefon. »Wir wissen, wo die Kleine ist«, sagte der Regler.

»Und wo?«

»Im Zewener Turm.«

Kasslin ersparte es sich, zu fragen, woher der Regler das wusste. Er würde ohnehin keine Antwort bekommen.

»Sie wissen, das kostet Sie was. Und die Mutter auch. Bringen Sie es ihr bei. Egal, wie.«

Kasslin legte auf, ohne zu antworten, schnappte sich eines seiner Prepaid-Handys, die er immer für alle Fälle bereithielt, und wählte Vickis Nummer. Es dauerte, bis sie dranging. Die Polizei hatte sicherlich eine Fangschaltung eingerichtet, da brauchten sie etwas Vorlauf, bis alles parat war. »Elena ist im Zewener Turm«, erklärte er knapp. »Aber frag mich bitte nicht, woher ich das weiß.« Schnell legte er auf.

***

»Elena, sie ist im Zewener Turm! Schnell, lassen Sie uns aufbrechen.« Vicki klang atemlos vor Aufregung.

Peter Reuter, der neben dem Telefon saß, nahm das Headset ab und sah zu ihr hoch. »Wer war das?«

Vicki zögerte. »Ich weiß es nicht«, antwortete sie schließlich. Dabei hatte sie die Stimme erkannt. Sie hätte sie unter Tausenden erkannt. Sie wusste selbst nicht so recht, weshalb sie Reuter lieber nichts von Kasslin erzählen wollte. Nun, er wusste ja auch jede Menge andere Dinge nicht. »Bitte lassen Sie uns sofort losfahren. Reden können wir ja auch noch unterwegs.«

In derselben Sekunde klingelte Reuters Diensthandy. »Kein Hinweis, woher der Anruf kam? – Mist. Bitte bestell einen Krankenwagen zum Zewener Turm und schick die Kollegen von der Spurensicherung hin. Kann sein, wir haben die Kleine.«

Reuter griff nach seiner Jacke und nickte Vicki zu. »Los geht's. Der Anrufer hat ein Prepaid-Handy benutzt, sagt der Techniker. Und das Gespräch war zu kurz, um einen Standort zu ermitteln. Wo steckt eigentlich Ihr Schwiegervater? Wollen Sie ihm nicht Bescheid sagen?«

»Ich weiß nicht, wo er ist, ich glaube, er ist nicht da. Ich rufe ihn von unterwegs aus an. Wieso denken Sie, dass wir einen Krankenwagen brauchen?«

»Beunruhigen Sie sich nicht. Eine Standardmaßnahme. Nur zur Sicherheit. Übrigens, Sie bleiben hier.«

»Mach ich nicht!«, erklärte Vicki und stampfte mit dem Fuß auf.

»Doch, tun Sie«, erklärte Kriminaloberkommissar Reuter. »Wir wissen nicht, was uns am Zewener Turm erwartet. Vielleicht begegnen wir sogar den Entführern. Es ist wirklich besser, wir müssen uns dann nicht auch noch um eine hysterische Mutter kümmern, die die ganze Aktion gefährdet, weil sie unbedingt zu ihrer Tochter will, und das ohne Rücksicht auf Verluste. Am Ende gefährden Sie damit nicht nur sich und uns, sondern auch Ihre Kleine. Also: Sie bleiben hier.«

»Na gut.« Vicki sah ein, dass sie geschlagen war. »Bringen Sie mir meine Tochter. Und fangen Sie diese Leute. Ich will ihnen in die Augen sehen und ihnen sagen, was ich von solchen Aktionen halte.«

Reuter nickte. »Machen Sie sich aber auch darauf gefasst, dass ich *Ihnen* morgen in die Augen sehen werde, um Sie zu fragen, von wem Sie diese Information erhalten haben. Es wird Zeit, dass Sie die Karten auf den Tisch legen.«

Drei Stunden später war Elena gesund zurück. Bleich, übernächtigt, völlig verwirrt und verängstigt. Aber gesund. Vicki kochte ihr sofort einen Glückstee, seit Generationen das beste Rezept bei Ängsten. Elena saß neben ihr, in ihre warme Schmusedecke gewickelt. Sie zitterte, obwohl es eigentlich überhaupt keine kalte Sommernacht war, und beobachtete ihre Mutter mit großen Augen, in denen noch die Schrecken ihrer Gefangenschaft zu lesen waren. Sie ertrug es nicht, Vicki auch nur eine Sekunde aus den Augen zu lassen.

Hinnerk war in der Zwischenzeit ebenfalls wieder heimgekehrt und hatte seine Enkeltochter überglücklich in die Arme geschlossen. Schließlich rückte auch die Polizei ab, die Technik wurde abgebaut.

Reuter wiederholte seine Androhung. »Morgen um zehn Uhr, bis dahin haben Sie sicher ausgeschlafen. Dann reden wir.«

Vicki nickte.

Hinnerk beschloss, zunächst einmal nicht zu erwähnen, dass Max in seinem Stall wieder eine Einquartierung bekommen hatte. Kasslin war zurückgekehrt, er hatte Vicki etwas zu sagen.

Nach mehreren Tassen Glückstee gingen Mutter und Tochter völlig erschöpft ins Bett. Vicki nahm die Kleine mit zu sich. Elena schrie und wimmerte im Schlaf. Sie versuchte, sie zu trösten, so gut sie konnte.

Glücksbad

Sie fühlen sich mies, traurig und niedergeschlagen? Dann gönnen Sie sich doch ein Lindenblütenbad. Kochen Sie 3 Handvoll Lindenblüten in 1 l Wasser etwa 20 Minuten auf. Gießen Sie den Sud durch ein Sieb in Ihr Badewasser. Dieses Bad etwa eine halbe Stunde lang genießen, dann ins Bett gehen. Am nächsten Morgen lacht wieder die Sonne.

Glückstee für Kinder

Der berühmte französische Kräuterheilkundige Messegué entwickelte eine bewährte Teerezeptur für Kinder, den sogenannten Glückstee. Die im Tee enthaltenen Lindenblüten duften ganz wunderbar, wirken beruhigend und steigern die Abwehr.
Je 25 g Lindenblüten, Eisenkraut, Pfefferminzblätter und Kamillenblüten mischen. Pro Tasse 2 TL der Mischung heiß überbrühen und zugedeckt (um die flüchtigen ätherischen Öle zu bewahren) 8–10 Minuten ziehen lassen. Bei kleineren Kindern reduziert man die Dosis etwa auf die Hälfte. Der Tee empfiehlt sich besonders für Kinder, die schlecht zur Ruhe kommen und unter Schlafproblemen leiden. Und was Kindern guttut, kann auch Erwachsenen nicht schaden.

KAPITEL SIEBZEHN,

in dem ein Kommissar bei der Vernehmung nicht weiterkommt, einige Leute mauern, ein unerwarteter Besucher auftaucht und Vicki ein scharfes Liebesessen zubereitet.

Kriminaloberkommissar Peter Reuter kam am nächsten Morgen früher als angekündigt. Piet Schmalen war trotzdem schon da. Der Anwalt hatte Vicki dringend geraten, ihn zum Gespräch dazuzuholen, mit der Begründung, dass der Mordverdacht gegen sie ja noch immer im Raum stehe. Da komme es auf jedes Wort an.

Reuter hatte eine Polizeipsychologin im Schlepptau, die zur Beruhigung des verängstigten Entführungsopfers und dessen immer noch emotional erschöpfter Mutter beitragen sollte. Es half.

Elenas Beschreibung ihrer Entführerin kam zwar stockend und erst durch einiges Nachfragen, war aber recht präzise. »Die Frau war größer als Mama, etwa so viel, wie Mama größer als ich ist. Sie hatte rote Haare. Ich hab mir alles genau gemerkt, wie die das im Fernsehen immer sagen. Sie trug einen Ring mit einem roten Stein.«

Die Haare, der Ring, alles passte. Die Frau, zu der Elena ins Auto gestiegen war, konnte nur Danice Schmidt gewesen sein.

Vicki wollte nicht allzu sehr schimpfen, die Kleine war auch am Tag nach ihrer Heimkehr noch ein Bündel Elend. »Du weißt, dass du nicht zu Fremden in den Wagen steigen sollst«, sagte sie dennoch leicht vorwurfsvoll.

»Aber das war doch keine Fremde! Du kennst sie doch auch, Mama. Sie war kurz vorher bei dir, du hast sie sogar mit in das Beratungshäuschen genommen. An dem Tag, als Leah mich heimgebracht hat. Das hab ich genau gesehen.«

Also war es Danice Schmidt.

Peter Reuter kramte umständlich sein Smartphone aus der Tasche, tippte und wischte über den Touchscreen und hielt Elena dann ein Foto vor die Augen. »Ist das die Frau?«

Die Kleine nickte eifrig. »Ja, das ist sie!«

Er zeigte Vicki das Bild, es war Danice Schmidt alias Henriette

Haag. Dann wandte er sich wieder Elena zu. »Du hast wirklich gut aufgepasst. Jetzt müssen wir nur noch wissen, wer die andere Frau war, die dir Essen gebracht hat. Sie trug eine Maske, sagtest du. Kannst du dich denn sonst an nichts erinnern?«

Elena zögerte. »Also, sie hat ja nie was gesagt, aber einmal musste sie niesen. Da hat sie mir den Rücken zugewandt, um sich die Nase zu putzen. Als sie sich wieder umdrehte, war die Maske ein bisschen verrutscht. Vorher konnte man die Haare nicht sehen, danach haben ein paar rausgeschaut.«

Peter Reuter wischte erneut über den Touchscreen und zeigte Elena ein Foto von Thea Neufang. »War es die?«

Elena schüttelte den Kopf. Er wischte zum nächsten Foto, einer Aufnahme von Annika Müller, der Geschäftspartnerin von Danice Schmidt.

»Was ist mit der?«

Elena zuckte unschlüssig mit den Schultern. »Die Haarfarbe könnte stimmen, aber … ich weiß nicht.«

»Ick würd die Lady auch gern mal to sehen kriegen«, forderte Hinnerk.

Reuter zeigte ihm das Portrait. Hinnerk besah es sich lang und gründlich.

»Darf ich auch mal?« Das war Piet Schmalen. Reuter hielt ihm das Smartphone hin. »Kenne ich nicht«, erklärte der Anwalt nach einem Moment.

»Interessant.« Reuter blinzelte. »Sind Sie ganz sicher? Ich hatte Sie nämlich überhaupt nicht gefragt, ob Sie die Dame kennen. Aber wo wir schon mal dabei sind: Schauen Sie doch noch mal genau hin.«

»Ganz sicher, ich kenne sie nicht«, sagte Schmalen, dieses Mal ohne Zögern. »Außerdem habe ich angenommen, Sie würden die Frage gleich stellen. Macht die Polizei das nicht immer so?« Der Anwalt lachte, als habe er einen guten Scherz gemacht.

Reuter fand das offenbar nicht lustig. »Soso«, erklärte er und notierte sich etwas. Dann wandte er sich wieder Vicki zu. »Jetzt reden wir aber Tacheles«, meinte er fordernd. »Was wollte Frau Schmidt von Ihnen? Ihre Tochter sagte, sie habe Sie zusammen mit Danice Schmidt ins Beratungshäuschen gehen sehen. Wenn ich mich richtig erinnere, haben Sie bei einer anderen Vernehmung aber behauptet, dass sie das Mordopfer überhaupt nicht kennen. Und vor allem: Wer hat Ihnen gesagt, wo Ihre Tochter zu finden ist?« Seine Stimme klang jetzt alles andere als freundlich.

»Sie hatte mir gesagt, dass sie Henriette Haag heißt, und sich als Kundin ausgegeben. Dass sie gelogen hat, konnte ich doch nicht ahnen. Und woher ich vom Turm wusste – also, Sie waren ja dabei, als der Anruf kam. Derjenige hat seinen Namen nicht genannt. Wer das war, kann ich Ihnen also nicht sagen«, antwortete Vicki. Ihre Hände zitterten.

»Lassen Sie meine Mama in Ruhe!«, schimpfte Elena und streichelte ihren Arm.

»Vielleicht sollte Ihr Schwiegervater mal mit der Kleinen in den Stall gehen«, meinte Reuter genervt.

»Machen Sie hier kein' Druck«, grunzte Hinnerk. »Wenn Vicki secht, sie weiß nix, dann is dat so.«

»Es wird ihr schon nichts passieren. Sie hat ja immerhin ihren Anwalt dabei.« Reuter warf Piet Schmalen einen schrägen Blick zu, der starrte zurück. Es war klar, die beiden Männer mochten sich nicht. »Wir müssen ja außerdem noch über etwas mehr sprechen als nur über Elenas Entführung«, fügte Reuter hinzu.

»Was wird das hier eigentlich? Wollen Sie meine Mandantin jetzt etwa schon wieder verhören, eine Frau, die durch die Entführung ihrer Tochter mit den Nerven am Ende ist?«

»Momentan – nein, nennen wir es nicht Verhör. Eher eine Zeugeneinvernahme. Ihre Mandantin verschweigt uns etwas.«

Vicki wurde noch ein wenig mulmiger. Sie wusste, was das hieß. Sie gehörte noch immer zu den Verdächtigen im Todesfall Danice Schmidt. Ganz wie ihr Anwalt vermutet hatte. »Geh mit deinem Großvater, meine Kleine«, sagte sie sanft. Elena löste sich sichtlich ungern von ihrer Mutter.

»Ach, Elena, dat wollt ick schon vorhin seggen: Do is en Bock in' Koven, der wartet schon bannig sehnsüchtig op di«, lockte Hinnerk.

»Geh, mein Liebes, ich komme nach«, sagte Vicki.

Das wirkte, in Elenas Augen kehrte ein winziger Funke Lebensfreude zurück.

»Es ist wirklich besser so«, meinte nun auch Piet Schmalen. Elena musterte den Anwalt ausdruckslos. Hinnerk nahm seine Enkelin bei der Hand und führte sie aus dem Haus. Vicki konnte die beiden durchs Küchenfenster beobachten, Hand in Hand, vertraut, zwei Menschen, die sich mochten. Das zeigte die Art, wie sie nebeneinander hergingen. Gut, dass er auf den Hof gekommen ist, dachte Vicki wieder einmal. Hinnerk war ein Bollwerk der Sicherheit, ein Baum, an den sie sich klammern konnte.

Sie wandte sich wieder ihren Besuchern zu. »Darf ich den Herren etwas zu trinken anbieten?«

»Kaffee wäre gut, es war ja doch eine recht anstrengende Nacht«, erklärte Reuter mit einem bemühten Grinsen. Niemand lächelte zurück.

Vicki war hin und hergerissen zwischen der Erleichterung, dass Elena sicher daheim war und die kommenden Szenen nicht miterleben musste, und … ja, Hass. Der Hass auf die Menschen, die ihrer Tochter das angetan hatten, wuchs mit jeder Minute, ebenso das Bedürfnis, es ihnen heimzuzahlen. Sie hatte solche Gefühle bisher überhaupt nicht gekannt. Falsche Anschuldigungen, Drohungen gegen sie selbst, damit konnte sie leben. Aber nicht mit dem, was man ihrer Tochter angetan hatte. Sie musste schlucken, um die Galle wieder zurückzutreiben, die ihr in die Kehle gestiegen war. Schon allein aus diesem Grund würde sie nicht preisgeben, dass Kasslin es gewesen war, der herausgefunden hatte, wo sie Elena versteckt hatten. Er war also doch auf ihrer Seite. Und sie brauchte ihn noch. Dringend. Um ohne größere Blessuren aus ihrer schwierigen Lage herauszukommen. Sie merkte zu ihrer eigenen Überraschung, dass sie sich mehr und mehr auf ihn zu stützen begann.

Reuter ließ nicht locker. »Also, woher kennen Sie Danice Schmidt?«

»Das hat meine Mandantin Ihnen bereits gesagt. Die Frau kam auf den Hof und behauptete, die Geliebte ihres verstorbenen Ehemannes zu sein. Allerdings benutzte sie den Namen Henriette Haag. Frau Peters wusste nicht, wie die Frau wirklich hieß.«

»Aha. Ja.« Reuter klang nicht überzeugt. »Und von wem bekamen Sie den Ort genannt, an dem Ihre Tochter gefangen gehalten wurde? Wir müssen das wissen. Der Anrufer hat vertraut mit Ihnen gesprochen, die Entführer hätten sich mit Sicherheit anders ausgedrückt. Wer war das?«

In diesem Moment kam Hinnerk wieder in die Küche. »Wollt Elena wat to drinken holen und hev die Fraag heurn.«

Vicki schaute hilfesuchend zu ihrem Schwiegervater.

»*Ick* hev ihr secht, wo Elena is«, erklärte Hinnerk und musterte den Kriminaloberkommissar herausfordernd, ehe er anfügte: »Do wor 'n anonymer Anruf. Mehr kann, nee, *dörf* ick nich seggen.«

»Wenn Sie nicht kooperieren, lasse ich den Anruf zurückverfolgen und nehme Sie fest wegen Behinderung der Ermittlungen«, drohte Reuter.

»Sie wern nich checken, wer det ween is. Un ick bin flott wieder ausm Knast, det könn' Sie mir gloven«, antwortete Hinnerk ruhig. »Dat gibt nur jede Menge Scherereien – Akten wälzen, Protokolle schrieven. Ick hev so meine Connections.«

Jetzt wurde es Peter Reuter offenbar zu bunt. »Sie alle hier haben anscheinend irgendwelche geheimnisvollen Verbindungen. Aus dem Nichts heraus wird ein fälliger Kredit verlängert, obwohl die Räumung des Hofes schon anberaumt war. Sie haben anonyme Informationsquellen, die in der Lage sind, den Aufenthaltsort eines entführten Mädchens herauszufinden. Und auf dem Revier erscheint ein gewisser Kasslin, um sich nach dem Stand der Ermittlungen gegen Ihre Schwiegertochter zu erkundigen. Der, als die Kollegen ihm erklärten, dass sie nichts sagen würden, plötzlich mit einem Schrieb herumwedelte und behauptete, der Fall sei von staatstragender Bedeutung, es gehe um Wohl und Weh Luxemburgs oder so ähnlich, und wir sollten uns gefälligst zurückhalten, um jahrelange Ermittlungen des Luxemburger Geheimdienstes nicht zunichtezumachen. Als Meier es gewagt hat, zu fragen, welche Ermittlungen, weswegen und gegen wen, hüllte er sich nur in bedeutungsvolles Schweigen. Seit der Bombenleger-Affäre habe ich keine solche Geheimnistuerei mehr erlebt.«

Vicki war verblüfft. Kasslin war bei der Polizei gewesen? Ihr Herz machte einen Sprung, doch sie verzog keine Miene.

Das Schweigen, das auf Reuters letzten Satz folgte, sprach für sich selbst. »Aha«, sagte er. »Es stimmt also, Sie verschweigen mir eine ganze Menge. Aber eines sage ich Ihnen, ich werde keine Ruhe geben, bis ich weiß, was hier los ist.«

Wieder war die Antwort Schweigen.

Reuter stand auf. Er war sichtlich vergrätzt. »Ich sehe, wir kommen so nicht weiter. Aber ich kehre zurück, darauf können Sie Gift nehmen.«

»Dat denk ick mir«, antwortete Hinnerk. »Und *Sie* können Gift drauf nehmen, dat ick dafür sorgen werd, dat die Entführer von min Enkelin büßen for al dat, was die ihr andaan hebben.« Er schaute von Reuter hinüber zu Piet Schmalen. Der schien unter Hinnerks Blick ein wenig in sich zusammenzusinken und rutschte unruhig auf seinem Stuhl hin und her.

»Na, dann gehe ich jetzt auch«, meinte er leichthin. »Aber vorher müsste ich noch einmal auf ein gewisses Örtchen.«

»Im Flur, dann die zweite Türe rechts«, antwortete Hinnerk. »Ick muss dann mal wieder.« Damit machte er kehrt und marschierte zurück in den Stall. Vicki schaute ihrem Schwiegervater erstaunt hinterher.

Reuter verabschiedete sich, er hatte sichtlich schlechte Laune.

Als auch Piet Schmalen gegangen war, ertönte von draußen – schon fast ein wenig fröhlich – Elenas Stimme: »Schau mal, Mama, wer da bei Max im Stall war!«

Vicki schaute aus dem Fenster. Ihr Herz begann wie wild zu klopfen. Tovio! Tovio Kasslin war wieder da. Gott sei Dank war die Polizei vom Hof und hatte ihn nicht entdeckt.

Nach der ersten Freude kam der Zorn. Na warte, dachte sie, du wirst das nächste Mal nicht einfach so abhauen. Gut, er hatte sich mehrfach für sie eingesetzt, das musste sie zugeben. Ihr wurde warm ums Herz. Dir heize ich dennoch ein, dachte sie.

Was sie dann auch tat. In Form eines Essens, nämlich ihrer allüberall hochgelobten feurigen Chorizo-Reis-Pfanne, einem Rezept, mit dem sie damals, vor langer Zeit, Bro Peters für sich erobert hatte. Seither war es ihr persönliches Glücksessen. Wenn sie aber gefragt worden wäre, was das mit Tovio Kasslin zu tun haben könnte, hätte sie geantwortet: Nichts. Ich koche das Glücksessen, weil Elena wieder daheim ist.

Allerdings fragte niemand, als sie schließlich in trauter Runde um den Küchentisch saßen. Hinnerk wirkte sehr nachdenklich. Doch das konnte in Anbetracht der Situation jede Menge Gründe haben. Und weder Tovio noch Hinnerk machten eine Bemerkung dazu, dass das Essen ganz schön scharf ausgefallen war.

Das blieb Elena vorbehalten, die zwar jede Menge Milch trank, um ihren flammenden Mund zu kühlen, aber ansonsten mit schon wieder halbwegs glücklichen Augen in die Runde schaute. Sogar Kasslin bekam hin und wieder ein schüchternes Lächeln ab. Vicki war fast geneigt, ihm sein Verschwinden zu verzeihen – beziehungsweise den Umstand, dass er eine ziemlich undurchsichtige Rolle spielte und insgeheim für Leute agierte, die den Brief haben wollten. Aber wenigstens hatte er sie nicht bedroht, sondern ihr im Gegenteil mit dem Kredit geholfen und sich sogar bei der Polizei für sie eingesetzt. Ob sie es am Ende ihm und nicht Piet Schmalen zu verdanken hatte, dass sie wieder auf freien Fuß gesetzt worden war? Der Anwalt kam ihr irgendwie seltsam vor. Sie hätte allerdings nicht zu begründen vermocht, weshalb. Das war nur so ein Gefühl.

»Mama hat erzählt, als sie und Papa ein Paar wurden, hat sie dieses Essen auch gekocht«, erklärte Elena schließlich mit vollen Backen.

»Elena, das interessiert hier niemanden.« Vicki merkte, dass sie leicht errötete. »Während des Kauens spricht man nicht«, ermahnte sie ihre Tochter dann auch noch schnell und hätte sich am liebsten auf die Zunge gebissen. Als ob das wichtig wäre. Hauptsache, die Kleine war wieder daheim. Sie strich ihr liebevoll über die Haare.

Elena schluckte brav das Essen hinunter und tat dann kund: »Weißt du, Tovio, dass Mama zaubern kann?«

Kasslin lachte. »Das hätte ich mir eigentlich denken können.«

»Elena!«

Das Mädchen kümmerte sich nicht um den Zwischenruf ihrer Mutter. »Ja, sie kann nämlich einen Liebeszauber. Sie sagt, damit hat sie Papa bezaubert. Ich meine, außer mit dem Essen.«

»Elena! Hörst du mich? Jetzt ist aber genug.«

Die Elfjährige schaute weiter unverwandt Tovio Kasslin an. Sie zog einen Zettel aus der Tasche. »Ich hab mir das aus Mamas Buch abgeschrieben. Schon neulich.«

»Elena, wie kannst du …«

»Vicki. Lassen Sie Ihre Tochter doch. Das interessiert mich. Was meinst du, Elena, können das auch Männer?«

»Schatz, gib sofort den Zettel her.«

»Tovio, hier werden wir immer gestört«, erklärte Elena altklug. »Ich finde, wir sollten zu Max in den Stall gehen.« Damit legte sie den Löffel beiseite. »Mama, Herr Kasslin und ich haben jetzt etwas vor«, erklärte sie sodann, stand auf und ging hinaus, ehe Vicki sie aufhalten konnte. Kasslin lächelte ihr zu, auf eine Weise, dass Vicki ganz blümerant wurde, und marschierte hinterher.

»Ja, ja, die Leev«, murmelte Hinnerk.

»Hast du was gesagt?«

»Nee, heb ick nich. Aber vilicht solltest du mal mitgon, Tovio Danke seggen. Immerhin het he sich for dich verwendet. Un oppassen, dat Elena alles richtich macht. Wer witt, wat am Ende sonst noch all passieren deit.«

Vicki seufzte theatralisch, ging aber tatsächlich zum Stall, allerdings auf leisen Sohlen. Sie presste ein Ohr an die Holzpaneele von Tovios Verschlag. Dahinter konnte sie Elenas Stimme zwar nur leise hören, aber sie kannte den Liebeszauber auswendig und konnte die für sie unverständlichen Worte im Geist ersetzen.

Für das folgende Hexenritual, das eine dauerhafte romantische Liebesbeziehung herbeizaubern soll, benötigen Sie ein grünes Kleidungsstück, ein Holzstöckchen, ein paar Erbsen (getrocknet oder frisch), eine Tasse destilliertes oder Mineralwasser, eine Blume und Ihren schönsten Liebesroman. Die beste Zeit für dieses Ritual ist die Mittagszeit des ersten Sonntags eines Monats. Ziehen Sie sich etwas Grünes an, gehen Sie – soweit vorhanden – in einen Garten und suchen Sie sich ein ruhiges und abgeschirmtes Plätzchen. Setzen Sie sich vor ein Beet, möglichst dorthin, wo gerade frische Erde aufgeschüttet wurde (als Ersatz geht auch eine Topfpflanze mit frischer Erde). Legen Sie alle Zutaten neben sich und verscheuchen Sie zuerst einmal alle negativen Gedanken aus Ihrem Kopf. Zeichnen Sie dann mit dem Holzstöckchen im Uhrzeigersinn einen Kreis in die frische Erde, in dessen Mitte Sie die Erbsen vergraben. Begießen Sie die Stelle mit ein wenig Wasser. Anschließend legen Sie die Blume auf die feuchte Erde. Nun stehen Sie auf und gehen langsam um den magischen Kreis herum, während Sie die folgenden Worte sprechen:

Kreis des Merlin,
rund, vollkommen und erhaben,
Wasser und Erde,
meinen Liebsten sollst du zu mir tragen.
Der Kreis ist vollbracht und der Zauber für immer gemacht,
so soll es sein.

Nehmen Sie die Pflanze aus dem Kreis heraus und legen Sie sie etwa zwölf Tage zwischen die Seiten des Liebesromans, bis sie ganz getrocknet ist. Danach können Sie die magische Blume an einem sicheren Platz aufbewahren – sie ist nun ein Liebestalisman.

»Und du meinst, so was klappt auch bei Männern? Ich meine, nur sicherheitshalber. Also wenn ich jetzt zum Beispiel deine Mutter … Ein grünes Kleidungsstück müsstest du mir besorgen. Und eine Topfpflanze.«

»Mach ich, klar. Die Erbsen hole ich aus der Truhe, da haben wir immer gefrorene.«

»Meinst du denn, das geht auch mit gefrorenen?«

»Sicher«, konterte Elena bestimmt. »Ich hab auch einen Liebesroman. Aber statt ›meinem Liebsten‹ müsstest du vielleicht ›meine Liebste‹ sagen. Sonst wirst du am Ende noch schwul.«

Elena lachte, Tovio stimmte lauthals ein.

Na, die Suppe würde sie den beiden versalzen. Die Erbsen wegschmeißen, ihre grünen Kleidungsstücke einschließen, alle Liebesromane verbrennen – Vicki machte, dass sie davonkam. Ihre Wangen brannten.

Feurige Chorizo-Reis-Pfanne

400 g Langkornreis in kochendem Salzwasser nach Packungsanweisung zubereiten. Inzwischen 2 Knoblauchzehen und 1 Zwiebel schälen und fein würfeln. 1 rote und 2 gelbe Paprikaschoten vierteln, putzen und waschen.

Paprika in Streifen schneiden. 1 grüne Peperoni und 1 rote Chilischote waschen, längs aufschneiden und Kerne entfernen, klein würfeln. 250 g Chorizo-Wurst in Scheiben schneiden. 6 Stiele Oregano waschen und trocken tupfen. 4 Stiele beiseitelegen. Blättchen von den restlichen Stielen zupfen. Reis abgießen und abtropfen lassen.

1–2 EL Olivenöl in einer großen Pfanne erhitzen, Wurst und Paprika darin 2–3 Minuten anbraten. Knoblauch, 40 g kleine schwarze Oliven, Peperoni, Chili und Reis unterheben, unter Rühren weitere 3–4 Minuten garen. Mit Salz, Pfeffer, Curry- und Paprikapulver abschmecken. Mit Oregano bestreuen und servieren.

KAPITEL ACHTZEHN,

in dem Max mit knapper Not dem Feuertod entgeht und Elena einen Trank mit dem Namen »Fessel der Liebe« zusammenbraut.

Vicki konnte sich später nicht mehr erinnern, weshalb sie aufgewacht war. Von den Stimmen der Männer oder dem Feuerschein am Himmel, den sie durch ihr Schlafzimmerfenster sah, als sie hochschreckte. Sie mochte keine heruntergelassenen Jalousien. Von ihrem Bett im zweiten Stock aus konnte sie in klaren Nächten direkt in den Sternenhimmel schauen.

Sie machte sich nicht die Mühe, einen Bademantel anzuziehen oder gar in Schuhe zu schlüpfen. Sie war ohnehin eine begeisterte Barfußläuferin, weshalb Hinnerk sie manchmal auch die barfüßige Gräfin nannte, nach dem berühmten Film mit Ava Gardner und Humphrey Bogart. Er war irgendwann in den Fünfzigern gedreht worden, lange vor ihrer Geburt. Vicki hatte ihn nie gesehen, fand auch, dass sie nichts von einer Gräfin an sich hatte. Dennoch schmeichelte ihr der Vergleich. In diesem Moment dachte sie jedoch nicht darüber nach, sondern rannte in einem der alten langen Nachthemden ihrer Großmutter die Treppe hinunter und aus dem Haus.

Draußen erkannte sie, was los war: Der Stall brannte. Kasslin und Hinnerk, beide noch in ihren Tagesklamotten, hatten Feuerlöscher in der Hand und versuchten, die Flammen einzudämmen.

»Max! Wo ist Max?«

Kasslin hörte Vicki schreien und wandte sich um. »Er ist noch im Stall, wir versuchen gerade, uns einen Weg zu ihm zu bahnen. Die Feuerwehr ist bereits alarmiert, sie muss gleich kommen!«

Max, im Stall! Das war das Einzige, was Vicki registrierte. Sie hatte keine Sekunde Angst, in ihrem Kopf hämmerte nur ein Gedanke: Max, Max war in Gefahr.

Sie rannte zum Brunnen, sprang hinein, tauchte unter und rannte triefend nass zum Stall. Das ging alles so schnell, dass keiner der beiden Männer die Chance bekam, sie aufzuhalten. Tovio blieb fast das Herz stehen, als er erkannte, was Vicki vorhatte, Hinnerk nicht minder.

»Vicki, nicht!«

Sie hörte sie nicht, verschwand in den Flammen.

Die Männer hielten den Atem an. Keiner von ihnen wusste zu sagen, wie viel Zeit vergangen war, bis ihre zierliche Gestalt wieder in der Stalltüre erschien. Erst eine kaum noch kenntliche Vicki, anschließend der Bock, den sie hinter sich herzerrte, während sie lauthals zeterte: »Du blödes Véi. Kënnst du nit einmal follegen und mitgoen!« Dann sank sie schluchzend zu Boden. »Aua«, sagte sie kläglich.

Tovio und Hinnerk warfen die Feuerlöscher weg und rannten zu ihr.

»*Du* bist doesig und dämlich«, grantelte Hinnerk, verstummte aber sofort, als er Vickis Zustand sah. Ihre Haare waren angekokelt, sie hatte keine Augenbrauen mehr. Die Sohlen ihrer Füße, die sie von sich streckte, waren verbrannt. Doch immerhin, das Nachthemd hatte nicht gebrannt, weil es nass gewesen war.

Kasslin reagierte sofort. »Ich rufe einen Krankenwagen.« Mit diesen Worten zog er sein Handy aus der Tasche. Hinnerk nickte. Da raste auch schon das Feuerwehrauto mit Tatütata und Blaulicht auf den Hof. Männer sprangen heraus und entrollten Schläuche. »Wasser? Gibt es hier Wasser?«, brüllte einer.

»Der Hydrant steht glieks da vorn, die Straße runner«, gab Hinnerk Auskunft.

In Minutenschnelle war die Tragkraftspritze auf den Stall gerichtet, der Schlauch ausgerollt und angeschlossen, das Wasser schoss heraus.

Nicht lange danach bog auch der Rettungswagen in die Hofauffahrt ein, ebenfalls mit Martinshorn und Blaulicht. Die Sanitäter hatten alle Mühe, selbst unbeschadet zu bleiben, während sie Vicki nach der Erstversorgung auf die Trage hievten, um sie ins Krankenhaus zu bringen. Denn Max, obschon augenscheinlich noch ziemlich zittrig auf den Beinen, war keineswegs gewillt, den Gegenstand seiner Anbetung so einfach fortzulassen, er schnaubte und wütete, obwohl auch er Schmerzen haben musste. Sein Fell war angesengt, und er ähnelte eher Don Quichottes traurigem Klepper Rosinante als einem stolzen Ziegenbock.

Kasslin griff in die angesengte Wolle, um das Tier davon abzuhalten, die Sanitäter auf die Hörner zu nehmen. Hinnerk hielt den Bock am Halsband. Das riss, als der Rettungswagen vom Hof fuhr. Max startete noch einen weiteren Versuch, wollte dem Wagen hinterherrennen, dann sackte er mit einem Blick zum Steinerweichen zusammen. Hinnerk starrte auf das zerrissene Halsband in seiner Hand und steckte es in die Tasche. »Ich geh Helmut holen, der soll sich Max anschauen«, erklärte er.

Doch das war nicht mehr nötig, denn inzwischen hatten die Nachbarn inklusive Leah und Helmut Hoffmann längst mitbekommen, dass es auf dem Petershof brannte, und waren herbeigeeilt, um zu sehen, wo sie helfen konnten. Helmut kniete sich sofort neben den Ziegenbock, der noch nicht einmal mehr genügend Kraft hatte, um sich gegen die eingehende Untersuchung zu wehren.

»Rauchvergiftung«, diagnostizierte er nach einer Weile. »Ansonsten keine größeren Verletzungen. Dieses Vieh hat mehr Glück als Verstand, wenn Vicki ihn nicht mit all ihren Kräften rausgezerrt hätte … Ich werde nie verstehen, warum manche Tiere lieber verbrennen, als einen kurzen Moment durchs Feuer zu gehen.«

»Und? Wird er durchkommen?«

Hoffmann sah auf. »Klar, es sei denn, die Rauchvergiftung bringt ihn um. Hinnerk, hilf mir mal. Am besten, wir bringen ihn zu mir auf den Hof, ich hab genügend freie Boxen. Dann werden wir sehen. Da kann er jedenfalls erst mal bleiben.«

Hinnerk nickte.

In diesem Augenblick ächzte der alte Stall, stöhnte, als wäre er ein lebendes Wesen, die Hölzer sangen ihr Todeslied. Dann fiel das Gebäude in sich zusammen.

Der Kommandant der Feuerwehr trat zu ihnen. »Tut mir leid, der Stall war nicht mehr zu retten. Ich kann noch nichts Genaues sagen, aber soweit ich das bisher feststellen konnte, hat der Brand relativ nah am Eingang begonnen. Nicht auszuschließen, dass da jemand Feuer gelegt hat. Ich lasse für den Rest der Nacht eine Brandwache da. Morgen kommt ein Brandsachverständiger vorbei.« Er deutete auf den Bock. »Gibt es außerdem noch Verletzte?«

»Min Schwiegerdochter«, antwortete Hinnerk.

»Ah, der Krankenwagen hat sie wohl schon weggebracht.«

Hinnerk nickte, dann schaute er zu Tovio und Helmut. »Alles

klar mit dem Bock? Ick wollt jetzt glieks to Vicki ins Krankenhaus.«

»Opa? Was is mit Mama?« Eine dünne Mädchenstimme forderte die Aufmerksamkeit der Männer. Elena war nun auch aufgewacht und stand im Nachthemd vor ihnen.

Hinnerk ging zu seiner Enkeltochter und nahm sie in den Arm. »Musst dich nich fürchten, min Deern. Hatten nur ein kleines Feuer im Stall. Deine Mama is ein Held, hat Max gerettet und sich dabei 'n beeten verletzt. Nix Schlimmes. Nu isse int Krankenhus bracht worn. Ick fahr jetzt hin.«

»Ich will auch.« Elena klammerte sich an Hinnerk wie eine Ertrinkende.

»Na, dann komm, min Deern. Is auch besser, wenn wir dich erst mal vom Hof ham.« Er machte eine Pause. »Tovio, du blibst hier, musst auf alles oppassen.« Das war keine Frage.

Kasslin zögerte. Ihm war anzumerken, dass er am liebsten mitgekommen wäre. Aber er sah ein, dass es so das Beste war.

»Meld mich glieks, wenn ich wat Neues wees«, beruhigte ihn Hinnerk.

Helmut Hoffmann schüttelte den Kopf. »Brandstiftung, was sagt man dazu. Das ist jetzt aber wirklich ein Pechjahr für den Petershof. Wer sollte denn den alten Stall anzünden wollen?«

»Das wüsste ich auch gern«, murmelte Kasslin, während er Hinnerk und Elena gedankenverloren nachschaute.

***

Im Klinikum Marienhaus in Bitburg wollten die Schwestern Hinnerk und Elena zunächst wieder heimschicken. Doch Hinnerk weigerte sich, zu gehen, bestand darauf, erst zu erfahren, wie es Vicki ging. Er protestierte laut hörbar, seine Stimme hallte durch den Flur. Da telefonierte die für die Notaufnahme zuständige Schwester mit ihrer Vorgesetzten. »Hier will jemand eine Auskunft über eine gewisse Victorine Peters. Er hat ein kleines Mädchen dabei. Angeblich die Tochter. Aber … In Ordnung. Gut. Wir warten.«

Bald darauf gesellte sich eine schlanke Frau mit kurzem rötlichbraunem Haar und intelligenten blauen Augen hinter einer randlosen Brille zu ihnen. »Ich bin Oberin Helga Becker. Was kann ich für Sie tun?«, fragte sie höflich.

»Ich muss doch wissen, was mit Mama ist«, piepste Elena.

Die Frau strich dem Mädchen über die Haare. »Wir sorgen hier gut für deine Mama, du musst keine Angst haben.«

Hinnerk mochte die Oberin auf Anhieb. Normalerweise hatte er so seine Probleme mit Ordensschwestern. Doch diese schien eine vernünftige Person zu sein. Er erläuterte sein Anliegen.

Helga Becker nickte. »Verstehe. Ich zeige Ihnen, wo Sie warten können. Ich werde mich erkundigen, ob wir Ihnen Auskunft geben dürfen beziehungsweise ob sie schon Besuch haben kann. Sehen Sie? Da vorne ist ein Warteraum. Da setzen Sie sich einfach hin. Es dauert nicht lange.«

Hinnerk erinnerte sich, irgendwann mal gelesen zu haben, dass die Mitarbeiter des Klinikums sich vorgenommen hatten, in christlicher Tradition Krankheiten zu heilen und Leiden zu lindern – ganz im Geiste der Ordensgründerin der Waldbreitbacher Franziskanerinnen, der seligen Mutter Rosa Flesch. Das schien tatsächlich so zu sein.

Helga Becker drückte ihm noch einen Zettel in die Hand. »Hier haben Sie was zu lesen, bis ich wiederkomme, das lenkt ab. Soll ich Ihnen einen Kaffee bringen lassen und einen Saft für die Kleine?«

Hinnerk nickte dankbar.

Elena rutschte unruhig auf dem Stuhl hin und her. Also griff Hinnerk den Vorschlag der Oberin auf und begann, laut zu lesen.

»Im Jahre 1886 kamen Schwestern des Ordens der Franziskanerinnen von Waldbreitbach BMVA nach Bitburg, und bereits 1896 konnte ein Krankenhausneubau bezogen werden. Dieses Jahr gilt als die Geburtsstunde des heutigen Marienhaus Klinikum Eifel in Bitburg. Nach zahlreichen Erweiterungen übernahmen 1930 die Clemensschwestern aus Münster (Westfalen) die Trägerschaft und benannten es Clemens-August-Krankenhaus. Im Zuge der Neuordnung der Krankenhauslandschaft in der Großregion Trier übernahmen im Jahre 1984 die Franziskanerinnen von Waldbreitbach erneut die Trägerschaft und benannten es im Jahre 2007 in

Marienhausklinik um. Bauliche und strukturelle Veränderungen in den letzten Jahren haben dem Krankenhaus ein modernes Gepräge verliehen.
Das heutige Marienhaus Klinikum Eifel am Standort Bitburg bildet seit 2010 mit dem St. Josef-Krankenhaus Neuerburg und seit 2011 mit dem St. Elisabeth-Krankenhaus Gerolstein einen Verbund. Am Klinikstandort Bitburg verfügt es über sieben Hauptfachabteilungen, drei Belegabteilungen sowie eine Psychiatrische Tagesklinik.«

Er hielt inne. Elena war gegen seine Schulter gesunken und eingeschlafen. Auch Hinnerk war kurz davor, im Sitzen wegzudösen, als Helga Becker wieder auftauchte.

»Machen Sie sich keine Sorgen. Mit Ihrer Schwiegertochter ist alles in Ordnung. Sie hat ziemlich schwere Verbrennungen an den Füßen und auch einige an ihren Beinen abbekommen. Doch die sind nicht so schlimm. Alles wird heilen. Es dauert halt etwas.«

Elena war aufgewacht. »Kann ich Mama sehen?«

Die Oberin zögerte. »Gut, aber nur sehen, und auch nur für einen kurzen Moment. Sie liegt noch auf der Intensivstation. Das ist nur zur Sicherheit, du musst also keinen Schreck bekommen. Weißt du, meine Kleine, wenn man sich verbrannt hat, kann das ziemlich wehtun. Damit deine Mama nicht so starke Schmerzen hat, haben wir ihr eine Spritze gegeben. Jetzt schläft sie. Aber morgen ist sie wieder wach, da kannst du zu ihr. Und vielleicht können wir sie dann auch schon bald entlassen.«

Es war, wie Helga Becker gesagt hatte. Vorsichtig lugten Hinnerk und Elena durch die Scheibe auf die zierliche Gestalt, die im Krankenhausbett noch schutzbedürftiger wirkte. Vicki schlief tief und fest. Sie war gewaschen worden und sah nicht mehr so rußig aus. Beruhigt fuhren sie heim.

***

Früh am nächsten Morgen traf der Brandsachverständige ein. Er stapfte durch die Trümmer, drehte verkohlte Balken um, sagte immer mal wieder »Hm« und »Aha«. Dann marschierte er wieder ab. Sie hörten nichts mehr von ihm.

Dafür von Vicki. Die kehrte am Abend des dritten Tages heim. Eigentlich hätte sie noch im Krankenhaus bleiben müssen. Sie hatte sich jedoch strikt geweigert. Vicki hatte Sehnsucht nach Elena, wollte sie in den Arm nehmen, um sie über die ausgestandenen Schrecken hinwegzutrösten. Überhaupt, nach all dem Trubel wollte sie nur eines: daheim sein. Ihr Argument: »Liegen kann ich auch zu Hause.«

Helmut Hoffmann hatte für Vicki einen Pflegedienst organisiert, der jeden Tag vorbeikam und die Verbände wechselte. Tovio, Hinnerk und Elena vermieden es, während des Verbandwechselns dabei zu sein, denn es war für Vicki eine sehr schmerzhafte Angelegenheit. Obwohl die Schwester, eine Polin namens Irina, immer wieder versicherte: »Is gutt. Heilung sehr gutt.«

Die meiste Zeit des Tages lag Vicki mit dick verbundenen Füßen auf der Kücheneckbank. Sie hatte sich geweigert, ins Bett abgeschoben zu werden, und sich samt Plumeau und Kissen dort eingerichtet. Trotz ihrer großen Schmerzen. Das war auch wegen der Hygiene einfacher, denn Bad und Toilette befanden sich direkt neben der Küche, ein Argument, das alle nachvollziehen konnten. Elena, Hinnerk und Tovio wechselten sich darin ab, sie zu bedienen. Was ihr augenscheinlich sehr gefiel, obwohl sie ab und an jammerte: »Wenn ihr mich weiter so vollstopft, werde ich noch eine ganz fette Ziege.«

»Max wird dat mächtig toseggen«, befand Hinnerk dann zumeist mit biederernster Miene.

Und Vicki grinste jedes Mal zurück.

Es gab nämlich noch einen weiteren Heimkehrer. Dem Ziegenbock ging es ebenfalls viel besser. Helmut Hoffmann hatte bei Max wahre Wunder bewirkt und den alten Kerl sogar behutsam gewaschen, sodass sein Fell jetzt zwar aussah, als hätten die Motten darin gehaust, aber es hatte wenigstens keine rußigen Stellen mehr. Hinnerk, Tovio und Elena brachten ihn zu Vicki in die Küche, damit die beiden sich sehen konnten, bereuten es jedoch gleich darauf wieder. Denn Max war es völlig egal, ob die Füße seiner Angebeteten eingebunden waren oder nicht. Er hatte das Bedürfnis, sie einfach überall zu beschnüffeln. Hinnerk, der Max hielt, hatte große Mühe, ihn an den verbliebenen Zotteln von ihr wegzuziehen.

»Wo ist das Halsband?«, erkundigte sich Vicki.

Hinnerk stutzte. »Ach, richtig. Das ist kaputt. Gerissen.« Er machte eine Pause. »Een Momang.« Er fingerte in der Tasche seiner Jeans herum. »Hev ick, mein ick, mit in de Wäsche don. Ah ja, hier …« Er zog ein verdrehtes Etwas hervor, das nur entfernt dem Halsband ähnelte, das Bro dem Bock umgebunden hatte. Nicht sehr lange, bevor er überfahren worden war.

»Ah, danke, wenigstens ist es noch da. Es ist doch von Bro …« Vicki stockte. In ihre Augen stiegen Tränen. Doch schon im nächsten Moment klatschte sie in die Hände und erklärte tapfer: »Ach, ist das schön, wieder daheim zu sein.«

Tovio Kasslin musterte sie und senkte dann den Blick.

Vicki wurde schnell wieder ernst. Sie dachte daran, dass es wohl etwas dauern würde, bis die barfüßige Gräfin von Schankweiler wieder so flink auf den Beinen war wie früher.

***

Irina war nach dem heutigen Verbandwechseln schon seit Stunden wieder weg, Nachbarn, die mal kurz helfen wollten, verabschiedet, der neue provisorische Stall für den obdachlos gewordenen Ziegenbock, den Kasslin und Hinnerk beschlossen hatten zu bauen, bereits in Umrissen erkennbar. Er hatte sogar schon ein Dach. Und da es in den Nächten nicht allzu kalt war, hatten sie Max darunter angepflockt. Er schien damit zufrieden zu sein, konnte er doch auf diese Weise alles gut im Auge behalten, was sich auf dem Hof so tat, und kaute die meiste Zeit zufrieden vor sich hin.

Am Nachmittag des vierten Tages nach Vickis Rückkehr tauchte der Brandsachverständige erneut auf dem Hof auf – und rang sich in Vickis Küche aufgrund des vereinten Drängens von Vicki und Hinnerk zu der Aussage durch: »Also, ich muss das alles noch genauer auswerten, aber so, wie ich das sehe, ist der Stall tatsächlich angezündet worden. Oder besser, ziemlich wahrscheinlich. Da hat jemand die heißen Tage ausgenutzt.« Und dann dozierte er. Es klang, wie aus Wikipedia auswendig gelernt: »Ungesättigte Verbindungen wie Pflanzenöle, wenn sie auf einer großen Oberfläche verteilt sind, können durch direkte Oxidation mit Luftsauerstoff genügend Wärme erzeugen, um unter entsprechenden Bedingungen, also zum Beispiel einer größeren Menge locker gelagertem Schüttgut, einen Schwelbrand und schließlich ein offenes Feuer auszulösen. Ölgetränkte Lappen müssen daher vorsorglich in dicht schließenden Metallgefäßen gelagert werden. Insbesondere aushärtende Öle, wie Leinölfirnis oder Parkettbodenöl, die auf Lappen auf einer großen Reaktionsoberfläche mit Luftsauerstoff reagieren.«

»Sind Sie sicher, dass es so gewesen sein könnte?« Hinnerk schaute jetzt richtig besorgt. Tovio ebenfalls, Vicki runzelte die Stirn. Nur Elena starrte den Mann, der so viel eigenartiges Zeug redete, mit offenem Mund an.

»Ich hab keine Lappen liegen lassen, Mama«, erklärte sie sodann treuherzig. »Was is überhaupt Schüttgut?«

»Ach, min Deern, Stroh zum Beispiel ist Schüttgut«, meinte Hinnerk und streichelte seiner Enkeltochter über den Kopf.

Der Brandsachverständige wand sich. »Wie gesagt, das muss ich noch verifizieren.«

»Tovio, hest du Öllappen rumliegen laten?«

»Hinnerk, du solltest endlich lernen, mir zu vertrauen. Hab ich natürlich nicht. Oder glaubst du wirklich, ich würde meinem Freund Max so etwas antun?«

Der Bock, der sich mal wieder losgerissen hatte und seine Nase möglichst weit zum Fenster hereinstreckte, um seine Vicki zu erreichen, die gleich darunter auf der Eckbank lag, schnaufte entzückt, als er seinen Namen hörte.

»Siehst du, da hast du's. Max findet das auch.«

»Aber wer macht so was?«, piepste Elena.

Vicki lächelte ihrer Tochter zu. Ihr Herz schmerzte noch mehr als ihre Füße, wenn sie daran dachte, wie viel von ihrer kindlichen Unbefangenheit die Elfjährige in den vergangenen schrecklichen Wochen verloren hatte. Sie war schnell erwachsen geworden. Lange vor der Zeit. Und das alles nur, weil ihre Mutter dringend Geld gebraucht hatte. Nein, das war es nicht wert gewesen. Kein Bauernhof auf der ganzen Welt, und mochte er noch so luxuriös sein, war das Glück ihres Kindes wert. Was hatte sie nur getan! Aber es war zu spät. Viel zu spät für Reue. Sie zog fröstelnd die Schultern hoch, verspürte das Bedürfnis, sich trösten zu lassen, in warme Arme zu sinken. Es war so lange her. So unendlich lange.

Ihr Blick wanderte zu Kasslin. »Ich finde, auf den Schock brauchen wir was Wärmendes zu trinken.«

»Au ja, ich mache das«, rief Elena. »Du kannst ja nicht an den Herd. Was willst du denn haben?«

»Eine heiße Milch.«

Elena schaute interessiert. »Fein! Die, die du für Papa und dich immer gemacht hast, ehe ihr nach oben gegangen seid? Krieg ich auch was? Ich bin doch jetzt schon groß.«

Vicki spürte, wie sie rot wurde. *Musste* Elena das so hinausposaunen? Aber es war wohl besser, jede weitere Diskussion zu vermeiden, sonst wurde es am Ende bloß noch peinlicher. »Aber nur einen ganz kleinen Schluck, sonst wirst du noch übermütig.«

»Ich bin ganz brav. Was brauchen wir denn so?«

Vicki machte ein nachdenkliches Gesicht. Wieder schaute sie zu Kasslin. »Amaretto. Ja, unbedingt. Milch. Schokoladenpulver, Zimt …«

»Ach, interessant«, befand Hinnerk. »Hett das Gebräu 'nen Naam?«

»Fendlib«, nuschelte Vicki.

»Wie bitte?«

»Ach, Mama. Sprich deutlich! Ich weiß sowieso, wie das Getränk heißt.«

»Ach, und wie?« Das war Kasslin.

»Fessel der Liebe«, erklärte Elena. Dann wandte sie sich dem Brandsachverständigen zu. »Ein ganz tolles Rezept. Empfiehlt Mama immer, wenn jemand Liebeskummer hat. Soll aber auch gut sein vor dem Liebemachen. Wollen Sie auch was?«

»Warum nicht?«, antwortete der Brandsachverständige. »Ich bin ja heiße Sachen gewohnt.« Er feixte.

Vickis Wangen brannten. Schon wieder. Und Tovio Kasslin musterte den Küchenfußboden so angelegentlich, als gäbe es nichts Wichtigeres auf der Welt.

Trotzdem wurde es noch ein lustiger Abend. Der Brandsachverständige jedenfalls erklärte mehrmals, ihm sei jetzt aber tüchtig heiß.

***

Vicki konnte in dieser Nacht nicht schlafen. Sie hatte das Halsband des Ziegenbocks als eine Art Talisman, als Erinnerung an andere, bessere Zeiten, als die Welt – jedenfalls scheinbar – noch in Ordnung gewesen war, unter ihr Kopfkissen gelegt. Gegen vier Uhr morgens zog sie es hervor. Sie drehte das zerrissene Band in ihren Händen hin und her, ihre Gedanken wanderten zurück in die Vergangenheit, zu den warmen Nächten mit Bro, jenem anderen Leben.

Plötzlich stutzte sie. Da knisterte doch etwas? Sie langte hinüber zum Schalter der kleinen Nachttischlampe, die gut erreichbar gleich neben ihrem provisorischen Krankenlager auf der Kücheneckbank stand, und schaltete sie ein, um sich die Angelegenheit genauer zu betrachten. Sie entdeckte ein Stück Seidenpapier, fast durchsichtig, das aus dem Leder des Halsbands herausragte. Sie zog daran, es flutschte heraus. Dann hörte sie es klacken. Etwas Metallisches war zu Boden gefallen. Sie suchte mit den Augen den Boden ab, konnte aber nichts erkennen. Vermutlich war, was auch immer das sein mochte, unter die Eckbank geraten.

Sie wandte sich dem eng zusammengerollten Fetzen Papier zu und erkannte Bros Handschrift. Ihr Herzschlag setzte einen Moment lang aus. Tränen schossen ihr in die Augen. Sie brauchte einige Sekunden, bis sie in der Lage war, zu lesen, was da stand, allerdings nur unvollständig, denn Teile waren abgekokelt, einige Zeilen komplett verschwunden.

Liebe Vicki,
wenn du das liest, bin ich vermutlich tot. Ich muss jeden Tag damit rechnen, umgebracht zu werden, weil ich um Dinge in Verbindung mit der Bombenleger-Affäre weiß, die derart brisant sind, dass die Betroffenen alles tun würden, um mich zum Schweigen zu bringen. Ich habe sie niedergeschrieben und in einem Bankschließ…

… Nummernkonto der Schweizer UBS …
… Georgetown Caymans.
… Kontonummer und weiteres G…d findest du … Dielen der Küche in der Nähe der …
… Schlüssel. Hinnerk weiß … Schließfach.

… Danice und …
… Anwalt namens Piet Schmalen.
… mit Müller unter einer Decke.
… niemandem vertrauen.
Habe immer nur dich geliebt. Dich und unsere Tochter.
Verzeih mir, Bro.

Fessel der Liebe

In 4 feuerfeste Gläser heißes Wasser füllen und beiseitestellen. 250 ml Sahne steif schlagen und in einen Spritzbeutel mit Sterntülle füllen. 500 ml Milch langsam erhitzen, aber nicht zum Kochen bringen! 4 EL Zucker und 4 EL Schokoladenpulver darin auflösen. Jeweils 90 ml Brandy und Mandellikör zufügen und 1 TL Zimt, gemahlen, untermischen. Wer es gerne scharf mag, kann auch noch eine Prise Chili hinzufügen – je nach Gusto.
Das Wasser aus den Gläsern gießen und die Gläser trocken reiben. Die Schokolade hineingießen, mit der Sahne und kleinen Schokoröllchen garnieren.

KAPITEL NEUNZEHN,

in dem ein weiterer Drohbrief auf der Türschwelle liegt, Vicki ein Angebot bekommt, einen gewissen Herrn mit Hilfe einer scharfen Torte und eines Liebestrankes namens »Rote Glut« betört und überraschend geküsst wird.

Vicki entdeckte den Umschlag am nächsten Morgen, als sie entgegen ärztlicher Anweisung auf Krücken versuchte, nach draußen zu humpeln. Sie hatte das Liegen einfach nicht mehr ausgehalten, ihr Bewegungsdrang war inzwischen übermächtig geworden. Auch ihre Gedanken kamen nicht zur Ruhe, kreisten ständig um Bros Brief. Also gab es tatsächlich ein Bankschließfach. Und das, was da heruntergefallen und vermutlich unter die Küchenbank geraten war, musste der Schlüssel sein. Vicki hatte kurz überlegt, ob sie jemanden bitten sollte, ihn für sie zu suchen, sich dann aber dagegen entschieden.

Solange sie hier unten lag, war der Schlüssel sicher, denn niemand konnte ihn sich holen, ohne dass sie es bemerkte. Und sie musste sich auch noch über ein paar andere Dinge klar werden. Was war zum Beispiel das mit Schmalen? »Unter einer Decke«, hatte Bro geschrieben. Konnte das heißen, dass ihr Anwalt mit den Leuten, von denen sie bedroht wurde, unter einer Decke steckte? Was sollte sie tun? Mit wem konnte sie reden? Die beiden Worte »niemandem vertrauen« wollten ihr ebenfalls nicht aus dem Kopf. Die starken Schmerzmittel, die sie nahm, sorgten darüber hinaus dafür, dass sich ihr Gehirn anfühlte wie Sülze. Jeder Gedanke blieb irgendwann darin stecken. Sie war überhaupt nicht sicher, ob sie die richtigen Schlüsse zog.

Aber sie musste jemandem vertrauen. Hinnerk. Sie würde mit ihm reden, gleich als Nächstes. Er war schon früh aufgebrochen, müsste aber bald vom Einkaufen zurück sein. Jedenfalls hatte er das versprochen. Am Abend würde zudem Kommissar Reuter wieder auftauchen. Er hatte sie wegen ihrer Verbrennungen eine Zeitlang in Ruhe lassen müssen. Der Hausarzt hatte ihr ein Attest geschrieben, wonach sie nicht vernehmungsfähig gewesen war. Doch das war abgelaufen.

So war sie auf die Idee gekommen, dass ihr etwas frische Luft vielleicht dabei helfen könnte, einen klaren Kopf zu bekommen. Immerhin, die Schmerzen waren aufgrund der Medikamente auszuhalten. Dafür war ihr scheußlich schwindlig, als sie langsam und vorsichtig losging. Dann wurde ihr schlecht. Sie schaffte es kaum von der Küche bis zur Haustüre. Und da lag er, ein unschuldiger weißer Umschlag, ganz gewöhnlich, ohne Adresse. Das verwunderte sie etwas, doch sie dachte sich nichts weiter dabei. Da sie sich jedoch nicht bücken konnte, rief sie nach Kasslin, der draußen am neuen Stall für Max werkelte.

Kasslin erschien in der Stalltüre, ließ den Hammer fallen und eilte zu ihr. »Was ist, kann ich helfen? Herrje, manche Frauen haben einen größeren Dickschädel als so mancher Ziegenbock. Vicki, was machen Sie da schon wieder? Um Himmels willen, warum sind Sie aufgestanden? Sie sind eine durch und durch unvernünftige Person.«

Der Blick, den er ihr dabei zuwarf, war so liebevoll und besorgt, dass Vicki ein Schauer über den Rücken lief. »Sie sollten nicht aufstehen, Vicki. Das wissen Sie doch.«

Vicki hielt sich mit einem kläglichen Gesichtsausdruck am Türrahmen fest. »Ich musste mich einfach mal bewegen, an die frische Luft.«

Jetzt hatte er sie erreicht und stützte sie.

Sie lächelte und lehnte sich dankbar an ihn. »Ich weiß, das war auch dumm, aber ich konnte einfach nicht mehr auf der Küchenbank liegen.«

»Das kann ich verstehen. Ich trage Sie zurück.«

Vicki traute sich nicht zu widersprechen und wies nach unten. »Da auf der Türschwelle, da hat uns jemand einen Brief hingelegt.«

»Erst bringe ich Sie wieder auf Ihre Bank, dann hole ich den Brief, und dann mache ich Ihnen einen Kaffee. Gut?«

»Danke. Übrigens habe ich im Gefrierschrank unter dem Kühlschrank noch einige Stücke scharfe Torte. Ich könnte etwas Nervennahrung brauchen. Was ist mit Ihnen?«

»Scharfe Torte? Das ist ja ein Ding. Wollen Sie mich etwa vom Thema ablenken?«, sinnierte er, während er sie sanft auf ihr Krankenlager bettete und zudeckte. Er ging zum Gefrierschrank und schaute hinein. »Ah, da. Ich stelle sie auf die Spüle. Dort kann sie auftauen.« Dann holte er den Brief und wandte sich ihr wieder zu. »Haben Sie eine Ahnung, wie der Brief auf die Türschwelle gekommen ist? Als ich heute Morgen nach draußen gegangen bin, war er noch nicht da. Ich hätte doch jemanden sehen müssen.« Kasslin war ins Haus gezogen, nachdem der Brand den Stall zerstört hatte.

»Nicht verzagen, Leah fragen«, orakelte Vicki.

Gleich darauf war klar, dass sie dringend herausfinden mussten, wer den Brief gebracht hatte. Er enthielt einen Zettel, auf dem stand:

Der Stall war die letzte Warnung. Übergeben Sie den Brief Ihrem Anwalt, oder Ihr gesamter Hof wird brennen. Schmalen hat bereits weitere Anweisungen erhalten, wagen Sie es also nicht, uns noch einmal eine Fälschung unterzujubeln oder die Polizei einzuschalten.

Kasslin knirschte verärgert mit den Zähnen.

Vicki stöhnte auf, griff nach ihrem Handy und wählte die Nummer von Piet Schmalen. Sie erklärte kurz, was in dem Brief stand. »Stimmt das mit den Anweisungen?«

»Ja, sie liegen hier vor mir. Die Übergabe soll wieder im Bistro de la Presse stattfinden, übermorgen. Ich wollte mich vorhin schon bei Ihnen melden, aber es kam überraschend ein Mandant vorbei«, erwiderte er. »Wir sollten uns unterhalten. Heute schaffe ich es nicht mehr, ich habe noch einige Termine, aber ich komme morgen vorbei. Machen Sie sich keine Sorgen. Wir kriegen das schon hin. Aber bitte nehmen Sie die Warnung ernst. Keine Polizei.«

Vicki verabschiedete sich und legte auf. »Wird das denn nie aufhören?«

Kasslins Kiefer mahlten. »Ich werde dafür sorgen, dass es aufhört«, erklärte er.

»Aber was können wir denn tun?«

»Verlassen Sie sich auf mich, Vicki. Ich werde nicht zulassen, dass Ihnen oder Elena etwas geschieht.« Er zögerte. »Ich wollte schon seit Tagen mit Ihnen darüber reden. Aber Sie waren so krank. Vicki, haben Sie dann gar keine Ahnung, wo Bros Brief sein könnte? Es wäre so wichtig.«

Sollte sie es ihm sagen? Sie konnte sich nicht entscheiden. Vicki trat die Flucht nach vorne an und explodierte. »Das weiß ich selbst, dass es wichtig wäre! Jeder macht mir hier irgendwelche Vorhaltungen. Ich habe kaputte Füße, aber mein Kopf ist noch ganz. Auch wenn ich derzeit das Gefühl habe, dass da statt Hirn nur Nebel herumwabert. Außerdem bin ich kein Kleinkind.«

»Hallo! Jemand tohuus?« Das war die Stimme von Hinnerk. Beladen mit mehreren Tüten stapfte er in die Küche. »Wat is denn hier los? Jemand doot?«

Kasslin deutete auf den Brief, der auf dem Küchentisch lag. Hinnerk ließ die Tüten fallen, las, wurde bleich und meinte: »Tovio, so goht das nich, wir müssen wat doon.«

Kasslin nickte. »Vielleicht solltest du noch einen Brief schreiben. Wir müssen uns überlegen, wie wir es schaffen, die Leute diesmal zu überzeugen. Vicki hat wegen der Übergabe schon mit Schmalen telefoniert, er macht es.«

»Polizei?«, fragte Hinnerk, während er eine Schale frische Erdbeeren auf den Tisch stellte und Erdbeereis ins Gefrierfach des Kühlschranks packte, für Elena, die das am liebsten mochte.

Kasslin schüttelte den Kopf. »Nein, vorerst nicht. Wollte Reuter heute nicht noch mal vorbeikommen? Wir müssen dafür sorgen, dass er keine Lunte riecht. Der Mann ist nicht dumm, er ahnt, dass hinter dem Tod der Frau mehr steckt, als wir ihm sagen wollen.«

Hinnerk wies auf die Tüten. »Kannst du die aneren Sachen inne Spieskammer doon? Ick denk, ick schriev den Brief besser glieks, damit Schmalen was zum Übergeben hat.«

»Wie, du schreibst einen Brief? Redet ihr etwa von Fälschungen? Warum weiß ich davon nichts?« Vicki klang äußerst verärgert, sie hatte es satt, dass die beiden Männer Pläne schmiedeten und besprachen, ohne sie darin einzubeziehen.

Hinnerk und Kasslin wandten sich ihr zu.

»Vicki, du bist im Gefängnis ween. Und wir mussten was doon. Wussten uns nicht anders zu helfen«, knurrte Hinnerk.

»Jetzt bin ich aber da. Und ich will alles wissen. Außerdem weiß ich noch gar nicht, ob ich Schmalen das machen lassen will.«

»Was soll dat denn nu?«, polterte Hinnerk. »Der Kerl is schließlich dein Anwalt.«

Vicki überlegte kurz, ob sie den beiden von dem Schlüssel erzählen sollte, entschied sich aber dagegen. Nicht nur Tovio und Hinnerk hatten Pläne und Geheimnisse. Erst musste sie genauer wissen, was die Männer während ihrer Abwesenheit getrieben hatten. Mit einer Neuigkeit musste sie jedoch herausrücken. »Ich hab Bros Brief gefunden. Er schreibt, wir können Schmalen nicht trauen. Zumindest glaube ich das. Bro scheint ihn gekannt zu haben, aber Schmalen hat das mit keinem Wort erwähnt.«

Jetzt hatte sie die ungeteilte Aufmerksamkeit der beiden Männer.

»Ich hätte das Haus noch unendliche Male danach durchsuchen können. Er war im Halsband von Max.« Sie griff unter ihr Kopfkissen und holte beides hervor.

Kasslin biss sich auf die Lippen, während er zuerst den Brief studierte und ihn dann an Hinnerk weitergab. »Kannst du dir einen Reim darauf machen?«, fragte er.

Hinnerk war beim Lesen bleich geworden. »Nee, nicht so richtig. Bro schribt, dass ich was wissen soll. Ich versteh aber bloß Bahnhof, das ist ja nur ein halber Brief. Wenn ich dat aber richtig interpretieren tu, können wir Schmalen tatsächlich nicht trauen.«

»Jetzt, wo wir den Brief haben – ich glaub, so etwas in der Art hat Kommissar Reuter auch schon gedacht. Schmalen hat ziemlich seltsam reagiert, als er ihm das Bild von dieser Annika Müller gezeigt hat, fand ich jedenfalls. Und der Kommissar wohl auch. Er hat sich dazu irgendwas notiert«, warf Vicki ein.

»Ich werd das klären. Wenn Piet Schmalen in der ganzen Sache drinsteckt, dann find ich das rut, das schwör ich. Ich kenn seinen Bruder ziemlich gut. Und der wird mir sagn, was hier los is.« Der alte Seebär wirkte regelrecht furchteinflößend in seinem Grimm. »Ich marschier am besten sofort los. Und du, Tovio, solltest Vicki endlich seggen, wat du ihr schon die ganze Zit vorschlagen wolltest. Jetzt, wo der Brief tatsächlich da ist. Die Deern hat es verdient, dass du mit offenen Karten spielst, auch wenn sie den ganzen Schlamassel selbst angerichtet hat.« Damit stapfte er hinaus.

»Mach ich«, rief Kasslin ihm hinterher.

»Was ist das nun wieder? Raus mit der Sprache.« So langsam wurde Vicki richtig wütend.

»Ich hab ja schon vorhin gesagt, dass ich dringend mit Ihnen reden muss.«

»Na, dann machen Sie das doch endlich. Hinnerk sagte, Sie haben einen Vorschlag.«

Er wand sich. »Vorausschicken muss ich, dass ich nicht der bin, als der ich mich bei Ihnen vorgestellt habe.«

»Haben Sie gedacht, ich bin dumm? Das ist mir schon eine ganze Weile klar.«

»Uff. Und ich dachte schon, Sie jagen mich gleich vom Hof.«

Vicki musste fast lachen über die Erleichterung in Kasslins Gesicht. »Na, vielleicht mache ich das ja auch noch. Nur Ihre Freundschaft mit Max hat Sie bisher davor bewahrt. Aber es wäre freundlich, wenn Sie mich jetzt endlich aufklären würden.«

»Ich bin ein Mitarbeiter des luxemburgischen Geheimdienstes …«

»… der den Brief meines Mannes haben will.«

»So ist es. Und der deshalb ein Angebot für Sie hat. Nur gab es ja bisher keinen Brief.«

»Stecken Ihre … Kollegen … hinter all dem?«

»Nein, das tun sie nicht. Wir sind keine Brandstifter oder Kindesentführer.«

Vicki schaute zweifelnd.

»Im Gegenteil, wir haben Ihnen doch sogar geholfen.«

»Sie meinen den Kredit?«

»Ja, ich spreche von dem Kredit.«

Vicki richtete sich in ihren Kissen auf. »Auf diese Weise können Sie Druck auf mich ausüben. Ganz uneigennützig ist diese Hilfe daher wohl nicht. Also? Was ist das für ein Vorschlag?«

»Jetzt haben wir zwar einen Brief, können aber nicht allzu viel damit anfangen«, wich er aus. »Anscheinend hat Ihr Mann die belastenden Hinweise, von denen er sprach, ja gar nicht in den Brief geschrieben, sondern in einem Schließfach deponiert. Dazu muss es irgendwo einen Schlüssel geben.«

Sie schaute ihn nur stumm an.

Er stutzte. »Oder haben Sie ihn vielleicht sogar schon, den Schlüssel?«

»Erst Ihr Vorschlag.«

Kasslin seufzte. »Sie sind sturer als ein Kameltreiber. Also gut. Ich möchte Ihnen eine Mitarbeit beim Geheimdienst anbieten. Nur in Ausnahmefällen natürlich. Es wird nicht oft sein, das verspreche ich. Zu Ihnen kommen immer mal wieder Kunden, die für uns interessant sein könnten. In dem Fall erbitten wir uns Informationen von Ihnen. Dafür bekommen Sie ein nicht unerhebliches monatliches Gehalt. Egal, ob Sie uns nun tatsächlich gerade Informationen über jemanden liefern oder nicht. Es wird hoch genug sein, dass Sie damit den Kredit abzahlen und mit Elena ein abgesichertes Leben führen können.«

»Ich soll also ein Spitzel werden.«

»So würde ich das nicht nennen.«

Vicki lächelte bemüht. »Aber ich. Sie versprechen mir einen Judaslohn. Und dafür wollen Sie den Brief.«

Er nickte. »Ja, und den Schlüssel, so es ihn gibt.«

Vicki schaute ihn eine Weile ausdruckslos an. »Gut. Ich bin dabei. Aber ich will noch etwas.«

»Vicki, übertreiben Sie es nicht. Das ist ein gutes Angebot.«

»Mag sein. Ich halte es nur für eine andere Art Maulkorb. Das ist meine Bedingung: Ich will wissen, wer Bro getötet hat. Der luxemburgische Geheimdienst hat andere Möglichkeiten als ich, das herauszufinden. Womöglich wissen Sie es schon, halten es aber unter der Decke. Aus welchen Gründen auch immer.«

Kasslin stöhnte auf. »Ich sehe schon, Sie werden in diesem Punkt nicht mit sich reden lassen. Also gut. Ich bespreche das mit meinen Vorgesetzten. Aber warum wollen Sie den Namen wissen? Reicht es Ihnen nicht, wenn ich Ihnen verspreche, dass wir den Mörder Ihres Mannes ausfindig machen und zur Rechenschaft ziehen werden? Was wollen Sie denn tun? Selbst Rache üben?«

»Sie sagten Mörder. Also kennen Sie ihn. Ein Mann. Wer, Kasslin, wer ist es? Warum sagen Sie es mir nicht?«

Er schüttelte den Kopf. »Nein, das war nur eine ganz allgemeine Formulierung. Ich weiß nicht, wer es war, ich bin mir allerdings tatsächlich ziemlich sicher, dass wir das herausfinden können. Und werden. Wir brauchen den Schlüssel. Ich muss aber erst mit meinen Vorgesetzten sprechen.«

»Also, dann machen Sie das.« Vicki Peters saß jetzt aufrecht in ihren Kissen. Sie wirkte wie ein Panther auf dem Sprung. »Jetzt gleich. Sie haben doch mit Sicherheit ein Telefon, so etwas wie eine Geheimnummer, ach, was weiß ich. Sagen Sie Ihren Leuten, sie bekommen den Brief und den Schlüssel von mir, aber nur unter dieser Bedingung. Und ich will die Unterlagen sehen, die Bro möglicherweise im Schließfach deponiert hat.«

Kasslin zögerte. Dann sagte er: »Nein. Nein, das ist *meine* Bedingung. Sie werden nichts davon zu Gesicht bekommen. Dieses Wissen ist gefährlich. Es hat Ihren Mann das Leben gekostet. Vicki, wenn Sie mir den Schlüssel nicht einfach so aushändigen wollen, ist der Deal geplatzt. Ich werde … ich werde nicht zulassen, dass Sie in weitere Gefahr geraten, meine … Liebe.«

Hatte er das jetzt wirklich gesagt? Vicki konnte spüren, wie ein weiterer Teil des Eispanzers, der sich nach Bros Tod um ihr Herz gelegt hatte, einen Riss bekam, abrutschte und zu schmelzen begann. *Meine Liebe.* Plötzlich war sie sich sicher, dass sie diesem Mann vertrauen konnte.

»Also gut«, meinte sie leise. »Worauf warten Sie, telefonieren Sie endlich.«

»Aber nicht hier. Noch sind Sie keine Kollegin von mir.« Er lächelte schief.

»Immer diese Geheimniskrämerei …« Sie lächelte ebenfalls und sah ihm nach, als er aus dem Zimmer ging.

Nur wenige Minuten später war er zurück. Er wirkte entspannter. »Sie haben zugestimmt. Und wo ist jetzt der Schlüssel?«

Vicki blieb hart. »Den bekommen Sie, wenn ich den Namen des Mörders meines Mannes kenne.«

»Mein Chef hat mir versprochen, dass er mich heute noch anruft.«

»Na, dann hoffen wir, dass wenigstens Ihr Chef sein Wort hält.« Vicki wusste, dass das – eigentlich gegen ihren Willen – recht sarkastisch klang. Sie hatte inzwischen einen Entschluss gefasst: Sie würde persönlich dafür sorgen, dass das ein Ende hatte. Bros Mörder würde büßen. Aber das wollte sie selbst regeln. Auf ihre Weise.

***

Es war später Nachmittag, Elena war aus der Schule gekommen und inzwischen bei Leah, als Hinnerk zurückkehrte. Sein Gesicht wirkte versteinert.

»Und, was ist mit Schmalen?«, erkundigte sich Vicki.

»Ja, was ist mit Schmalen?«, fragte auch Kasslin, der Hinnerk hatte kommen sehen und von der Stallbaustelle in die Küche geeilt war.

»Ich weiß nur so viel: Piet Schmalen is Kunde beim Escort-Service von Danice Schmidt und Annika Müller«, sagte Hinnerk.

Kasslin sah ihn prüfend an. »Ach. Und wenn das so ist, wieso hat er dann so getan, als würde er Annika Müller nicht kennen, als Reuter ihm deren Bild gezeigt hat? Das ist doch unter diesen Umständen eher unwahrscheinlich. Meinst du, die Frauen haben zusammengearbeitet, und Schmalen steckt mit ihnen unter einer Decke? Und zwar nicht nur in Liebesdingen? Ich finde, wir sollten darüber mit Reuter reden. Ist ein guter Mann. Vielleicht weiß er mehr.«

Reuter wusste tatsächlich mehr, als er schließlich eintrudelte. Er hatte tiefe Ringe unter den Augen, sah übermüdet aus. Hinnerk braute ihm einen starken Kaffee.

»Damit könnten Sie Tote aufwecken«, stellte der Kriminaloberkommissar nach dem ersten Schluck fest. »Stark und heiß wie die Hölle.«

»Also, was ist?«, erkundigte sich Kasslin ungeduldig.

Reuter maß ihn mit einem misstrauischen Blick, dann schaute er fragend zu Vicki und Hinnerk.

»Sie können reden, Herr Kasslin ist ein Freund. Er ist eingeweiht«, erklärte Vicki.

»Ach, Sie sind das«, antwortete Reuter gedehnt. »Soso, eingeweiht. Na, dann weiß ich ja, über welche Kanäle das lief.«

»Was lief?«

»Ich bekam einen Anruf von ganz oben. Ich wurde aufgefordert, die Angelegenheit Victorine Peters sehr diskret zu behandeln, mit viel Fingerspitzengefühl, da von höherer Stelle aus ebenfalls Ermittlungen liefen. Weshalb und gegen wen, wollte die höhere Stelle mir aber nicht sagen, nur dass es sich um Nachforschungen im Zusammenhang mit einem Autounfall handeln soll, der aber schon eine Weile her ist. Können Sie mir dazu vielleicht Auskunft geben, Frau Peters?«

»Nein, kann sie nicht«, erklärte Kasslin schnell.

»Soso. Hm. Aha.«

»Und was wollten Sie mir nun erzählen?«, fragte Vicki.

Reuter lachte. »Wenn ich Ihnen jetzt über den Stand der Ermittlungen Auskunft gebe, erwarte ich aber auch, dass Sie endlich aufhören zu mauern. Also?«

Vicki nickte brav.

»Wir haben Elenas Entführer noch nicht finden können. Danice Schmidt muss aber Komplizen gehabt haben, das hat Ihre Kleine ja auch gesagt. Unsere Techniker versuchen gerade herauszufinden, von wo aus die Videokamera gesteuert wurde, mit der man Ihre Tochter beobachtet hat. Es muss ein Haus in der Nähe gewesen sein. Die Funkreichweite der Kamera ist nicht allzu groß. Und wir haben Annika Müller, die Geschäftspartnerin und frühere Wohnungsgenossin von Danice Schmidt, eingehend zu ihrem Verhältnis zu der Toten und der Entführung befragt.«

»Annika Müller«, sagte Vicki. Sie war bleich. »Steckt sie da mit drin?«

»Nun, wir haben die Dame jedenfalls mal etwas näher durchleuchtet. Und dabei sehr erstaunliche Dinge zutage gefördert. Beispielsweise, dass Ihr Anwalt, Piet Schmalen, der sehr merkwürdig gezögert hat, als ich ihm das Foto der Dame zeigte, stiller Teilhaber von Annika Müllers Escort-Service ist – und vermutlich auch ihr Liebhaber. Anscheinend kennen die beiden sich schon eine ganze Weile. Ich nehme an, das hat er Ihnen gegenüber nicht erwähnt, als er Ihre Verteidigung übernahm?«

»Nein, das hat er keineswegs.«

»Das heißt, wir können davon ausgehen, dass er auch Danice Schmidt kannte. Und noch etwas: Im Zuge der eingangs erwähnten Suche nach dem Signalempfänger der Kamera befragen meine Kollegen derzeit die Anwohner in der Gegend, und nun raten Sie mal, wem ein Haus ganz in der Nähe gehört? Piet Schmalen. Ihrem Anwalt. Der mehr und mehr in den Fokus unserer Ermittlungen gerät. Wir bereiten gerade eine Hausdurchsuchung vor. Zwar wissen wir noch nicht sicher, ob er eine Rolle bei der Entführung gespielt hat, aber unwahrscheinlich ist das nach Lage der Beziehungen nicht. Vielleicht waren Danice Schmidt, Annika Müller und Piet Schmalen Komplizen.«

»Und Danice Schmidt musste sterben, weil sie nicht so agierte, wie sie sollte.«

»Sie hätten Polizistin werden sollen. Ja, das vermuten wir jedenfalls. Was ich damit eigentlich sagen will: Trauen Sie Schmalen nicht. Ich glaube langsam, dass er in Ihrem Fall seine eigenen Interessen verfolgt.«

Vicki beschloss spontan, es ihm zu sagen: »Es gibt einen neuen Drohbrief der Entführer.«

»Und das sagen Sie mir so nebenher? Was steht drin?«

»Dasselbe wie im ersten. Nur drohen sie diesmal damit, den Hof anzuzünden, wenn ich ihnen Bros Brief nicht gebe. Tut mir leid, ich hätte das von Anfang an sagen müssen. Mein Mann hat tatsächlich Informationen über die Hintermänner des Bombenattentates im Dezember 1985 beim EU-Gipfeltreffen am Kirchberg aufgeschrieben.« Vicki griff unter ihr Plumeau und reichte dem Kriminaloberkommissar Bros Brief.

Reuter zog Einmalhandschuhe aus der Tasche. »Vermutlich hat jeder hier im Raum schon mal darauf rumgetatscht, was?« Er seufzte. Er las. Vicki hörte einen Schnaufer. »*Das* also ist es. Ich dachte mir so was schon. *Diese* Aufzeichnungen wollten die Entführer. Haben Sie eine Ahnung, wie die drauf gekommen sein könnten, dass der Brief, den Schmalen übergeben hat, gefälscht war?«

Vicki, Kasslin und Hinnerk schüttelten ihre Köpfe.

Der Blick, mit dem Reuter sie maß, machte mehr als deutlich, dass er ihnen nicht glaubte. Aber er ging nicht darauf ein. »Ja dann«, meinte er nach einer Pause. »Jetzt wundert mich nichts mehr.«

»Was wundert Sie jetzt schon wieder nicht mehr?«, fragte Hinnerk.

»Bro Peters hat drei Namen aufgeschrieben, und zwar exakt dieselben Namen, die ich eben genannt habe. Wenn das den Zusammenhang nicht bestätigt, weiß ich auch nicht. Aber Schmalen muss gewusst haben, dass der Brief eine Fälschung war. Und jetzt frage ich Sie ein weiteres Mal: Woher kann er das gewusst haben?«

Keine Antwort.

Reuter grinste schief. »Ach ja, ich vergaß, Sie wissen ja nichts von einem gefälschten Brief.«

Das war Ironie pur.

Wieder gab es eine Pause, ehe der Kriminaloberkommissar fortfuhr. »Lassen Sie es mich so sagen. Ich persönlich habe nie so recht geglaubt, dass Sie Danice Schmidt umgebracht haben könnten, Frau Peters.«

»Danke«, sagte Vicki und fragte sich, wieso Reuter diese Bemerkung gemacht hatte. Er tat nichts ohne Grund. »Also hängen der Mord an Danice Schmidt, die Entführung und die Brandstiftung alle irgendwie miteinander zusammen, das wollten Sie doch sagen?« Sie versuchte sich an einem Lächeln.

»Es gibt Indizien. Schmalen hat Himmel und Hölle in Bewegung gesetzt, um Sie aus dem Gefängnis zu bekommen. Hat alle seine Kontakte genutzt. Ein solches Engagement ist sehr ungewöhnlich für einen Anwalt. Normalerweise bleiben die privaten Kontakte außen vor. Es machte für uns also durchaus Sinn, diese Kontakte mal zu durchleuchten: Piet Schmalens Bruder Leon gehörte Mitte der achtziger Jahre zur Mobilen Brigade. Vielleicht wollte er ihn mit diesen Aktionen schützen und deshalb unbedingt an den Brief kommen, was meinen Sie?«

»Ich weiß es nicht. Wirklich.«

Hinnerk mischte sich ein. Seine Stimme klang hart. »Wenn Sie schon so viel wissen, warum verhaften Sie Schmalen und diese Annika …«

»Müller.«

»… diese Annika Müller eigentlich nicht?«

»Weil wir zwar Indizien und Widersprüche, aber noch nicht genügend Beweise haben. So viel ist mir jetzt jedenfalls klar: Er musste Sie aus dem Gefängnis bekommen, Frau Peters, um an die Aufzeichnungen zu gelangen. Warum haben Sie die denn nicht einfach übergeben? Und uns dazugerufen? Dann hätten wir ihn vielleicht dingfest machen können. Nun gut, ich kann ja verstehen, dass Sie Probleme haben, der Polizei zu vertrauen. Trotzdem, vielleicht wäre Ihnen viel erspart geblieben. Übrigens, jetzt, wo ich so darüber nachdenke. Was halten Sie davon, wenn wir das nachholen, wenn Sie Schmalen die echten Aufzeichnungen übergeben? Wir behalten ihn und Annika Müller im Auge und schauen mal, was dann passiert. So kommen wir vielleicht schneller zum Ziel als über langwierige Ermittlungen.«

Was jetzt? Was sollte sie sagen? Vicki schaute fragend zu Kasslin. Der nickte.

Als Reuter gegangen war, brach auch Hinnerk noch einmal auf. Er war kalkweiß. »Ick hav noch wat to doon«, erklärte er auf die fragenden Blicke von Vicki und Tovio hin und stapfte aus dem Raum, ohne sich weiter um die erstaunten Gesichter zu kümmern.

Zu diesem Zeitpunkt hatte Kasslins Vorgesetzter noch immer nicht angerufen. Und die Einkaufstüten standen weiterhin unausgepackt in der Küche. Nur von den Erdbeeren waren nicht mehr viele übrig: Elena war vom Spielen mit den Zwillingen nach Hause gekommen.

Die Kleine war längst im Bett, als Tovio und Vicki in der Küche zusammensaßen und auf den Anruf warteten. Sie schwiegen.

Da läutete Tovios Handy. »Ja?« Er schwieg eine Weile. »Sind Sie da sicher? Nur drei Häuser vom Turm entfernt? Woher wissen Sie das? – Mitgehört? Bei wem mitgehört? – Das ist ja ein Ding. Also stimmt es tatsächlich.« Und schließlich: »Ist gut.«

»Was haben die mitgehört?«, erkundigte sich Vicki, als er aufgelegt hatte.

Kasslin schüttelte den Kopf. »Kann ich Ihnen nicht sagen. Geheimsache. Jedenfalls: Sie bekommen Ihren Willen. Das gerade eben war die Zusage. Bitte haben Sie noch ein bisschen Geduld. Ich schwöre, dass ich erfahren werde, wer Ihren Mann getötet hat.«

Vicki schaute auf die Erdbeeren, dachte an die Abende, an denen sie sich die Erdbeermilch gebraut hatten und danach hinaufgegangen waren, um sich zu lieben. Wie hatte Bro doch beim letzten Mal, am Abend, ehe sie ihn umgebracht hatten, lachend gesagt: »Ich weiß, ich weiß. Die frischen Erdbeeren und der Koriander symbolisieren die Venus; Ingwer und schwarzer Pfeffer stehen für den Mars … mit diesem stimulierenden Liebestrank kommt man sich auf jeden Fall näher!« Das würde sie nie vergessen. Nein, nie. Und dennoch. In diesem Augenblick war Bro weit weg. In einer anderen Welt.

»Tovio«, sagte sie leise, »ich hätte jetzt Lust auf eine Erdbeermilch mit Eis. Wenn ich Ihnen sage, wie das geht, könnten Sie uns die dann machen? Und die Torte müsste inzwischen auch aufgetaut sein.«

»Ach, Vicki, eine volle Dröhnung Nervennahrung?«, antwortete Tovio. »Natürlich. Und dann sollten wir uns endlich duzen. Ich finde, man kann zu scharfer Torte mit Erdbeermilch wunderbar darauf anstoßen.«

Was sie auch taten. Verbunden mit einem spontanen Kuss. Einem warmen, liebevollen, zärtlichen Kuss. Einem, der in Vicki den Wunsch nach mehr weckte.

Scharfe Torte

125 g Butter schmelzen, nicht ganz flüssig werden lassen, sie soll nicht mehr heiß sein, wenn sie zum Teig kommt. 125 g Bitterschokolade (Kuvertüre geht auch, schmilzt schöner) hacken und schmelzen. Etwas frischen Ingwer hineinreiben. Zur Not geht auch Ingwerpulver. Dazu eine Spur gemahlene Bourbonvanille und Chili aus der Mühle (keine frische, das lässt sich nicht wirklich dosieren). Im Winter passt auch noch ein Hauch Nelken und Zimt dazu, im Sommer ein wenig Zitronen- oder Limettenschale und ein Schuss Alkohol (nach Geschmack Whisky, Cognac oder Rum).
4 Eier trennen und die Eigelbe mit 125 g Zucker schaumig rühren, bis der Zucker TOTAL aufgelöst ist (ich nehme Puderzucker), 100 g geschälte, fein geriebene Mandeln hineinrühren. Dann die weiche Butter und die Schokolade unterrühren.
Die 4 Eiweiße sehr steif schlagen und unter den Teig HEBEN (nicht rühren). Anschließend 1 EL Speisestärke darübersieben und noch einmal behutsam durchmischen.
Eine Springform mit Back- oder gefettetem Pergamentpapier auskleiden und den Teig hineinfüllen. Den Ofen bei 200 °C Ober-/Unterhitze auf der mittleren Schiene ca. 35–40 Minuten backen (ich mache das immer ohne Vorheizen, bei Heißluft reichen 170 °C).

Rote Glut, für 2 Personen

400 ml Milch erwärmen, in 2 hohe Tassen schütten und je 1 Stückchen Ingwer und 1 TL Koriander hinzufügen. 5 Minuten ziehen lassen. Dann für 1 Stunde in den Kühlschrank stellen.
250 g Erdbeeren putzen, das Grünzeug entfernen (2 Erdbeeren als Deko verwahren) und zusammen mit 2 Portionen Erdbeereis, der gewürzten Milch sowie schwarzem Pfeffer und Zimt (nach Geschmack jeweils eine tüchtige Prise) mixen.
Nur Küsse schmecken besser …

KAPITEL ZWANZIG,

in dem eine Mutter ihre Tochter tröstet, ein Mann seinen Freund zur Rede stellen will, Vicki erfährt, wer der Mörder ihres Mannes ist – und Cupcakes backt.

In dieser Nacht bekam Vicki erneut nur wenig Schlaf. Der Abend, die Wärme der Zweisamkeit mit Tovio hielten sie wach. Und der Gedanke an Piet Schmalen. Er tat so großzügig, freundlich, mimte den hilfsbereiten Anwalt – und nun steckte er womöglich hinter der Entführung von Elena. Sie spürte blanken Hass auf diesen Mann, der ihre Tochter in eine solche Lage gebracht hatte.

Von oben kam ein Wimmern. Elena schrie und weinte noch immer oft im Schlaf. Deswegen hatte sich Hinnerk bei ihr einquartiert. Hinnerk. War der überhaupt schon zurückgekehrt? Sie hatte ihn nicht kommen hören.

Vicki richtete sich auf, griff nach den Krücken und schob die Füße langsam über den Rand der Küchenbank auf den Boden. Sie musste nach ihrer Tochter sehen. Langsam humpelte sie los. Es tat zwar noch immer weh, aber es ging. Vor allem war ihr nicht mehr so schwindlig. Dennoch war das Treppensteigen mühsam. Sie zog sich am Geländer hoch.

Erneut drang ein Wimmern aus Elenas Zimmer. Vicki beeilte sich ein bisschen mehr.

Ihre Kleine lag mit hochrotem Gesicht völlig verschwitzt im Bett. Sie murmelte etwas im Schlaf. Es klang ängstlich, als würde sie sich vor jemandem fürchten. »Nein, nicht«, dann wieder dieses Wimmern.

Vicki setzte sich auf den Bettrand. »Elena, Schatz, ich bin's. Mama ist da. Alles ist gut, du bist daheim«, raunte sie, während sie ihrer Tochter über den Kopf strich.

Elena schreckte hoch. »Mama! Mama, geh nicht wieder weg.«

Vicki brach es fast das Herz. »Ich geh nicht wieder weg. Weißt du was, ich lege mich jetzt zu dir, und dann halten wir uns gegenseitig fest.«

Gegen vier Uhr morgens hörte sie das Klingeln eines Telefons in Tovio Kasslins Zimmer. Es lag gleich neben ihrem. Sie schaute zu ihrer Tochter. Elena schlief inzwischen tief und fest. Aus einem Impuls heraus löste sie sich sanft aus ihrer Umarmung, stand auf, humpelte aus dem Zimmer und legte ihr Ohr an die Türe nebenan.

***

»Wenn du mir jetzt nicht sofort sagst, wo Leon ist, dann nehme ich hier alles auseinander.« Hinnerk war so wütend, dass er weder Platt noch Schwäbisch sprach.

Pearl legte ihm begütigend die Hand auf den Arm. »Nun beruhige dich doch. Hinnerk, so kenn ich dich gar nicht. Ich sagte dir doch schon, ich weiß nicht, wo Leon ist. Er pflegt sich nicht von mir zu verabschieden. Um Himmels willen, was ist denn los? Ich habe noch nie erlebt, dass du dich so aufführst. Du bist mir völlig fremd.«

»Ich muss ihn sprechen. Sofort. Ich habe schon alle Nummern abtelefoniert, unter denen er sonst zu erreichen ist. Ich suche ihn seit Stunden an jedem Ort, der mir eingefallen ist. Nichts. Glaubst du, er hat sich davongemacht?«

Pearl schaute ihn fassungslos an. »Warum sollte er das tun? Was ist nur passiert? Ich dachte, ihr wärt Freunde.«

»Ich kann dir nicht sagen, worum es geht. Aber Pearl, falls du ihn triffst …«

»Ja, dann werde ich ihm sofort sagen, dass du ihn suchst.«

Hinnerk schüttelte den Kopf und sah sie bittend an. »Nein, tu das nicht. Versuche herauszufinden, was er treibt. Dann informiere mich so schnell du kannst. Es ist besser, wenn ich *ihn* finde. Vor allem aber wäre es besser, wenn ich ihn überraschen kann. Würdest du das für mich tun? Ich würde dich nicht bitten, wenn es nicht wirklich wichtig wäre.«

Pearl nickte. »Natürlich. Aber willst du mir nicht wenigstens sagen …« Sie brach ab, als sie Hinnerks versteinerte Miene sah. »Es ist etwas Schlimmes geschehen, nicht wahr? Hat Leon etwas Schlimmes getan?«

»So kann man das sagen.«

»Hinnerk, tu nichts Unüberlegtes. Leon ist doch dein Freund.«
»Das dachte ich auch«, murmelte Hinnerk rau.

***

Der Anruf des Reglers hatte Tovio Kasslin aus dem Tiefschlaf geholt.

»Es war Schmalen. Piet Schmalen.«

»Piet Schmalen hat Bro Peters über den Haufen gefahren?«

»Ja. Wahrscheinlich hat Annika Müller ihn angestiftet. Der Mann ist ihr hörig. Gemeinsam mit Danice Schmidt haben sie die Entführung der Kleinen ausgeheckt, um ans Geld zu kommen, das Bro Peters veruntreut hat. Rund drei Komma fünf Millionen Euro, die wie vom Erdboden verschwunden sind. An die wollten sie. Möglich, dass Bro Peters bei dem Unfall gar nicht sterben sollte, sie wollten ihn vielleicht nur unter Druck setzen, ihm klarmachen, was es ihn kostet, wenn er nicht redet. Dann kam aber alles ganz anders, und er ist auf der Straße verblutet. Na ja, und dann kam wohl auch noch die persönliche Schiene dazu. Sagte ich schon, dass Annika Müller ein Kind von Bro Peters hat? Sie war schwanger, als er sie wegen Danice Schmidt fallen ließ, hat das Kind heimlich bekommen. Würde mich nicht wundern, wenn sie danach liebend gern die Gelegenheit ergriffen hat, mit Piet Schmalens Hilfe einen kleinen Unfall zu organisieren.«

Kasslin atmete tief durch, diese Nachricht musste er erst mal verdauen. »Annika Müller war also schwanger von Bro Peters und hat das Kind auch bekommen? Besser, Vicki Peters erfährt nichts davon. Sie hat genug mitgemacht. Was ist mit dem Bruder des Anwalts, Leon Schmalen?«

»Ich glaube, der wusste anfangs von nichts. Er wurde erst eingespannt, als Annika und Piet begriffen, dass er mit Hinnerk Peters befreundet ist und von diesem um Hilfe gebeten wurde. Ich nehme mal an, Piet Schmalen hat auf emotional gemacht und die Bruder-Karte gezogen. Dadurch saß Leon Schmalen mit einem Schlag zwischen allen Stühlen, musste sich zwischen Freundschaft, Kollegen und Familie entscheiden. Die Familie hat anscheinend gesiegt.«

»Er musste dazu nichts weiter tun, als einfach seinen Bruder Piet als Anwalt vorzuschlagen.«

»Genau.« Der Regler lachte leise.

»Was für ein Coup. Auf diese Weise hatten sie alles unter Kontrolle.« Kasslin schwieg für einen kurzen Moment. »Also hat Piet Schmalen Bro Peters über den Haufen gefahren. Und ich habe nun das zweifelhafte Vergnügen, Vicki Peters mitteilen zu dürfen, dass ihr eigener Anwalt der Mörder ihres Mannes ist.«

»Sagen Sie ihr aber auch, dass es sehr unangenehm für sie werden wird, wenn sie die Papiere nicht beibringt. Dann können auch Sie die Frau nicht mehr beschützen. Das soll ich Ihnen ausrichten.«

»Sie wird uns die Aufzeichnungen überlassen«, erklärte Kasslin grimmig. »Noch was anderes: Was machen wir mit der Polizei? Da gibt es einen Kommissar namens Peter Reuter, ich glaube, der ist mit seinen Ermittlungen sehr nah dran.«

»Das überlasse ich Ihnen.« Es klickte in der Leitung.

Kasslin hielt es nicht in seinem Zimmer. Er ging hinunter in die Küche. Doch dort war Vicki nicht. Er stieg wieder in den oberen Stock und öffnete leise die Türe zu Elenas Zimmer. Er hatte richtig vermutet. Da lagen Mutter und Tochter, friedlich schlafend, Arm in Arm. Kasslin beschloss, sie schlafen zu lassen. Er konnte ihr den Namen des Mörders von Bro Peters auch noch in einigen Stunden nennen.

Allerdings redete er zuvor schon mit Hinnerk Peters darüber, der zwei Stunden später zur Haustüre hereinkam. Er erzählte ihm auch von dem Zwiespalt, in dem sich sein Freund Leon befunden haben musste.

»Wir werden Vicki sagen, wer Bro umgebracht hat, Leon werde ich später zur Rede stellen«, erklärte Hinnerk daraufhin. »Wo ist sie überhaupt?«

»Oben, im Bett bei Elena. Die Kleine hatte wohl wieder Alpträume.«

»Dann sollten wir sie vielleicht wecken, Elena muss doch in die Schule.«

Kasslin grinste. »Hinnerk, mein Freund, du wirst langsam tüddelig, so sagt ihr Norddeutschen doch? Heute ist Sonntag.«

»Na, dann kann es ja nicht schaden, wenn wir ebenfalls noch 'n betken schlafen tun, was?«

»Nee, kann nicht schaden.«

***

Vicki war schnell wieder in ihr Zimmer gehuscht, als sie begriffen hatte, dass Kasslin das Gespräch gleich beenden würde, und hatte sich schlafend gestellt. Sie war liegen geblieben, bis es im Haus still geworden war. Zwei Sätze echoten in ihrem Kopf, während sie wartete und Elenas leisem Atmen lauschte. Sätze, gesagt mit der Stimme von Tovio Kasslin, die für sie direkt aus der Hölle zu kommen schienen. Dumpf hatte die Stimme geklungen. Dumpf und kalt.

»Piet Schmalen hat Bro Peters über den Haufen gefahren?«

»Piet Schmalen hat Bro Peters über den Haufen gefahren?«

»Piet Schmalen hat Bro Peters über den Haufen gefahren?«

Und Annika Müller hatte ein Kind von ihrem Mann. Noch eine Geliebte von Bro, diesmal mit Folgen, die Vicki bewiesen, dass sie nicht die Einzige für ihn gewesen war.

Alles in Vicki war zu Eis gefroren, jedes Gefühl, jedes Lachen gestorben. »Piet Schmalen hat Bro Peters über den Haufen gefahren?«, diese Frage war das letzte Lebendige an und in ihr.

Sie humpelte hinunter in die Küche und trug alle Zutaten für Chili-Schoko-Cupcakes mit Kirschfüllung zusammen. Es ging langsam, aber es ging. Dem Teig für vier der Cupcakes fügte sie noch eine letzte tödliche Zutat hinzu. Sie gehörte zu Bros wenigen Hinterlassenschaften. Vicki hatte sie eigentlich schon längst fortwerfen wollen, aber nie gewusst, wie, hatte Bedenken gehabt, dass das Gift vielleicht auf der Müllkippe von einem Tier gefressen werden könnte oder dass jemand es aus der Mülltonne holte, ein Landstreicher vielleicht, und zu Schaden kam. Doch jetzt *wollte* sie, dass jemand zu Schaden kam.

»Die tödliche Dosis Aconitin liegt für einen Erwachsenen bei circa fünf Milligramm. Deshalb wurde es – in Form des Blauen Eisenhutes – früher für Pfeil- und Ködergifte, Hexensalben und als Mordgift verwendet«, hatte Bro ihr eingebläut. »Sei also vorsichtig.«

Komisch, sie hatte ihren Mann nie gefragt, woher er das Gift hatte und wofür er es brauchte. Jetzt würde es dazu dienen, seinen Mörder umzubringen.

Als die Cupcakes fertig waren, packte sie die besonderen vier in einen Geschenkkarton mit Herzchen darauf und legte einen Zettel hinein: »Dem besten Anwalt auf der ganzen Welt«. Dann bestellte sie unter falschem Namen einen Lieferdienst.

Piet Schmalen bekam das unerwartete Geschenk um neun Uhr. Er war gerade aufgestanden.

»Dem besten Anwalt auf der ganzen Welt«, las er und lächelte, als er die Cupcakes sah. Wer die unbekannte Bäckerin wohl sein mochte? Egal. Die Cupcakes dufteten verführerisch, er hatte Hunger, noch nicht gefrühstückt. Außerdem hatte er nicht viel Zeit. Er wollte zu Annika Müller.

Piet Schmalen aß zwei Cupcakes sofort, den dritten verzehrte er während der Autofahrt zu seiner Geliebten. Nachdem er seinen Wagen an der Straße abgestellt und verschlossen hatte, nahm er sich genüsslich auch noch den letzten Cupcake vor. Den Zettel und den Geschenkkarton warf er im Vorbeigehen in eine Mülltonne vor einem der angrenzenden Häuser.

***

Kasslin fand Vicki gegen zehn Uhr dreißig friedlich schlafend auf der Küchenbank. Auf dem Tisch standen Cupcakes. Er wollte sie gerade wecken, als auch Hinnerk in der Küchentür erschien. »Hm, hier duftet es herrlich.« Er rieb sich den Magen. »Ich hab einen Bärenhunger.«

Von diesen Worten wachte Vicki auf. Sie war sofort voll da. »Und?« Sie schaute Kasslin fragend an.

Er verstand, was sie ihn fragen wollte. »Ja, ich weiß den Namen.«

Vicki erhob sich, schob den Küchentisch zur Seite und krabbelte auf allen vieren unter die Eckbank. Nach einer Weile erschien sie mit einem Schlüssel in der Hand. »Der gehört zu einem Bankschließfach. Da sind die Aufzeichnungen drin. Und jetzt will ich den Namen wissen.«

»Schließfach – ich kümmere mich«, meldete sich Hinnerk zu Wort. »Übrigens, Tovio, da is noch einer, der den Brief will. Du weißt, wen ich meine.«

Tovio nickte. »Weiß ich. Gamma. Mit dem wird der SREL schon einig werden. Jetzt, wo Vicki unsere Mitarbeiterin ist, stehen wir auch für sie ein.«

Vicki schüttelte den Kopf, als Hinnerk nach dem Schlüssel greifen wollte. »Nein, Hinnerk, den bekommt Tovio. Wir haben einen Vertrag geschlossen. Ich halte hiermit eine Zusage ein. Und jetzt will ich, dass er seine auch einhält. Laut und deutlich. Wie heißt der Mann, der Bro umgebracht hat? Ich will den Namen.«

Kasslin ahnte nicht, dass Vicki ihn schon längst kannte. Doch sie musste einfach wissen, ob er seine Versprechen hielt. Ob er ein Mann war, auf den sie sich verlassen konnte, oder ob er sie belog.

Er hielt sein Versprechen.

Zu diesem Zeitpunkt lag Piet Schmalen schon im Sterben. Im Bett von Annika Müller.

Der herbeigerufene Notarzt glaubte nicht an ein natürliches Ableben des kurz nach seinem Eintreffen verstorbenen Patienten. Piet Schmalen war nach dem ersten Augenschein ein kerngesunder Mann gewesen. Ähnlich dachten auch die Ermittler der Trierer Mordkommission, insbesondere nachdem Polizeioberkommissar Peter Reuter ihnen seine Ermittlungsergebnisse mitgeteilt hatte. Die eilig anberaumte Obduktion ergab, dass bei dem Tod von Piet Schmalen Gift im Spiel gewesen war. Als Tatwerkzeug identifizierten die Toxikologen einen Cupcake, der angebissen auf dem Küchentisch gelegen hatte. Annika Müller wurde verhaftet. Mordverdacht. Streit unter Komplizen im Zuge einer gemeinsam geplanten und durchgeführten Entführung aus Habgier. Annika Müller räumte die Entführung nach langen Stunden des Verhörs ein, gab aber an, nur davon gewusst zu haben. Sie sei nicht die Frau mit der Maske gewesen. Außerdem behauptete sie steif und fest, der vergiftete Cupcake stamme nicht von ihr, sondern sei von Schmalen selbst in die Wohnung mitgebracht worden. Niemand glaubte ihr. Trotzdem durchsuchte die Polizei Schmalens Wohnung, in der kein einziger Krümel sichergestellt werden konnte, und klapperte sogar die Geschäfte ab, die auf dem Weg von Schmalens Wohnung zu der von Annika Müller lagen. Der Anwalt war in keinem davon gewesen.

***

Am Dienstagnachmittag erschien die Polizei in Person von Kriminaloberkommissar Reuter noch einmal auf dem Petershof und berichtete dessen Bewohnern von Schmalens Tod.

»Wir haben den Körper obduzieren lassen«, erklärte er. »Der Mann wurde ermordet. Tatverdächtig ist Annika Müller, sie befindet sich in Untersuchungshaft. Trotzdem müssen wir sichergehen und andere Verdächtige ausschließen.« Er schickte einen bedeutsamen Blick in die Runde. »Immerhin hat es den Anschein, dass Frau Müller und Ihr Anwalt gemeinschaftlich die Entführung Ihrer Tochter geplant und durchgeführt haben, Frau Peters. Da kann man schon mal wütend werden.«

»Ah, und jetzt wollen Sie wissen, ob wir ein Alibi haben. Wo und wann ist Schmalen denn gestorben?«, fragte Kasslin nach.

Reuter informierte ihn darüber. Kasslin und Hinnerk konnten ohne groß lügen zu müssen bestätigen, dass Vicki zum Zeitpunkt von Schmalens Tod und auch in den Stunden davor mit ihnen zusammen gewesen war.

Vicki widersprach nicht. Von Cupcakes redete niemand, es gab dazu auch keine Veranlassung. Die waren schließlich längst aufgegessen.

Chili-Schoko-Cupcakes mit Kirschfüllung

Muffinblech mit Papierförmchen auslegen und ggf. Backofen vorheizen. Für den Teig 100 g Mehl, 75 g Kakaopulver, 1 TL im Mörser zerriebene Chiliflocken, ½ TL Backpulver, ¼ TL Natron, ¼ TL Zimt und ¼ TL Salz in eine Schüssel sieben und alles gut vermischen. 100 g Butter, 150 g Zucker und ½ TL Vanilleextrakt in einer zweiten Schüssel zu einer lockeren Masse verrühren. 2 Eier einzeln unterrühren. Mehl-Mischung und 180 ml Milch abwechselnd unterrühren und alles zu einem gleichmäßigen Teig verarbeiten. Den Teig auf Muffinförmchen verteilen und diese bei

175 °C (Umluft: 160 °C) 25 Minuten backen. Danach zunächst im Blech, dann auf einem Kuchengitter gut auskühlen lassen.
Für die Füllung 250 ml Wasser und ½ TL Vanilleextrakt in einen Topf geben und ca. 10 Minuten köcheln lassen. Mit einem Kartoffelstampfer die Kirschen ein wenig zerdrücken (nicht pürieren). 3 EL Zucker und 1 EL Stärkemehl miteinander vermischen und in die Kirschen rühren. Ca. 20 Minuten köcheln lassen, bis die Masse eingedickt ist.
Aus den Cupcakes Kegel ausschneiden. Den entstandenen Hohlraum mit der Kirschmasse füllen. Von den Kegeln die Spitzen kappen und die so entstandenen Deckel auf die Kirschfüllung legen.
Für den Guss 150 g Schokolade hacken und in eine Rührschüssel geben. 200 ml Sahne in einem Topf erhitzen, bis sich Blasen bilden. Sahne in die Rührschüssel gießen und warten, bis die Schokolade weich wird. Wer es gerne scharf mag, gibt Chili (1 TL), wer es milder möchte, Vanille hinzu. Dann alles gleichmäßig verrühren und gut abkühlen lassen. Wenn die Ganache abgekühlt ist, mit dem Handrührgerät aufschlagen. In einen Spritzbeutel geben und auf die Cupcakes spritzen. Einzelne Kirschen darauflegen.

Anhang

Kleines kulinarisches Liebeslexikon

Austern
Austern sind schon lange als Aphrodisiakum bekannt. Sie enthalten viel Eiweiß, wenig Fett und fühlen sich im Mund köstlich an. Und was noch viel wichtiger ist: Sie enthalten viel Zink, ein wichtiger Nährstoff für die Bildung von Testosteron.

Bananen
Bananen gelten als angesagtes aphrodisierendes Lebensmittel, nicht nur, weil sie dem männlichen Phallus ähneln, sie sind angeblich auch reich an Nährstoffen, die die Bildung von Geschlechtshormonen steigern.

Basilikum
Basilikum wurde früher von Frauen als verführerisches Parfüm getragen. Verwenden Sie es im Salat, als Pesto oder lassen Sie einfach nur ein paar Blätter herumliegen, um Ihren Partner zu locken.

Chili
Chilis sind randvoll mit euphorisierenden Alkaloiden, den Stoffwechsel anregendem Capsaicin und Vitamin C. Auf scharfe Geschmacksnuancen reagiert der Körper zunächst mit Schmerzempfinden und dann mit der Ausschüttung von Endorphinen, körpereigenen Glücksopiaten. Chili macht also heiß, in jeder Hinsicht.

Erdbeeren
Es gibt nicht viel, was mehr erotisiert, als die kleinen grünen Blättchen einer in köstliche Schokolade getauchten saftigen Erdbeere in die Hand zu nehmen und sie dem Partner zwischen die geöffneten Lippen zu stecken.

Espresso
Mit seinem angenehm bitteren Aroma und exotischen Duft sorgt Espresso für den richtigen Blutdruck. In ihrem Kochbuch »The New Intercourses« mit aphrodisierenden Rezepten empfiehlt Mar-

tha Hopkins Espresso, weil dieser die sexuelle Aktivität verlängern und die Libido erhalten kann und dadurch die Lust steigert, und sei es nur für ein paar zusätzliche wundervolle Sekunden.

Ginseng
Die Wurzel soll durch die Anregung des Herz-Kreislauf-Systems und des Stoffwechsels den Sauerstoffgehalt im Blut verbessern.

Granatapfel
Im Griechenland der Antike war der Granatapfel das Symbol für die Göttin Aphrodite. Heute untersuchen Forscher die Wirkung von Granatapfelsaft zur Behandlung von Erektionsstörungen.

Ingwer
Besonders in China gilt die gelbliche Wurzel als Aphrodisiakum. Ihre scharfen Bestandteile und ätherischen Öle wirken stimulierend und bringen den Kreislauf auf Trab. Sein Genuss soll bei Männern Zärtlichkeit und Empfindsamkeit fördern, bei Frauen hingegen die sexuelle Aggressivität steigern.

Kardamom
Der grüne Samen der Kardamompflanze, einer etwa drei Meter hohen Staude, wirkt angeblich nur aphrodisierend auf männliche Konsumenten. Besonders unauffällig lässt er sich über Weihnachtsgebäck an den Mann bringen. Aber auch Frauen erweist er nützliche Dienste – zum Beispiel bei Menstruationsbeschwerden. Merken sollte man sich seinen Einsatz für Neujahr: Mit heißem Wasser aufgebrüht, wirkt er wahre Wunder als Anti-Kater-Mittel.

Muskat
Die Tropennuss enthält ein natürliches Halluzinogen, das die Stimmung hebt. Auch wenn es verlockend erscheinen mag: auf keinen Fall überdosieren! Schon ab vier Gramm drohen Halluzinationen, der Verzehr von zwei Nüssen kann tödlich enden. Sparsam eingesetzt, »öffnet er das Herz des Menschen und läutert sein Gefühl«, wusste Hildegard von Bingen.

Nelken

Die Blütenknospen des Gewürznelkenbaumes enthalten einen Stoff, der direkt auf die Harnwege wirkt und einen Reflex in den Schwellkörpern des Penis auslöst. Ihre aphrodisierende Eigenschaft verdanken sie außerdem dem psychedelisch wirkenden Inhaltsstoff Eugenol, dem man auch nachsagt, dass er Schüchternheit mindert.

Rosmarin

Rosmarin wird mit der Liebesgöttin Aphrodite in Verbindung gebracht. Er steigert die Durchblutung und hilft, die Hautempfindlichkeit zu erhöhen. Verwenden Sie ihn beim Kochen und geben Sie einige Tropfen Rosmarinöl ins Badewasser.

Schokolade

Schokolade ist köstlich, schmilzt auf der Zunge und hat auch dann erotische Qualität, wenn man gar nicht an Sex denkt. Wie Amy Reiley in ihrem Buch »Romancing the Stove: The Unabridged Guide to Aphrodisiac Foods« schreibt, hilft Schokolade, das Blut zu verdünnen, die Durchblutung empfindlicher Körperstellen zu verbessern und das Herz zu stärken, was gleichzeitig auch die Ausdauer erhöht.

Spargel

Der Spargel ähnelt ganz offensichtlich einem bestimmten Teil des männlichen Körpers, und die im 16. Jahrhundert entwickelte »Doktrin der Signaturen« besagt, dass ein Ding, das Ähnlichkeiten mit einem anderen aufweist, diesem helfen kann. Gemäß dieser Theorie ist es also, wenn es einem Geschlechtsorgan gleicht, von der Natur dazu vorgesehen, die Sexualität zu unterstützen. Die Doktrin war nur eine Theorie – heute weiß man, dass Spargel reich ist an Kalzium, Vitamin E, Phosphor und Kalium, er liefert also zusätzliche Energie für größere sexuelle Ausdauer und regt die Bildung von Geschlechtshormonen an. Dasselbe wie für Spargel gilt übrigens auch noch für andere Wurzelgemüse: Mohrrüben, Pastinaken …

Trüffel
Trüffel sind hervorragende Aphrodisiaka für die Frau Ihres Lebens. Sie enthalten viele Aminosäuren, ihr Duft ähnelt dem des männlichen Pheromons oder Geschlechtshormons.

Zimt
Bereits bei den alten Ägyptern kam Zimt als Lustmacher zum Einsatz. Heute ist wissenschaftlich bestätigt, dass das Gewürz die Produktion von Pheromonen anregt. Als Gewürz eingesetzt, stimuliert er die Geschlechtsdrüsen auf eine sanfte Art. Der aphrodisierende Effekt lässt sich auch durch Verräuchern mit Myrrhe erzeugen. Ganz Wagemutige applizieren Zimtöl auf die Geschlechtsorgane.

Und weil sie so schön ist: Eine Liebesgeschichte zur Herkunft der
Vanille
Die Vanille kommt ursprünglich aus der Region Veracruz am Golf von Mexiko. Dort beheimatet ist das Volk der Totonaken, dessen Geschichte und Legenden unzertrennlich mit der Vanille verknüpft sind. Durch sie lernten zuerst die benachbarten Azteken und dann die spanischen Eroberer die Vanille kennen. Die Legende der Totonaken weiß über den Ursprung der Vanille Folgendes zu berichten:

Im Land Gottes und des glänzenden Mondes lag das totonakische Königreich Tononacopan. Zwischen Papantla und El Tajin, der alten Stadt, erbaut zu Ehren der Gottheit Huracan beziehungsweise Thlaloc, wurde zum ersten Mal Vanille angebaut. Der außergewöhnliche Duft der Vanille machte Papantla später als »Stadt, welche die Welt parfümiert« bekannt.

Vor der Regierungszeit des totonakischen Herrschers Tenitzli III. existierte Vanille noch nicht. Tenitzli und seine Ehefrau hatten eine so unbeschreiblich schöne Tochter Tzacopontziza (Morgenstern), dass sie den Gedanken nicht ertrugen, sie einmal mit einem Sterblichen verheiraten zu müssen. Deswegen sollte die Prinzessin ihr Leben dem Kult der Göttin Tonoacayohua, Gottheit der Ernte und Speise, widmen. Tzacopontziza verbrachte ihre Tage im Tempel und brachte der Göttin Lebensmittel und Blumen dar.

Während die totonakische Prinzessin wie jeden Tag Blumen vom Wald in den Tempel trug, wurde sie eines Morgens zufällig von dem jungen Prinzen Zkatan-Oxga (Junger Hirsch) beobachtet. Dieser, im Gebüsch und von ihr unentdeckt, war beim Anblick ihrer überirdischen Schönheit wie vom Blitz getroffen, verliebte sich sofort unsterblich in sie und hatte fortan keinen anderen Gedanken, als sie zu seiner Frau zu machen. Obwohl er wusste, dass er sie noch nicht einmal anschauen durfte. Denn darauf stand die Todesstrafe. Doch er wollte einfach nicht mehr ohne sie leben. So kam es, dass er am nächsten und an vielen darauffolgenden Tagen wieder im Gebüsch auf sie wartete und sie auf ihrem Weg sehnsüchtig beobachtete.

Eines Morgens, als dichte Wolken und morgendlicher Nebel tief auf den Hügeln lagen, fasste der Prinz den Entschluss, Tzacopontziza zu entführen. Er sprang aus dem Unterholz, stellte sich ihr in den Weg, erklärte ihr seine Liebe und ergriff sie am Arm. Die Prinzessin der Totonaken erschrak sehr. Aber auch sie verliebte sich sofort und folgte ihrem Entführer willig.

Als die beiden Liebenden abseits des Weges aus dem bewaldeten Tal kamen und die ersten Berge erreichten, sprang ein schauerliches Untier von einem Felsblock, spuckte Feuer und zwang die beiden auf den Weg zurück. Dort liefen sie den Priestern der Tonoacayohua in die Arme, die die beiden Liebenden verfolgt hatten. Noch ehe der Prinz etwas sagen oder tun konnte, schlugen ihn die Priester nieder und enthaupteten ihn. Das gleiche Schicksal traf die Prinzessin. Die Priester schnitten die noch schlagenden Herzen der Liebenden aus ihren Körpern und brachten sie im Tempel der Göttin auf einem Altar zum Opfer dar.

Laut der Legende der Totonaken begann wenige Tage nach den grausamen Toden an der Stelle des Blutvergießens das Gras zu trocknen und ein Strauch zu wachsen. Wieder einige Tage danach war der Busch bereits einen Meter in die Höhe gewachsen. Kurz darauf spross eine zarte smaragdgrüne Kletterpflanze aus der Erde und umrankte die Zweige des Busches wie in einer Umarmung. Ihre Ranken waren zart und elegant, ihre Blätter kraftvoll und sinnlich. Jeder, der daran vorbeikam, beobachtete die Vorgänge mit Verwunderung. Und eines Tages blühten auf den Ranken zarte gelbgrüne Orchideen. Als die Orchideen erstarben, wuchsen daraus schlanke Schoten und verströmten nach einiger Zeit einen Duft, der betörender und anmutiger war als die prächtigste Räuchergabe für die Göttin Tonoacayohua.

Den Priestern der Tonoacayohua wurde klar, dass sich das Blut des Prinzen und der Prinzessin in den starken Busch und in die grazile Orchidee verwandelt hatten. Die Orchidee und die Kletterpflanze wurden der Göttin daraufhin als heilige Gabe dargebracht, und seither schenken die Totonaken ihrer Gottheit – und der Welt – die Vanille.

Wegen dieser Legende nennen die Totonaken ihre Vanille bis heute »caxixanath« oder »xanath« – zu Deutsch: »gejagte Blume«.

Quelle: http://www.vanille-info.de/totonaken/http://www.vanille-info.de/totonaken/

Danke

Zum guten Schluss möchte ich einmal mehr Danke sagen. Zum Beispiel jenen Freunden, die Rezepte beigetragen haben, wie Martina Bannwarth. Und dann jenen, die mir mit Informationen weitergeholfen haben, vor allem Oliva Schoder, eine begeisterte Eiflerin, die mich nicht nur in ihre Lebenswelt in einem kleinen Eifeldorf mitgenommen hat, sondern als gebürtige Luxemburgerin mir auch viele Einblicke gewährte, die ich sonst nicht bekommen hätte. Abgesehen davon, dass Oliva mir seit vielen Jahren auch eine gute Freundin ist. Natürlich sind alle Personen und Geschehnisse in diesem Roman frei erfunden. Die Luxemburger Bombenleger-Affäre hat es jedoch gegeben.

Petra Gabriel
TOD AM HOCHRHEIN
Broschur, 256 Seiten
ISBN 978-3-89705-489-9

»Petra Gabriel versteht es, ihren Figuren Profil zu verschaffen und die einzelnen Stränge geschickt miteinander zu verweben.« Südkurier

»Ein spannend und souverän erzählter Kriminalroman, der den Schauplatz Dreiländereck gekonnt in die Handlung einbindet.«
Hochrhein-Zeitung

Petra Gabriel
ALEMANNISCHER TOTENTANZ
Broschur, 272 Seiten
ISBN 978-3-89705-640-4

»Als glänzende Erzählerin weiß Petra Gabriel bestens zu unterhalten und auch die Spannung geschickt aufzubauen.«
Badische Zeitung Rheinfelden

»Vergnügen bereitet dem hiesigen Leser natürlich das üppige Lokalkolorit des Buchs.« Oberbadisches Volksblatt

PETRA GABRIEL
Die Köchin
und der König
HISTORISCHER ROMAN
emons: